# 玉岭仙盘

沧海七渡　著

辽宁人民出版社

**图书在版编目（CIP）数据**

玉岭仙盘 / 沧海七渡著 . —沈阳：辽宁人民出版社，
2024.6
（青铜夔纹悬疑小说系列）
ISBN 978-7-205-11055-0

Ⅰ.①玉… Ⅱ.①沧… Ⅲ.①长篇小说—中国—当代
Ⅳ.① I247.5

中国国家版本馆 CIP 数据核字（2024）第 046488 号

出版发行：辽宁人民出版社
　　　　　地址：沈阳市和平区十一纬路 25 号　邮编：110003
　　　　　电话：024-23284191（发行部）　024-23284304（办公室）
　　　　　http://www.lnpph.com.cn
印　　　刷：河北朗祥印刷有限公司
幅面尺寸：145mm×210mm
印　　张：9.25
字　　数：220 千字
出版时间：2024 年 6 月第 1 版
印刷时间：2024 年 6 月第 1 次印刷
责任编辑：赵维宁
封面设计：乐　翁
版式设计：一诺设计
责任校对：冯　莹
书　　号：ISBN 978-7-205-11055-0
定　　价：58.00 元

# 目　录

# 楔子

　　说书人在酒楼里唾沫横飞地说着上古时期的事，底下人听得连声叫好。这家酒楼因为开在京城的好地段，几乎每日都是高朋满座，不过有些人不是来酒楼里消费的，而是专程来听说书人说书的。

　　今日说书人新讲了一个故事，是关于上古神物现世于民间的故事。原本有几个戴着斗笠，路过酒楼来歇脚的客人觉得无趣，正准备离开，但当说书人提到仙盘的时候，那几个人却都纷纷停下了脚步。他们又重新找回了座位，听着说书人说下去。

　　上古时期有位战神刑天，他与黄帝的那一场搏斗怕已是家喻户晓了。刑天为了击败黄帝，即便是被砍掉了头颅，以身体为头脑，也要与黄帝拼搏到底。此后他世世代代都为战斗而生，只是谁也不知，他在与黄帝的那一场殊死搏斗中，丢掉了一样最为重要的东西。

　　刑天的青铜盾牌据说是拥有神力的，无论刀枪还是剑戟，但凡遇上了刑天的青铜盾牌，都会顷刻间化为一汪铁水。可刑天偏偏在那场搏斗中，丢了如此重要的东西。

　　在黄帝劈开常羊山的时候，刑天失手把盾牌掉进了常羊山的缝隙里。那盾牌掉落的时候，整座山顿时下起了茫茫大雪，雪下了足足两天两夜，两人也战斗了两天两夜，不曾停歇过。那雪花大如鹅毛，只是两天的工夫，整座山都已经积起了厚厚的雪。被劈开的常羊山缝隙，也被厚厚的积雪填满了。盾牌就被埋在那厚厚的积雪之下，然而透过万丈深渊，青铜盾牌竟然还能泛出金色的光芒来。那光芒异常的刺眼，光亮从深渊底端透出来，穿过厚厚的积雪，反射在天边，亮起两道明暗不一的光影。那光影像极了夔纹的模样，层层叠叠的光影在云层里打转，慢慢地融合到了一起，变成了一个圆形的光晕。那光晕变得越来越刺眼，到最后，光晕刺破了云霄，直冲天宫。

众人听到这里，本以为云端会下来一位仙风道骨的仙人，来阻止这一场殊死搏斗。没想到，竟然是原本被厚厚的积雪所覆盖住的青铜盾牌忽然从深渊底下蹿了出来，带着尖锐的呼啸声，紧跟着那道光晕刺破了云霄。

说书人忽然停下来，打起了响板。

"后来呢？别卖关子。"有客人问说书人。

说书人笑了笑："后来，自然是黄帝战胜了。刑天丢了头颅和盾牌，哪里还有胜算呢？"

"你应当知道，我们问的可不是这件事，你就别再卖关子了。"客人们七嘴八舌地催促着，"后来那盾牌究竟去了哪里？"

说书人喝了一口茶，继续说道："那盾牌直冲到云霄里，被一位仙人拾到了。那仙人见底下刑天与黄帝二人打得火热，想要阻止这场战斗，却因为法力不足，实在无从插手。于是她将那盾牌撕成了碎片，应该说是碎屑。她把那些碎屑尽数撒向了二人战斗的地方，妄图以此来阻止战斗。"

说书人说到这里，又喝了一口茶，慢悠悠地打着响板，等到众人都等急了，才继续说下去。

　　黄帝与刑天见到天边源源不断撒下的碎铜屑，都暂停了战斗。刑天捡起了一片碎屑，发现那碎屑上刻有夔纹，他自然是认得那夔纹的。他有些不敢相信，竟是跟随自己近千年的兵器被路过的小仙毁于一旦。他顿时气得发抖，手里的斧头拼命地乱舞着，将那碎屑砍成了粉末。他对着天空愤怒长啸，发下了诅咒：从今日起，世世代代，他都要叫那毁他兵器的仙人在逃亡中度日，若非遇上有缘人，生生世世不得救赎。

　　发下诅咒后，刑天摆了摆手臂，那动作带着几分诡异。他手里的斧头落地，原本被斧头砍得粉碎的铜粉像是长了手脚似的，一点一点向中心聚拢。未多时，那些铜粉末居然汇成了一个男人手掌大小的铜盘。铜盘上的夔纹符号依旧在，却变成了另一番模样。那铜盘在刑天身边转悠了两圈，直直地飞入云霄，落到了那仙人手中。紧接着，那仙人还没来得及做出反应，便从云端坠落下来，掉到了万丈深渊里，被厚厚的积雪覆盖了身躯。

　　说到这里，说书人又喝了一口茶，却没再继续说下去。

　　客人们问道："之后呢？"

　　说书人说道："之后，听说那常羊山，也就是现在的玉岭里于数百年后蹦出了一块铜盘，却再也没有人见过那仙人出现了。"

　　那两个戴着斗笠的男人相视一笑，稍稍年轻些的男人小声嘀咕道："那铜盘分明是我们家的祖传宝物，倒是让他说得有鼻子有眼的，就好像我们是那仙人转世一样。"

　　那位年长些的男子说道："不传得神乎其神，又怎会有人总惦记着仙盘呢？只是苦了我们唐家，世世代代都要因此四处逃窜。"

那年长男子的怀里钻出一个小小的人儿，笑嘻嘻地说道："祖父，小舜倒觉得这个传说或许是真的呢。"

年长男子笑了笑，说道："究竟是真是假，且等着哪一日由小舜把谜团解开了。"

这时候，人群里忽然变得吵闹起来，紧接着走出来两个人，手里藏着明晃晃的匕首。祖孙三人见到那两个从人群里走出来的人，拔腿就跑出了酒楼，祖孙三人像是长久训练出来的默契。这样的逃亡日子，几乎每天都在上演着。

那个名叫小舜的孩子心想着，这种不断逃亡的日子，究竟要到何时才能结束呢？

祖孙三人逃走后，说书人又紧接着说了另一个故事。这个故事，也是与那铜盘有些关系的。

自打那仙人坠入凡间之后，谁也不知道她的去向。但有人说仙人坠入凡间后，应了刑天的诅咒，世世代代都在逃亡。而那掉落的铜盘却被封印在了玉岭之巅，直到数百年后，有个叫作赤汉的将军，带着兵马从玉岭经过的时候，无意中发现了这块铜盘。这块铜盘并不起眼，赤汉将军捡拾到铜盘后，找人把它改成了一块盾牌。自打那赤汉将军得了盾牌后，总有敌军莫名其妙地前来突袭营地。赤汉将军常被追杀驱逐，原本战无不胜的大将军，被敌人的屡次突袭弄得筋疲力尽。

这日国王准备前往他国求娶异国公主，想要召集群臣商议送入异国的聘礼，众人有说珠宝的，有说金银的，却都是些异国见惯的俗物。须眉道长却说道："有一物进献异国，必定能够顺利求娶到公主，只是那物件难得。"

国王问那须眉道长是何物。

须眉道长只说了乃赤汉将军的青铜盾牌，群臣们听了无不哈哈大笑。须眉道长在国王的耳边说了一番话，国王听后却是信了那番话。他驱马赶到战场，想要去求那赤汉将军赠予他青铜盾牌，谁知到了战场却发现赤汉将军已经在人间历劫完毕，正逢羽化登仙之时。将军化为麒麟腾空而去，留下了青铜盾牌。哦不，那青铜盾牌在赤汉将军羽化登仙之时，竟然又变回了一块铜盘。

于是国王带着那块铜盘前往异国求娶公主，最终迎回了异国公主。不过异国国王竟然嫌弃那铜盘没有价值，只留下了金银珠宝与宝马，将那块铜盘赐给了即将出嫁的公主。

客人问说书人："那须眉道长究竟对国王说了什么话，竟然让他信了一块铜盘可以胜过金银珠宝？"

说书人说道："那铜盘可不是一般的铜盘，据说是仙盘。不过这仙盘究竟有何用处，谁也不知。赤汉将军也非凡胎，是凤凰仙人的转世，如今被贬为麒麟兽，将要重返天庭去了。不过后来异国公主又把那仙盘转赠给了赤汉将军的后人，再后来，赤汉将军的后人在长大成人后，因为被人冤枉通敌，带着仙盘逃离了国土……"

# 第一章 结界被破

坐落在唐甜儿眼前的是一座十分古老的建筑，那种古老，令唐甜儿初见之时竟有些心悸，心悸之余是一种难以名状的熟悉感。她演过不少古装大戏，从隋唐时期到清代的都有，然而她的记忆里始终未曾有过类似的古建筑。这种熟悉感究竟源自何处，唐甜儿仔细回忆了一番，却是毫无头绪。她深吸了一口气，给自己鼓鼓劲，迟疑着走了进去。

唐甜儿刚进门，就看到一个身材健硕的青年男人坐在一张太师椅上，有两名摄影师扛着摄像机，正对着他按快门。然而那男人始终是一副面无表情的样子，刚毅的脸上带着些许冷漠与傲气。他见唐甜儿走进来，迅速朝摄影师摆了摆手："差不多了，收工吧。"

摄影师们二话不说，飞快地收起摄像机就离开了。

唐甜儿悄悄打量着四周，这是一家古玩店，装修得古色古香，从那铺子的风格来看，主人应当是十分有涵养的人。然而她深知，面前之人的祖上与他们唐家几代人有着说不清的羁绊，此人也绝非善类。她战战兢兢地上前两步，问道："请问先生是庞月星吗？"她在杂志上见过此人，鉴宝界的大神庞月星。此人专爱勾搭娱乐圈的女明星，唐甜儿暗忖着，他不会是瞧上自己了吧？

男人微微眯起眼睛，露出一种野兽见到猎物时的表情，令唐甜儿有些害怕，她不由得浮起了一丝冷汗，一时间不敢开口。

庞月星摘下皮手套，那手背上的几道刀痕展露无遗，像是一条条蚯蚓，无不在炫耀着他的"赫赫战功"。此人喜欢把旁人的宝物占为己有，十分无耻下作！

唐甜儿见到那些刀疤险些作呕，她用力咽了口气。

庞月星似笑非笑："为了让你回来，我可是煞费苦心啊，没想到你转身就进了南宫骁的铺子。"

唐甜儿疑惑："南宫骁？我不认识啊。"

庞月星摸了摸手背上的刀疤："别跟我装蒜，昨天有人见到你进了南宫骁的当铺。"

唐甜儿"哦"了一声，说道："你是说当铺啊，我昨天确实进去过，还当了两样东西，不过你说的南宫骁，我并不认识。"

听到这话，庞月星突然伸出手来，一把扼住了唐甜儿的脖子，咬牙切齿地说道："你往'水心斋'当了东西？唐甜儿，我千方百计地让林艺把你弄回玉岭，你一回来就把我要的东西当了？"

唐甜儿半是惊恐半是讶异，她微微张了张口，想要说话，奈何被掐住了脖子，根本无法出声。庞月星手上的疤痕正摩擦着她的脖子，像是一把把锋利的小刀割得她生疼。她直直地看着庞月星那双血红的眼睛，眼底渐渐生出一种视死如归的坚毅。

看到这样的眼神，庞月星慢慢地松开了手。他并非怜香惜玉，只是唐甜儿如今还不能死，否则他想要的东西，怕是永远都得不到了。

唐甜儿捂着脖子，拼命咳嗽。过了好一会儿，她才缓过来："什么

'水心斋'，我倒是想去呢，你不如告诉我在哪儿。"

庞月星把嘴唇凑到唐甜儿脸颊边，用半开玩笑的语气说道："别跟我卖关子，十天之内把你当出去的东西赎回来，否则我会让你再经历一次绯闻缠身的'喜悦'。"

唐甜儿倒吸一口凉气，从齿缝里逼出几个字："是你指使林艺……"

不等她说完，庞月星已经把人轰出去了。

唐甜儿独自一人站在那里，娇小的身躯微微有些颤抖。她并非害怕，而是绝望。三天前，她最亲密的人——她的男友林艺，竟然伙同庞月星为自己制造了一起绯闻，逼得她离开金河影视公司。而她居然为他们的计划"顺水推舟"，回到了玉岭。

唐甜儿站在门外，抬起头将这里打量了一圈。那种熟悉感越来越强烈，她渐渐想起来，这里的建筑居然同小时候姑姑带她来变卖家资的古玩店是同一家。姑姑不是说过，庞家一向与他们家有仇吗？为什么还会把东西变卖到这里来？往事一幕幕浮现，可是却如同碎片一样令她抓取不住。她害怕庞月星再来纠缠，于是快速离开了这里。


唐甜儿回到家中换了身衣服，往脖子上盖了一层厚厚的粉底，以掩盖脖子上的指痕。

她再一次去了"水心斋"。

南宫骁似乎猜到唐甜儿会来，早早地"恭候"在了"水心斋"，他半躺在一张竹椅上，双腿搁在门槛上，听着留声机里传出的越剧，正悠然自得地品着茶。看到唐甜儿来了，他也不急着站起来，只是伸手把她拦下了。

"水心斋"里总是一幅昏昏暗暗的景象，唐甜儿到如今都没能真真切切地看清南宫骁的模样，更别说"水心斋"里那些宝物的真身了。唐甜儿很疑惑，这里明明昏昏暗暗的，南宫骁是如何鉴宝定价的呢？就不怕看走了眼？

爷爷说南宫骁从小就皮得很，不服管教，估计也只是守着这家"水心斋"装装样子罢了。

唐甜儿问道："我昨天当的东西还在吗？"她有些着急。

南宫骁勾了勾唇角："你那是死当，难不成还想赎回去？"

唐甜儿说道："我知道这里的规矩，我以三倍价钱赎回，总没有破规矩吧？"

南宫骁朝她踢了一张凳子过来，刚好落在唐甜儿身后。他示意唐甜儿坐下来，说道："昨天刚变了规矩，死当要赎回，必须十倍价。"

"十倍？你们怎么不去抢？"唐甜儿咬牙切齿。

南宫骁说道："付不起十倍也可以，但你得同我签个协议。往后你所有的东西，我这里都是首当，如果你先往别家去，那就别怪我对你不客气了。"

唐甜儿心想，签个协议也无妨，反正自己身上值钱的东西都当了，也没有下次了。她这些年在娱乐圈积累的人脉和资源，可不能功亏一篑了，她急需这些钱去打点。眼下只能先用三倍的价格把东西赎回来，再以四倍的价格卖给庞月星。于是她点了点头，把自己身上所有的钱都留下了，这才勉强凑够了三倍的赎金。

南宫骁从抽屉里拿出了一把锉刀，继续回到躺椅上，优哉游哉地磨着指甲，时不时地吹上几下。唐甜儿等着拿回典当的合同，心里着急，却也不敢催促。南宫骁眯起眼睛朝她看了看，说道："你回来的这两天，可曾去过上师院？"

"这两天尽顾着典当东西了，没去过。"

南宫骁说道："得空进一趟上师院，说不定唐鹰爷爷有什么指示留在那里呢。"

唐甜儿追问道："什么指示？我爷爷临走前不说，难不成还要托人来告诉我？"

南宫骁摊了摊手，做了个送客的动作。

这一天折腾下来，唐甜儿回到玉岭山脚时已经是黄昏了。她本想回到住处歇一歇脚，但想起南宫骁的话，又不自觉地往上师院的方向去了。

原本祖父唐鹰是上师院里的义工，他白天都在上师院里打理着法器与贡品，晚上就住在山脚的小木屋里。那时候她年纪小，成天跟着爷爷来回跑，累是累一些，却觉得十分有趣。自打祖父去世之后，上师院里再也没有出现过打理法器和贡品的义工了。庙里仅有的五个法师，因为年事已高，也无精力再去打理供桌。既然唐甜儿回来了，自然是要接过祖父的衣钵的。她索性住进了上师院，反正这里的法师也十分欢迎她回来。况且山脚的住所早已破破烂烂，也是没法住人了。

唐甜儿住进上师院后，原本休养生息的法师们开始忙碌起来了。他们一个个拿着法器，在唐甜儿的房门口一圈儿又一圈儿地走着，嘴里念着唐甜儿完全听不懂的语言。之后五人又擎着法器排队走到上师院大门口，继续念念有词。对于她的到来，法师们似乎十分紧张。

唐甜儿记得年幼的时候，每一年法师们也都会有如此大的阵仗，围着爷爷的木屋，围着上师院的大门，做一场法事。爷爷说，那是法师们为他们唐家人设下的结界，用来保全唐家人性命的结界。

这一次的大阵仗，应当是法师们在为她设下结界吧。

那天唐甜儿从偏房里起来，发现外面忽然刮起了大风。那大风十分诡异，像是细细的一缕，直直地朝着南面而去，吹得两株老梧桐树摇摇欲坠。唐甜儿刚要关起窗户，正看到两个老法师急急忙忙地从法器室里跑出来，锁上了院门，又有三个老法师从各自的房里走出来，手里拿着法器，一路念念有词地朝门边聚拢。五个法师围成了一个圈，快速地转动着手里的法器，就在这时候，有两只甲壳虫从门缝里钻了进来。

卓木法师看着地上的甲壳虫，惊恐地跳了起来："呀！结界破了！结界破了！"

关于结界的"本事"，唐甜儿是自幼就知道的。但凡法师们不欢迎的人和物，哪怕是一条狗、一只猫都是无法通过结界的。唐甜儿幼时曾亲眼见过两只豺狼想要闯进上师院里来，却硬生生被结界挡在了门外。豺狼几次闯结界无果，最终精疲力尽而亡。那时候，她见到七窍流血的豺狼，吓得浑身发抖。

两只豺狼都无法冲破的结界，怎么就被一阵风给吹破了呢？唐甜儿的右眼跳动了几下，心里有些不安。

结界被破数天，法师们总是提心吊胆的。不过好在这些天始终没有什么不该来的人来过这里，连香客似乎也变少了。五个法师轮番值夜，就连唐甜儿也没有闲着，夜里为他们烧水煮茶，毕竟这天气太冷了，要是没有一口热茶，怕是熬不到天明的。

守了七天，见没有外人闯入，法师们渐渐放下了戒心。唐甜儿终于得到机会走出门去，她必须尽快把赎回的东西转卖给庞月星。否则再起一次绯闻，她就真的再无翻身之日了。

唐甜儿找到之前去过的那家古玩店，庞月星果然在里面等着自己，不过这一次，等着她的不只他一人，还有个男人跟在他身边。那男人四十多岁，微胖身材，有些魁梧健硕，看起来像是个目不识丁的粗汉。不过能够跟在庞月星身边的人，绝非等闲之辈，人不可貌相。

"你要的东西，我已经赎回来了。"唐甜儿递给庞月星一只木匣子，那只木匣子上的雕花纹路精美无比，匣子没有上漆，是松木的本色，但因为年代久远，呈现出了一种当代红木家具的深红色。

庞月星接过匣子，摩挲着上面古老的雕花纹路，嘴角隐隐透着一丝笑意。他把匣子交到身边男人的手里，说道："左先生，请打开看看，或许这就是我们找了许久的东西。"

被称为左先生的人有些迟疑，他皱了皱眉，目光中流露出些许复杂的神情。他朝庞月星看了看，几次张口，欲言又止。庞月星问："为什么不打开？"

左先生说道："如果真是唐家留下来的东西，还得由唐家人来打开。"

庞月星的脸上浮起一丝疑惑："表哥你对各种宝物司空见惯。如今仅仅是见到一只匣子，竟如此畏首畏尾，难不成里面的东西除了价值连城之外，还有什么别的缘故？"

他再次看了左先生一眼，见他眉头紧锁，一副无从相告的样子，便把匣子递回给了唐甜儿："你打开！"

唐甜儿打开了匣子，这时候她发现左先生的神情从忐忑变成了轻松。然而庞月星却忽然站起来，指着唐甜儿厉声道："唐甜儿，你把东西藏哪了？"

"这不就是你要的东西吗？这两只青铜暖手炉是我太祖父留下的，我想至少有一百年的历史吧。要不是被你和林艺摆了一道，我也不至于变卖。"唐甜儿盖上匣子，"用不着找借口来压价，识货的都知道价位。你如果不要，我就找下家了。"

庞月星夺过唐甜儿手里的匣子，打开看了一眼，又送到左先生面前，问他："这东西如何？"这时候，左先生眼底仅剩的一丝忐忑也荡然无存了。

左先生说道："是上好的青铜器，看成色，年代也很久远，可惜不是我们要的那一件。"

庞月星问唐甜儿："东西究竟在哪里？"

唐甜儿说道："你说的究竟是什么东西？铜的还是玉的？圆的还是方的？只问我东西，谁又知道你要的是哪一件？"

"别同我打马虎眼，我问的是什么东西，你心里清楚。"庞月星忽然从腰间掏出一把枪，抵在了唐甜儿的额头上，"给不了我要的东西，你今天休想再回去！"

唐甜儿吓得浑身瘫软，只觉得喉咙里漫过一丝血腥味，她想要张口求饶，却发不出声音来。这一刻，她离死亡居然这么近。

左先生忽然一把拽掉了庞月星手里的枪，说道："唐家人不能死，死了我们可就什么都得不到了。东西与藏宝图，我们好歹要一样！"

庞月星看了左先生一眼，弯腰捡起地上的枪，重新插回到腰间。他往唐甜儿脚边扔下一张支票，对左先生说："送她回去，这一次算她命大。"

左先生目送庞月星离开古玩店后，朝唐甜儿伸出一只手来："庞先生想要的东西，从来没有得不到的。至于用什么方法得到，那是五花八门啊。你若是不乖乖把他想要的东西交出来，他或许会让你一一尝试一番。"

庞月星想要什么东西，唐甜儿心里已然有数。当年祖父为了保护她，让姑姑带她离开玉岭。她本以为时隔十八年，这里已经风平浪静，没想到庞家人还是找上门来了。

山路崎岖又狭窄，一路颠得厉害。唐甜儿迷迷糊糊地躺在一辆卡车里，几次睁开眼睛，却因为眼皮子太沉，还是睡了过去。不知道过了多久，卡车才在一个斜坡上停下来。有人朝唐甜儿泼了一杯水，唐甜儿打了个激灵，猛地睁开眼睛，发现眼前站着一个穿登山靴的陌生人。

她张了张口，还没说话，那陌生男人就说："快下来，带我去见老法师们。"说完就从皮靴子里摸出了一把枪，抵在唐甜儿的后腰上。

唐甜儿吓得瑟瑟发抖，不敢乱动，被枪驱使着往上师院走去。走到半路，她忽然想起来上师院结界已破，眼下这个男人是什么来历她并不清楚，如果贸然把人带过去，万一出了事……

祖父把她送走之前千万次交代，万万不能把外人带进上师院里，哪怕只是一个三岁孩童，都有可能要了众人的性命。可这时候的唐甜儿已经骑虎难下，一把枪抵在身上，她除了往前走就是死。

唐甜儿心里盘算着如何才能摆脱眼前的人，走了一段路，她隐约想起来，爷爷从前说过，玉岭山东本无路，若非有心闯庙宇。唐甜儿把心一横，往东面挪了两步，战战兢兢地往前走。那陌生男人一开始还跟着唐甜儿走，走到一半儿忽然发现不对劲。他把枪往唐甜儿腰上戳了戳："唐悦，别耍花样哦。"

唐悦——唐甜儿心里发虚，知道她真名的人并不多，自从姑姑带她离开这里后，就把她的名字改成了唐甜儿，那一年她才九岁，又有多少人会关注到她呢？难道是祖父的仇家？可祖父的仇家向来不把她一个女孩子放在眼里，更不会关注她的过去，又怎么会特地去打听她的真名呢？

"你到底是谁？刚才的左先生又在哪里？"唐甜儿壮了壮胆，问他。

陌生男人说道："什么左先生？见到法师们，你自然就清楚我是谁了。"

虽然结界已破，但法师们一个个也有通天的本事，他虽然有枪，也并不一定能敌过法师们。唐甜儿好奇心起，为了弄清楚他是谁，索性把他带到了上师院门口。

说来也怪，自打那陌生男人到了上师院门口，原本在大门口进进出出的甲壳虫都陆陆续续扎进了草丛里。随之而来的却是两只鹰，扑腾着乌黑的翅膀，在唐甜儿面前打了两个旋儿，吓得唐甜儿尖叫了一声。

这一声尖叫，引来了卓木法师，他擎着法器匆匆忙忙从里面走出来，一看到眼前的男人，顿时停住了脚步："苏袖？"

"苏袖？"唐甜儿下意识回过头，眼前的人分明长着一张男人的脸，又怎么会是令国宝界的男人们都倾慕的苏袖呢？

"是我。"苏袖声音低沉，收起枪，交到唐甜儿手里，原本阴沉的脸在见到卓木法师后有了几分笑容，"我算到唐甜儿回来了，特地赶过来的。"

卓木法师朝她点了点头，把人带进了上师院。唐甜儿看着手里的枪，一时间不知道该往哪里放。愣了一会儿，才跟了进去。

苏袖跟着卓木法师一路去了法器室，唐甜儿也跟了进去。其他四个法师都在，苏袖见到他们，赶紧撕下了面皮。

唐甜儿这才看清楚那些整天玩弄国宝的男人朝思暮想的苏袖的模样。苏袖长得并不算美艳动人，却有一种从骨子里流露出来的英姿飒爽与冷傲，脸型娇小精致，自带恬淡气质，这种气质，是在江湖上长久历练而来的。唐甜儿听爷爷说起过苏袖，那时候苏袖也不过十一二岁，却已在国宝界小有名气。她精通天衍之术，天赋异禀，四岁起就随师修行，十岁已能窥得天机。

当年爷爷为了护唐家一脉，四处托人寻找苏袖及其宗师天衍大师，却是未果。最终爷爷年事已高，无力再保护唐甜儿，她不得已被残疾的姑姑带走，才得以保命。

苏袖虽气质冷傲，声音却是软软糯糯，让人听了酥到骨头里去："法师们，多年未见，别来无恙。"

卓木法师朝苏袖拱了拱手，问道："你是如何遇到唐甜儿的？"

"我在来时的路上遇见了昏迷的唐甜儿，她应当是被什么人丢弃在路边的。"

卓木法师来不及细问唐甜儿缘由，对苏袖说道："苏袖，既然来了，就先办正事吧。"

苏袖点了点头："二十年天劫将至，东西也该归还给唐家人保管了。"

唐甜儿不敢吱声，二十年天劫，她自然是清楚的。今年正好是第二十年。以往每二十年，都会有一场天劫，二十年前，唐甜儿亲眼看到两个前来玉岭山寻找宝器的人被山上的机关所伤，之后因血腥味引来山中野兽，山下的居民四处逃窜，还有不少人被野兽啃咬杀害。不过说来也怪，那些被野兽杀害的居民，都是外来者，留在此处都是为了夺得唐家的宝器。野兽从未伤害过在这里土生土长的居民。

天劫每二十年降临一次。其间凡对宝器心怀不轨者，都死于非命。

可如今宝器已丢失，难道天劫还能再次降临吗？

唐甜儿朝苏袖看了一眼。苏袖对卓木法师说道："既然上师院结界已破，东西留在这里也非长久之计。我带唐悦离开这里，送她去护盘山。"

卓木法师朝身后的法师摆了摆手，示意他们把东西拿出来交还给唐甜儿。四个法师坐回到垫子上，手心朝上，嘴里念念有词。这时候，原本在门口盘旋的两只黑鹰突然向这里飞了过来。唐甜儿大叫一声，两只黑鹰直直地落在了唐甜儿的肩头。

唐甜儿吓得手脚麻木，一动也不敢动，像个木头人一样僵在那里。两只黑鹰在唐甜儿头顶笃笃笃地啄，那节奏有些似曾相识。唐甜儿恍惚想起二十年前，有两只黑鹰在玉岭山脚下出现过，它们栖息在一株古梧桐树上，也是这般笃笃笃地打着诡异的节奏。爷爷见到那两只黑鹰，足足三天没敢走出上师院的大门。

那时候唐甜儿年纪尚幼，只当爷爷是害怕那两只黑鹰。直到今日她才从苏袖口中得知："黑鹰打乐，看样子仙盘不得不重现了。"

卓木法师叹了口气："天意啊天意。当年你祖父为了保护你，硬是让你姑姑带走你，没能有机会让仙盘现世，看来如今应当是要现世了。"说完转身走到一面墙边，一边摇着法器一边提气，未多时，他便推开了那面墙。与其说是推开，倒不如说是挪开。那道墙中间有一条细小的缝，差不多两指粗细。墙缝里有一件金箔包裹的器物，卓木法师将它从墙缝里拿出来的时候，两只黑鹰都扑腾着翅膀飞到了卓木法师身边。

坐在一旁的多吉法师刚要站起来，在见到两只黑鹰飞向卓木法师后，又坐了回去。

苏袖看到这一幕，浓密的眉毛顿时蹙了蹙。

卓木法师把手里的东西举到黑鹰面前，其中一只黑鹰迅速将其叼进口中，扑腾了两下翅膀，飞到唐甜儿面前。

唐甜儿愣在那里，问道："这……是什么？"

苏袖没有回答，而是说："带上它，现在就离开。"

唐甜儿迟疑地从黑鹰嘴里接过东西，刚要打开来看，苏袖一把按住了她的手："时机未到，你想让更多的人死于非命吗？"

唐甜儿赶紧停下手，看了一眼手里的金箔片，只见上面刻有一大片细细密密的小字。她凑到眼前，发现那是爷爷的字迹，那上面明明白白地记载了曾祖父的所见所历……

# 第二章　惨遭灭门

清朝就快要亡了，好多辫子军都狠心剪下了辫子。据说这辫子很值钱，一条辫子可以找洋人换两个大洋。饭都快吃不上了，辫子军也就不在乎那一条辫子了。唐家的男丁们也都剪下了辫子，不过他们不是为了换钱，而是为了方便逃亡。毕竟拖着一条又粗又长的辫子，上哪儿都不方便。

自从庞家人追查到了唐门的藏身之地，一路从北面追到了南面，为的就是唐门手里的仙盘。这仙盘谈不上值不值钱，但据说是上古之物，有通天的本事，可以呼风唤雨，只是谁也没有见过真品。也有人说，那仙盘本就价值连城，单是一块仙盘便能换一座城池。仙盘是被仙家封印的宝物，里面藏有一张绝世藏宝图，若是封印被打开，藏宝图重现，那埋在地底的宝藏就足够换一个京师了。

为了这两个虚无缥缈的传说，庞家人和很多日本人寻了小半个世纪，唐家人则躲了小半个世纪。

唐家人逃到南面的时候，发现此地并无藏身之所，于是又从南面逃回到了北面。他们一路翻山越岭，其间也遇到过不少其他觊觎仙盘的门派，全靠东躲西藏才存活了下来。这日唐甜儿的曾祖父唐舜跟着一家人逃进了一片林子里，几人找了个山洞住下来。那时候的唐舜还是个半大孩子，跟随自己的父亲和祖父母一路颠沛流离，学了不少求生的本事。他跟着父亲把二老安顿下来后，就悄悄地潜出山洞去找吃的。

父亲唐硕常在江湖跑，对于野外求生自有一套。他带着指南针，拉着唐舜爬出了洞口。因是夜里，外头黑漆漆一片，正好这日连星光都没有，几乎伸手不见五指。唐舜年纪虽小，倒也并不害怕，镇定地点了一根火柴，想照照路。父亲却一扭头把火柴给吹灭了。

"在山林里点火柴，当心把野兽引过来。"父亲借着微弱的月光，看了一眼指南针，随后指着东边说道，"咱们往东面走，那边林子密，气温高一些，鸟兽惯会躲藏。"

唐舜一路跟着唐硕往东边走，因为月光微弱，时常被树藤子绊到脚。几次跌倒再站起来，唐舜早已经摔成泥人了。他抹了把脸，一双黑亮亮的眼睛忽然盯住了前方，他指着不远处对父亲说："爹，你快看！那是啥？"

唐硕定睛一看，只见一只双眼泛着幽光的小兽站在一株梨树下，那只小兽不过一只成年猫儿的大小，它的眼睛要比猫儿小一些，却更加的明亮，像是两团小小的火球。唐舜有些害怕，往唐硕身边靠了靠。

唐硕轻声说道："别动，咱先看看再说。"

唐舜当真就一动不动了，连呼吸都是小心翼翼的。

那只小兽见两人一动不动，尝试着往前走了两步，嘴里发出呜呜的声音，听起来有点像狐狸哭泣的声音，颇为诡异。眼前的小兽究竟是敌是友，父子俩分不清，一时不敢轻举妄动。小兽走了两步，不敢再往前。它在原地转了两圈，嘴里吐出一个东西，正好落在圈里。随后又朝父子俩呜呜叫了两声，就跳上了树。

眼见着父子俩还是不敢靠近，小兽索性一路跳着梨树离开了。

"可能是一只猹。"唐硕说完慢慢靠近地上的圈，好奇心驱使他往前，他很想看看从猹嘴里吐出来的究竟是什么东西。

唐舜闻到一股血腥气，一把拉住了父亲的衣服。然而这时候已经来不及了，唐硕已经在圈子边蹲下来，他捡起一根树枝挑起那血肉模糊的东西看了一眼，忽然头皮发麻，跌坐到了地上。

"心脏！"唐舜喉头发紧，那血腥气好像顺着口鼻直蹿到了身体里。

唐硕跌跌撞撞地从地上站起来，拿树枝翻了翻那心脏，发现并不像人类的心脏该有的大小。于是他大着胆子，划了根火柴，凑近心脏仔细看了看，只见那心脏尖尖细细的，的确是动物的心脏。

猹留下一个心脏是什么意思？难道林子里另有其人，想要给他留下什么信息？他借着火光照了一圈，发现猹在地上画的圈有些特别，那圈并不规则，像是一幅地图，正指示着东面。猹跳过的地方，落下一地枯叶，也是一路往东延伸。

唐硕对唐舜说道："你先回洞里去照料祖父母，我去东面探探路。"

"爹，我随你去，咱俩也好互相有个照应。"唐舜紧紧拽着唐硕的袖子。

祖父母躲在洞里，洞口撒下了硫黄和朱砂，野兽和邪物都进不去，只要他们不出洞口，是不会有危险的。唐硕想着，历练儿子一番也好，便在唐舜腰上系上了一根绳子，他把绳子的另一头牵着，对唐舜说："如果一会儿遇到危险，我就把绳子抛上树，你抓紧时间离开，保住仙盘比我的命要紧。"

唐舜点了点头。

父子俩摸着黑一路往东面走，越往前走，那血腥气便越浓，空气中弥漫着一股令人作呕的味道。唐舜捂着口鼻，朝父亲看了一眼。唐硕紧紧拽着唐舜的手，依旧义无反顾地往前走，既然已经走到这里，他们自然是没有退路了。

唐舜总觉得无论走到哪儿，都有一双眼睛正直勾勾地看着他们，只是那双眼睛在暗处，他无从辨别方位。他的第六感向来异于常人，这种感觉绝对不会有错。

就在唐舜正思考该如何全身而退的时候，唐硕忽然"咦"了一声。夜晚的林子异常安静，这一声"咦"的回音响彻林子，父子俩俱是一颤。

唐硕发现自己踩到了一样软乎乎的东西，他低头看了一眼脚下，发现是一团黑漆漆的物什。他划了一根火柴，蹲下去看了看那物什，竟是一只死掉的花狸猫。那只猫的脖子上渗着血，像是被什么野兽一口咬断了脖子。花狸猫的胸口被挖了一个洞，洞口弥漫着黑血。唐硕想起了刚才的那枚心脏。那心脏的大小与这花狸猫的应当差不多，如果没有猜错，那枚心脏就是属于眼前的花狸猫的。

把他们指引到这里的那匹猹究竟是谁在操控，又是什么目的？

唐硕从衣袖里掏出一根银针，随意在花狸猫的伤口部位扎了几针。他看了一眼银针头，又划了根火柴走到树边。唐舜看懂了他的意图，借着火光抓了几只虫子，丢在了花狸猫的伤口上。

父子俩就这样站在一旁看着。

没多久那几只虫子舔舐了花狸猫的血，就安然无恙地爬走了。

唐舜赶紧一把抱起花狸猫的尸体，也顾不得血污。眼下他们最需要的是食物，只要这只猫没有毒，管它是怎么个死法，都无所谓了。

父子俩抱着花狸猫赶回了洞口，这一路上都没有人尾随。但是唐舜始终感觉有一双眼睛在盯着他们。

爷孙四人围着火堆一面取暖，一面分食烤熟的花狸猫，总算是把肚子填饱了。唐舜吃饱之后，对唐硕说道："明天天一亮，我们就离开，我总觉得这里不安全。"

唐硕点点头："我也有此打算，毕竟这只花狸猫来得太蹊跷，为我们送食物的还不知是敌是友。明天天一亮，我们就动身去玉岭。"

听到"玉岭"这两个字，唐舜顿时面上一慌："我们带着仙盘去玉岭？听说书人的意思，玉岭乃是仙盘的发源地。我们去了那里，会不会出什么事？"

唐硕似笑非笑道："你觉得还有比玉岭更安全的地方吗？天衍大师的告诫，总是不会错的。"

那年玉岭山刚下过一场大雪，整座山都被厚厚的白雪掩盖着。就连在玉岭山下长存近百年的上师院，也被遮盖在皑皑白雪之下。

唐家四口人第一次来这里，没有个落脚的地方，所以不得已敲开了上师院的大门。

来开门的是拥忠法师，当时的拥忠法师大约四十岁，是这里年纪最长的。他见到一群陌生人来敲门，眼下有些紧张："你们是香客吗？怎么从没见过你们？"

唐舜说道："上师，打搅了，我们是从外地来的。想在山下定居，如今天色已晚，能否借贵庙一住？"

拥忠法师朝他们五人看了看，两名老者，是唐舜的祖父母，长得神清气爽，看起来并不像花甲之年的老人。一名青年男人，大概三十岁，头上戴着一顶黑色的帽子，穿着西方的长风衣，一双眼睛时不时地瞥向两边，像是在躲避什么人，十分警觉。就连唐舜同拥忠法师说话的时候，他的眼神也是飘忽不定的。

"你们四人可是从护盘山来的？"拥忠法师问。

唐舜摇头："我们是从老家金桐山来的，一路被黑鹰追着来的。"天衍大师曾告诫过，见到法师们，记得这样回答。

拥忠法师似乎意识到了什么，原本警惕的目光顿时放松下来。他把门敞开了，对他们说道："快进来吧。"

年轻男人拿着行李，唐舜两手各扶着一名老者进了上师院。

进到庙里，拥忠法师把他们带进了后院。上师院的院子很深，唐舜亦步亦趋地跟着走了很长一段路，才见拥忠法师停下来。

拥忠法师对他们说道："你们先在这里住下来，马上又要下大雪了，过十天半个月再去建房也不迟。"

唐舜还没来得及道谢，拥忠法师就匆匆忙忙地离开了。

没过多久，院子里来了十几个法师，那些法师围着院子走了两圈，一个个拿着法器，口中念念有词，唐舜虽然听不懂，但是心知他们的到来，令法师们开始有所防备了。其实法师们防备的不是他们这一行人，而是外面那些蠢蠢欲动的人。

天衍大师说，他们唐家四口人只有来到这里，才能确保唐门不灭，也才能继续传承法器。看来天衍大师的话不假，法师们在他们到来后第一时间设下了结界。

这场大雪下了足足一个月，唐舜一家在庙里也住了足足一个月，唐舜白天替法师们打理贡品，晚上砍柴挑水，做起了义工。然而唐舜的祖父母却时常留在房里闭门不出，连一日三餐都是唐舜送进来的。他们似乎很害怕与外人接触，也难怪了，这些年他们总是过着担惊受怕、被歹人追逐的日子。唐舜的父亲把他们几人护送进来以后，就在次日夜里悄悄离开了。

白天的上师院香客不断，进进出出的香客们都是附近的居民。时间久了，香客们也都认得唐舜了。那天唐舜在收香灰，看到两个香客站在上师院门口张望，几次想要进来，却缩回了脚。

唐舜见到那两个香客，想要走出去把人引进来，却看到其中一人的腰上佩带着一杆明晃晃的东西。他定睛一看，是枪。枪支在这个年代还是罕见的，之前在老家那会儿，唐舜跟着祖父进到茶楼里给微服出巡的宣统帝变戏法的时候，见到他身边的两个护卫配过枪。可平头老百姓，还真没有见过手里有枪的。

唐舜一下子警惕起来，他不动声色地退了两步，快速走进院子里去找拥忠法师。

拥忠法师并没有出去看唐舜口里说的那两个配枪的香客，他在打坐，眼睛一张一合，叹了口气，说道："是南宫先生来了。"

"南宫无量先生？"唐舜惊讶。

"水心斋"的主人，南宫无量，是个神龙见首不见尾的人物。唐舜知道，南宫先生一直在找九大神器。说来也怪，但凡觊觎神器者，在每二十年的天劫之中都会死于非命。然而南宫无量却能躲过天劫，而且毫发无损。可能诚如父亲所言，唯有对神器心存不轨者，才会被神器所吞噬。南宫无量虽然一直在寻找九大神器，却一心只为解开九大神器的秘密，来解救天下苍生，所以神器并不曾将他吞噬，他也因此能够免于天劫。

既然是南宫无量，那便是为青铜仙盘而来的。唐舜下意识看了看门口，问拥忠法师："眼下该怎么办？"他被天意选为了唐家第三代传人，仙盘的去留，皆由他做主。可他毕竟是个半大的孩子，此时到底也没有主意。南宫无量一心想要几大神器归一，庞门以及一些别的门派也在追寻九大神器，意图据为己有。唐家人生来的使命便是守护仙盘，年年岁岁世世代代不变，直到守到该来者的到来，找到与仙盘有缘之人，一同打开仙盘，解除封印。

南宫无量应当就是那个该来者吧，唐舜从被选为传人的那一刻起，就有这样的预感。但他到底不敢轻易把宝物交出去，万一南宫无量心存歹意，天地必定为之震动。或者眼前的人如果不是真正的南宫无量，后果将不堪设想。

拥忠法师说道："眼下有两个选择，把宝物交出去，如果他是南宫无量，他可保仙盘安然无恙。可万一他不是南宫无量，必然引起天劫。还有一个选择，就是唐家人永远留在这结界之内，世世代代死守仙盘，直到唐门灭绝。"

倘若唐门灭绝，仙盘必然落入他人手中，到时候还是免不了天劫。唐舜再三迟疑，还是走出了上师院的大门。就在他刚跨出上师院大门时，一团黑色的物体忽然从林子东面一闪而过。唐舜下意识缩回了脚，定睛往林子里看了看，只见一只黑熊往这里直奔而来。

南宫无量听到风声，拔出腰里的枪支，对准黑熊开了一枪。然而那黑熊反应极快，一闪身躲开了子弹。南宫无量身旁的男人也紧跟着掏出了枪，却是对着空中开了两枪。枪声刚停，一大群黑熊从林子深处狂奔而来。

南宫无量不紧不慢地朝唐舜勾了勾手指："愣着干什么？还不快出来！"

唐舜再次后退了一步，害怕那一群黑熊。

南宫无量身旁的男人眼看着黑熊群就要朝南宫无量这里扑过来，赶紧一个闪身挡在了南宫无量的前面。他从衣袖里摸出一张符纸，对着符纸念叨了两声，在空中画了个圈。

唐舜还没看明白这一切，发现自己的两条腿居然虚浮了。紧接着整个人就被一团黑黢黢的物体抬出了上师院。唐舜低头一看，脚下是成千上万的蚂蚁。再抬头看时，那一群黑熊早已经一窝蜂地退回了林子深处。

"这是怎么回事？"唐舜问。

"张先生吓退了黑熊。这些黑熊都是于淳豢养的。"南宫无量说道。

唐舜问道："它们为什么不第一时间伤我？"

"他们为仙盘而来，唐家人灭，仙盘就再无迹可寻。他们自然不敢伤了唐家人。但是他们杀了我们，以为你失去了帮手，仙盘就再无机会现世了。"南宫无量身边的男人，被称为张先生的男子解释。

唐舜说道："我是问这些蚂蚁是怎么回事。"

"蚂蚁兵，我养的宠物。"张先生言简意赅，一扬手把手里的符纸撕成了两半。

唐舜一个踉跄跌在了地上，那些蚂蚁整齐划一地往黑熊逃窜的方向爬走了。

唐舜问道："请问先生是南宫无量吗？"

南宫无量答非所问："等明年大劫之前，我会再来的，你保护好自己。"他说完戴上斗笠，准备离开。

唐舜追上两步："南宫先生，我如果把仙盘交给您，明年的天劫还会来吗？"

"该来的总会来，无论如何也躲不过。"南宫无量没有回头朝他看，只是抬手摆了摆，"回见！"

直到南宫无量离开，唐舜才百分百确定眼前的人的的确确是南宫无量。如果他不是南宫无量，刚才有一百种方法可以对自己动手，他在这时候想要杀自己，应当是轻而易举的。如果他不是南宫无量，也绝对无法从结界里把他拽出来。不对，刚才从结界里把自己带出来的人并非南宫无量，而是他身边的那个男人。那个男人又是谁呢？居然有本事穿透结界。

唐舜看着那个男人的背影，二十出头，身材清瘦，却孔武有力。南宫无量向来独来独往，如今却把他带在身边，肯定是个不简单的人物。

"德勒法师！你怎么在这里？"唐舜刚转身，迎面撞上了德勒法师，吓了一跳。

"那两个人是谁？"德勒法师指了指远去的两个人。

就在这时候，南宫无量身边的男人忽然回过头来，直勾勾地看着德勒法师。

难道他是顺风耳？唐舜在心里犯嘀咕，毕竟他们离上师院已经有四五百步远了。

德勒法师被他看得心里发毛，低了低头，迅速关上了大门。

唐舜刚要离开，德勒法师一把拽住了唐舜的手臂："他们今天来这里所为何事？"

唐舜一家第一天来这里，德勒法师就表现得无比殷勤。一开始唐舜并没有往深处想，如今听到德勒法师的问话，顿时对他起了戒心。唐舜想了想，说道："他问我东西在哪。"

"什么东西？"德勒法师拽着唐舜的手不由自主地收紧。

唐舜疼得龇牙咧嘴："仙盘！"

唐舜作为唐门新一代的继承人，掌管仙盘，已不再是秘密，所以唐舜也不必再藏着掖着。圈内的人自然知道仙盘是什么，圈外的人却并不会知晓。如果德勒法师对"仙盘"有所了解，那么必定是圈子里的人。这样就不得不让人疑心了。

德勒法师眯了眯眼，又问："你可知道南宫无量有一家当铺？"

"我知道，'水心斋'嘛。"唐舜点了点头，朝德勒法师行过礼就赶紧回房了，他害怕言多必失。

德勒法师定定地瞧着唐舜，嘴角慢悠悠地浮起一丝笑意。

# 第三章　天劫降临

唐舜就快走到房门口的时候，忽然听到房里传来两声尖叫。那声音先是异常的刺耳，拉着长音，随后那声音像是突然被什么东西掐断了一样，戛然而止。唐舜飞快地踢门而入，一只小臂长的蜈蚣正往他这里爬过来。唐舜的祖父母半坐在地上，两人的腿上血迹斑斑，像是被什么东西啃咬过一般。祖母的嘴唇透着黑紫色，祖父奄奄一息，吃力地抬起眼皮子看着唐舜。

唐舜的父亲倒在血泊里，脖子的动脉被蜈蚣硬生生咬断，血汹涌而出。

"上师！上师！"唐舜一面大声喊着，一面脱下鞋子，狠狠地砸向蜈蚣。他跑到父亲面前，想要替父亲止血，却是无论如何也止不住。

德勒法师比拥忠法师先一步到，他一通翻箱倒柜，找出来两卷纱布，一边替唐家祖父母包扎，一边对唐舜说道："看这伤口的颜色，应当是毒蜈蚣。你父亲刚从外面回来，怕是不小心带回了毒蜈蚣。"

"那怎么办？上师院里有解药吗？"唐舜强迫自己镇定下来，但一双手还是控制不住地颤抖着。

德勒法师摇了摇头，说道："庙里没有解药，这解药只有'水心斋'有。"

唐舜一听"水心斋"，心想着这会儿南宫无量还没有走远，要是抓紧时间追，应当是赶得上的。于是眼见着父亲已经断气，他抹了一把眼泪，正准备追出去，却被德勒法师拦下了："'水心斋'有规矩，自古以物换物。"

　　"我拿什么去换解药？"唐舜停住脚步，急得不知所措。

　　德勒法师替祖父止完血，又走到祖母跟前，说道："仙盘！"

　　话音刚落，拥忠法师带着几位法师进来了。拥忠法师见到地上的蜈蚣，再看到躺在地上的三个人，顿时脸色煞白："结界之内怎么进得了毒虫？"他直勾勾地看着一众法师。

　　德勒法师咽了口唾沫，自顾自地替唐舜的祖母包扎。

　　拥忠法师扯过一块纱布，捡起地上的毒蜈蚣，抛出了窗外。他又走到唐舜的祖父跟前，解开纱布，看了看腿上的伤口。随后他站起身，指着德勒法师道："这些年你可藏得真好啊。"

　　一众法师疑惑地看着拥忠法师，又看了看德勒法师。

　　德勒法师一脸不解："我不明白上师的意思。"

　　拥忠法师笑道："我们设下的结界，就连一只蚂蚁都进不来。这毒虫又是怎么进来的呢？刚才南宫无量在门口的时候，你鬼鬼祟祟地躲在门后，我就已经觉得不对劲了。如今你又怂恿唐舜拿仙盘去找南宫无量，想必毒虫也是你设下的圈套。"

　　话音刚落，一众法师忽然围住了德勒法师。

　　祖父直勾勾地看着唐舜，从喉咙里费力地挤出一丝声音，像是有什么话要交代唐舜。

　　唐舜见状赶紧上前了一步："祖父，我听着呢，您快说。"

　　祖父声音沙哑，吃力地说道："德勒法师是……"话还没说完，祖父已经昏死过去。

唐舜紧紧抱着祖父，恶狠狠地盯着德勒法师，鼻翼剧烈地翕动着，却是气得一个字也说不出来。

三天后，祖父母还是不治身亡了。法师们替唐舜葬下了父亲与祖父母三人。唐舜在这世上的亲人全都相继离开了，从此以后，他就成了孤儿。唐舜并没有流泪，因为这就是唐家人的命。唐家世世代代守护仙盘，为了仙盘，数代人为此丧命，几乎无人能够逃过，他自然也不会例外。

德勒法师并没有因为众人的怀疑而逃离上师院，半夜的时候，他被关进了柴房。德勒法师一声不吭，没有辩解也没有下跪求饶，只是任由法师们摆布，始终是一副君子坦荡荡的面孔。他一个人坐在黑漆漆的柴房里，外面守着两个年轻法师，都是生面孔，唐舜并没有见过。

唐舜在柴房外面徘徊了数次，都被两个法师劝退了。他绕到了后窗，轻轻敲了两下柴房的窗户。

德勒法师探出半个脑袋，朝唐舜看了一眼，没有说话。

唐舜问道："你到底是谁？"

德勒法师捡起一根柴火，在地上画了一个圈，随后他在胸前一笔画，用手指做出了一个动作。唐舜看了一眼他画在地上的圈，瞬间像是石化了。过了许久，唐舜才慢慢抬起头，定定地看着他手里的动作，十分僵硬地吐出几个字："是你？"

德勒法师缓缓地点了点头，没有说话。

唐舜问道："这一路上为什么要帮我们？你究竟是谁？到了这里，为什么又要杀了我家的人？既然要动手，路上就能动手了。这一路上，为什么还要帮我们找食物呢？"说完这番话，唐舜不禁捂了捂嘴。没错，既然要动手，德勒法师在路上就能对他们动手了，何必一路为他们投送食物，保全他们来到玉岭。在外头动手，不比在上师院里容易吗？

可没准是德勒法师撒谎呢，沿途为他们暗中投送食物的并不是他。可这也说不通啊，他既然能够洞悉路上的事，也就随时可以对他们动手了。如此思来想去，唐舜觉得父亲与祖父母的死亡或许另有原因。

凶手会是谁呢？有太多的人有嫌疑，唐舜一时之间没有任何头绪。他正想问问清楚，却见拥忠法师带着人往这里来了。

他想躲起来，可是已经来不及了。

拥忠法师见到唐舜，并不意外，他走到唐舜跟前，对唐舜说道："你先回去，马上要变天了。一会儿就要下大雪了。我审完德勒法师，自然会给你一个交代的。"

唐舜不走，问道："我能听听吗？死去的毕竟是我的家人。"

拥忠法师摇了摇头："他惯会驾驭毒虫，你留在这里不安全。"不给唐舜反驳的机会，已经有法师扛起唐舜送回后院了。

唐舜也不挣扎，趴在法师的肩头，定定地看着地面，没多久就闭上眼睛了。

等到唐舜醒来的时候，已经是第二天中午了。院子里闹哄哄的，唐舜被硬生生吵醒。他从枕头下面，摸出一只怀表，看了一眼时间，却发现那怀表的表面碎裂了。这块怀表是几年前，法租界里的一位老嬷嬷送给他的，虽然不是特别值钱的物件，这些年他也保护得很好，从来都没有磕碰过。可怀表莫名其妙就碎裂了，不光碎裂，连外面的挂链都有磨损的痕迹。

应当是有什么人进来过，唐舜努力回想，只想起自己被生面孔的法师扛进后院里，之后就昏睡过去了。唐舜揉了揉太阳穴，穿上鞋子，再一次走去柴房。却发现柴房的门敞开着，里面空无一人。他又折去前院，德勒法师果然被他们带到了前院。

德勒法师被五花大绑着，拥忠法师走到他面前，在他耳朵边说了几句话。德勒法师半张着嘴，怔怔地抬起眼皮子看向他。拥忠法师笑了笑，回到座位上。有个年轻法师端着一杯酒走到德勒法师身边，不声不响地递给他。

德勒法师没有犹豫，一仰头就把酒喝下去了。

拥忠法师说："过片刻后，拖到林子里埋了。"

唐舜赶紧捂住嘴，悄无声息地回到了自己房间里。

他时不时地看看怀表，有些坐立不安。大概过了一个时辰，唐舜才悄悄地翻墙出了上师院。这些年他常年跟随唐硕逃亡，翻墙的本事自然是无人能敌的，他想要出去，绝对可以做到神不知鬼不觉。

翻墙离开上师院后，唐舜一路奔上山。这里的雪停了，能够看出地上的脚印刚落下不久，两旁还带着车轱辘印。这车轱辘印与之前运送祖父母尸首上山下葬的一模一样。所以唐舜断定，德勒法师一定被送到山头西面埋下了。他循着车轱辘印一直往西，直到走到车轱辘印的尽头，才发现一个小土丘。他趴在地上闻了闻，天生的好嗅觉让他一下子辨别出了那杯毒酒的气味。

就是这里没有错了，唐舜赶紧跪下来徒手扒土。他顾不得手指血肉模糊，一点一点扒开了土，很快露出德勒法师的半张脸。那半张脸异常的惨白，看样子已经断气许久，鼻尖都已经冰凉了。

唐舜拍了拍德勒法师的脸颊，轻轻唤了两声。德勒法师忽然皱了皱鼻子，慢慢张开了眼睛。唐舜发现德勒法师还活着，赶紧继续扒土，把德勒法师从里面拽了出来。

德勒法师从土堆里站起来，说道："幸好我识出了你祖父母中的是何种毒，提前吃了解药，否则真要被长埋在这里了。"

唐舜问道："我的家人被害，当真不是你下的毒？"

德勒法师敲了敲他光溜溜的脑袋："明知故问，我要是想下毒，这一路上有几十次机会，用得着等到现在？"

唐舜问道："你究竟是谁？他们又是谁呢？"

德勒法师笑道："我是谁不重要，他们是谁才重要。这一路上我悄悄狩猎给你们投食，想护送你们去玉岭，没想到把你们送进狼窝里了。如今的法师们不是真法师，你务必要小心。他们暂时不敢动你手里的仙盘，毕竟他们十分忌惮明年的天劫。你早点去'水心斋'投靠南宫无量，他会保全你的。"

唐舜惊呆了："莫非你是猎人王刑？"

德勒法师依旧只是微笑，不置可否。

唐舜听祖辈说起过，猎人王氏一族与唐门颇有些渊源，早些年的时候，王刑的祖父在狩猎之时险些被狼咬伤，是祖父拼死救下他的。所以猎人王氏一族一直把守护唐门中人作为己任，以报答救命之恩。

如果德勒法师是王刑，他一路把他们护送到玉岭，想必也是没有想到会把他们送进虎口的。

唐舜问道："'水心斋'在哪里？我要如何才能找到南宫先生？"

"今晚子时，你在这里等我。"德勒法师拍了拍身上的土，同唐舜一起重新堆了个小土丘。

唐舜怕被法师们察觉，去溪边洗净了血肉模糊的手，悄悄翻墙回到了房里。

不知道是天气的缘故，还是因为自己去溪边洗手的时候弄湿了鞋袜，回到上师院后，唐舜便觉得异常的冷。他披了一床厚棉被，也不敢点灯，借着月光打开了父亲留给他的一只木匣子。

那只木匣子上刻有一串特殊的符号，作为唐门中人，唐舜自然是认得这些符号的。每当他看到这些符号，脑海里就会浮现出一连串奇怪的景象，那一幕幕景象都只是一些细碎的片段，却足以让他心中发寒。

明年就是每二十年一次的天劫了，他必须在天劫来临之前，尽快让仙盘重出玉岭。唐门世世代代有训，仙盘重出玉岭，万千神迹现世，天劫之咒自可攻破。但是，仙盘不是随意可以重现的，他必须找到打开仙盘的密钥，方可让仙盘重现。而那密钥不是别的，正是那个与唐家有缘之人，只有他的血才能破除夒文封印。

难道德勒法师并非猎人王刑，而是那个有缘人？他一路保护他们祖孙四人，想必也是为了保护仙盘吧。

想到这里，唐舜飞快地换下了湿鞋袜，简单收拾了几件衣服，带上木匣子准备尽快离开这里。他迫切想要见到德勒法师，如果他真的就是唐门的有缘人，帮助他重现仙盘，就可以免除明年的天劫了。他快速跳窗而出，正准备穿过密密层层的杂草，去翻院墙，却看到拥忠法师带着三四个人正站在自己面前。

拥忠法师面无表情地看着他，无悲无喜。

唐舜心中打鼓，脸上却很冷静："法师们找我？"

"你要去哪里？这两天庞师座的军队就要到达玉岭了。你这时候出去，遇上庞师座必死无疑。他们如今见到值钱的东西就抢，你身上的东西自然逃不过他们的眼睛。"拥忠法师平心静气地说着。

唐舜心想着：老匹夫，不就是惦记仙盘吗？什么庞师座，人家会跑到这穷乡僻壤里来抢东西？他心里这么盘算，嘴上却说："所以我要尽快离开玉岭才好，这会儿不走，等军阀到了山脚下，可就来不及了。"

拥忠法师说道："你两条腿敌得过人家的四轮车吗？这时候躲在上师院里才是最好的选择，上师院的结界，不是枪炮轻而易举可以破掉的。"

不等唐舜开口，几个法师已经拿着麻绳上来，几下就把瘦小的唐舜绑得无法动弹。

见他们来硬的，唐舜心直跳。仙盘还在自己怀里呢，难不成这些人是准备硬抢了？如果仙盘有损伤，他如何向唐家的列祖列宗交代？唐舜不敢激怒这些强盗，眼见着自己被五花大绑了，也不敢反抗，只好乖乖地被他们扛进了房间。

拥忠法师亲自留下来看守，一日三餐也留在他房间里吃。他吃什么，唐舜就吃什么。唐舜每一次用餐，都要等他吃上四五口才敢动手，生怕拥忠法师给自己下毒。拥忠法师见他那谨小慎微的模样，不禁笑了："看你那胆小的样儿，唐家是怎么选上你守护仙盘的？"

"我的血可以养活仙盘，没有我的血供养，仙盘等同于一块废石。仙盘长久离开我，就会失去灵性。我无需有多大的胆子，也无需有多少本事，活着就好。"唐舜直直地看着拥忠法师，显然是在警告他，不要打仙盘的主意。

拥忠法师往他碗里夹了一只鸡腿："我知道，所以那些人才不敢杀你。"

唐舜说："你们到底是哪一派的？"

拥忠法师笑了笑："我们哪一派都不是，倒是那德勒法师，你真的弄清楚他的身份了吗？"

毕竟德勒法师究竟是谁还没弄清楚，唐舜也不敢轻易断定他的身份。但既然德勒法师会一路保护他们，一定不是坏人。唐舜没有说话，把鸡腿送回到拥忠法师碗里。

拥忠法师说道："看来你还是不相信我们，想不想看看狗急跳墙的戏？"

唐舜疑惑地看了他一眼，慢慢点了点头。

唐舜是在后半夜逃出来的，他在拥忠法师的饭食里下了一些安眠药，又趁着其他法师熟睡后，才逃出了上师院。

德勒还等在约定的地方，他背着一杆猎枪，搓着手焦急地徘徊着。见到唐舜来了，他的嘴角露出了一抹意味深长的笑容。他眯了眯眼睛："你总算来了。"

唐舜冷得直发抖，搓了搓手，说道："我得等到他们都睡下了才能出来。"他说着把包袱抛进了马车里，手脚灵活地跳上了马车。

德勒递给唐舜一只水壶，又往车里扔了一包干粮，这才上了马车。

唐舜撩起车帘子，眼睛直勾勾地看着马车外。不远处雾蒙蒙的，唐舜发现似乎有几个人形影影绰绰。德勒见到人影，迅速掉转了车头，驱马往反方向去了。

唐舜问道："我们这会儿往哪儿去？那些人是谁？"

德勒说道："先去'水心斋'，找南宫先生。"

南宫先生神龙见首不见尾，怎么可能在"水心斋"里等着众人去找他？况且"水心斋"的具体位置，又有几人知道？一般人是不可能找得到的。唐舜并没有点破，紧紧捂住胸口，想看看德勒的下一步动作。毕竟究竟德勒和拥忠法师二人中谁是奸恶之人，他并不清楚，或许，他们两人都是另有目的的。

唐舜把头探出车窗，远远地望了一眼那些人影，他们离自己越来越近。那些人没有任何车马，全靠两条腿，却是如闪电一般的快。虽然抵不上马车的速度，却也一直没有被甩远过。然而就在唐舜以为他们就要追上马车的时候，跑在最前面的那个人忽然倒地了，后面的人接二连三地倒下来，像是集体被利器突袭。

"快停下来！"唐舜敲打马车。

德勒并没有停，只是放慢了速度："停下来做什么？"

唐舜说道："我去看看他们究竟是什么人。"

德勒说道："好奇害死猫，他们离奇死亡，后面一定有人在追。再说这些人是敌是友也不清楚，我们停下来就是送死。"

"我看是你想让他们死吧。"唐舜说完就跳下了马车，幸好车速不急，他只是摔了个趔趄。他迅速爬起来，自知两腿不敌马车，索性又翻身一骨碌滚进了林子里。

德勒眼看着马车进不去，干脆跳下来，抄起枪支就追了上去。

唐舜对这里的地形并不熟悉，七拐八拐地在林子里绕。德勒并不敢开枪，毕竟只有唐舜才能养活仙盘。他贸然开枪，如果杀死了唐舜，仙盘的价值就会大打折扣。他一直紧追不舍，直到追进了林子深处才见唐舜停下来。唐舜喘着粗气，定定地看着他。眼看着德勒一步步朝自己靠近，唐舜并没有逃跑。此刻的他，像是待宰的羔羊，不想再做任何的挣扎。

德勒的枪杆子对准了唐舜，呵斥道："跟我上马车！"

唐舜一声不吭地抬起头，看着雾蒙蒙的天际。忽然一张大网落下来，德勒还没来得及逃开，就被直直地罩住了。

大网刚落在身上，德勒就被大网吊了起来。紧接着有三四个人从林子里走出来，正是刚才倒下的那些人。他们一个个撕下脸上的面皮，竟然是上师院里的法师们。拥忠法师对唐舜说道："他千方百计带你离开玉岭，就是为了引动天劫。德勒的真面目，你现在可看清了？"

唐舜懵懵懂懂："我若是留在玉岭，天劫就能攻破？"

拥忠法师说道："仙盘发轫于玉岭，只有到了玉岭，才能护它永远周全。仙盘一旦离开玉岭，难保周全。若是明年时限一到，天劫必临。保不准仙盘在玉岭，就能攻破天劫，除非尽早解开夔文之谜。"

唐舜说："这些事，我从没有听我父亲说过。"

拥忠法师说："因为他根本来不及说，从你被选为继承人那一刻起，你们就在逃亡。到了玉岭，他就被德勒杀了。你不清楚这些事，德勒才能带走你。唐家掌盘人的血能养活仙盘，也只是传闻，这传闻是你祖父为了保护唐家人而编造的。不过今天这个传闻，也算是救了你一命。"

看起来都是一连串的算计，唐舜心里思量着这番话。拥忠法师的话不能全信，但也不能不信。的的确确，从他被选为掌管仙盘的新继承人当晚，一家人就开始被追杀了。他只知道，江湖上有无数的人想要得到仙盘，想要解开夔文的秘密，想要得到所谓的藏宝图。但仙盘里面究竟有什么秘密，究竟是否有藏宝图，唐舜并不清楚。仙盘留在玉岭，天劫或有攻破的可能。仙盘也只有在玉岭，才能重现世间。这是祖训，他居然一时糊涂忘了祖训，相信了德勒的话。

把德勒关进地窖后，拥忠法师递给了唐舜一只鞋。唐舜拿起那只鞋看了一眼，又诧异地看了看拥忠法师："这不是我祖父路上跑丢的鞋子吗？"

拥忠法师慢慢点头："那天你们被庞家人追杀的时候，我派出去的人刚刚赶到，在十里头捡到了你祖父的鞋，我们一直以为你们遇难了。后来总算在沿途见到了你们，所以那些人一路保护你们到了玉岭。德勒也是其中一员，他冒充猎人王刑来博取你的信任，我怀疑他是庞铁山的人。"拥忠法师想了想，说道："还有一件事，只怕你不信，其实我才是猎人王刑。"

唐舜听到庞铁山这个名字，顿时心口一凛。庞家人为了得到仙盘，杀了不少人，可谓不择手段。有多少人觊觎仙盘，但是不至于滥杀无辜。而庞家人这一路上连收留他们唐家的平头老百姓都要杀害。看样子祖父母和父亲也是庞铁山指使德勒杀害的。他唐舜已经被选为继承人，父亲的离世自然对仙盘毫无影响了。而庞铁山早早地杀害父亲，也是为了死守仙盘的秘密，把唐舜骗出玉岭，好设法夺走仙盘。

唐舜想了想，忽然记起一件事，他对拥忠法师说道："这上师院里，有些生面孔，怕是与德勒一伙的。昨日压在我枕头下的怀表，不知道怎么就无缘无故地碎裂了。"

拥忠法师点了点头："那些人都是近些日子才来上师院的，我已经把他们赶出去了。"

唐舜松了一口气，问道："这仙盘究竟是什么来历？我若在这里擅自打开仙盘会如何？"

拥忠法师说道："仙盘的来历，我们也不清楚。但是据说仙盘是上古之物，一旦在玉岭现世，必定会有神迹出现。仙盘乃是蚩尤残卷中的九大神器之一，只是当世之人谁也没有见过它的真面目，更无从知晓仙盘现世后将会是何等模样。"

唐门守护仙盘数十载，也未曾见过仙盘现世。父亲说，仙盘的现世需要等到天时地利人和，而天时未知，地利便是玉岭，人和是最难的。那个有缘人究竟是谁，又如何才能够得到他的指尖血解开封印？

如今已是危机重重，唐舜保护仙盘已经心力不足，更别说寻找有缘人了。

唐舜忽然萌生了一个大胆的想法，他朝拥忠法师看了一眼，垂下眸子，想了想，问道："你们可知南宫先生在哪儿？"

南宫无量这些年为求九九归一，解开神器之谜，一直在寻找九大神器。与庞门等人不同的是，南宫无量对神器并无占有之心，他的手上未曾沾过一滴人血，也不曾强行占有过神器。其余神器的持有者，都曾受过南宫先生的不少恩惠，才得以保全神器。

如果找到南宫无量，唐舜或许就可以早早地找到解开密钥的有缘人了。

拥忠法师说道："南宫先生曾来过上师院两次，第一次是为让我派人随护你们一家而来，第二次是来确认你是否已经安然到达这里。所以我想，南宫先生可能就在这附近。"

唐舜点了点头，心中打定了主意。

# 第四章　雕虫小技

唐家六代，取名唐悦，掌仙盘，平天下。

父亲唐硕曾告诫过唐舜，若要辨别南宫先生的真伪，需得对上这句密语。因为只有真正的南宫先生，才知晓唐家的族谱与百年之后事。唐舜为找寻南宫先生，离开了上师院，住进了一个小胡同里。那是一个杂胡同，什么乞丐、孤儿、小杂役，以及一些人老珠黄的窑姐儿也在那胡同里挤着。唐舜的身上没有多少钱，只能在这杂胡同里熬着日子。他白天四处打工，一则是为了赚钱糊口，二则是想借着市井来探听些关于南宫先生的事，以便自己找到他。

唐舜在一家酒馆里找了一份打杂的工作，因为年纪小，被掌柜克扣了些许工钱。他倒也并不十分在意，每日白天管吃管喝，夜间打烊的时候还能带些客人的剩饭菜离开，倒也知足了。唐舜干活很卖力，从来没有偷懒过，无论来的是平头百姓还是腰缠万贯者，他都会尽心尽力把客人伺候好，所以酒楼里的客人都十分喜欢唐舜。他偶尔向客人们打听些事，客人们倒也十分乐意回答他。

这天酒楼里来了两个青年人，一进门就找掌柜的讨要一个包间。因为临近年关，酒楼里日日高朋满座，别说是包间，就连堂食都已经坐满了。掌柜有些为难，看两人的衣着气质，像是练家子，而且应当是衙门里长期当差的人。那两人握大刀的姿势与衙门里那些训练有素且有些凶神恶煞的官差如出一辙。掌柜一面不敢得罪二人，一面又实在腾不出包间来。就这样草草把人打发走了，怕惹上麻烦，实在是左右为难。他想了想，问二人："两位爷，要不我替你们在屏风后摆上一张桌子，你们先把菜点上，我再送你们半斤牛肉作为赔礼可好？"

"老子不要牛肉，就要个包间，还得僻静些的。你赶紧安排，老子要在这里见贵客。"其中一个说着便拔出了刀，吓得掌柜腿脚发软。

掌柜怕性命不保，赶忙先答应下来，说是马上与客人去交涉，让出一个包间来。他一面安排唐舜带两人去屏风后，一面去同客人交涉。但几间包间的客人并无一人愿意让出包间来。掌柜摸了摸冷冰冰的脖子，心中发慌，硬着头皮下楼去，对那两青年说道："对不住，还需要你们等一会儿。"

"等等等，等个屁，还不快上热菜！"两个客人拍了拍屏风，那咣当声吓得掌柜打了一个激灵。他眨了眨眼睛，这才看清楚，原本的屏风四周又被摆上了三扇屏风，组成了一个四四方方的隔间。唐舜抱着一把二胡在拉唱，两个客人一副不耐烦的表情，催促着掌柜快点上菜。

掌柜一脸迷惑地看着唐舜，却见唐舜只是低着头在拉唱，丝毫没有注意到自己。掌柜松了一口气，能保住小命就好。

菜上齐之后，掌柜亲自把半斤牛肉送了进来，人还没靠近桌子边，就被客人的大刀吓退。其中一个客人说道："滚出去，没有我们的允许，谁也不准再进来。"客人又指了指唐舜："毛小子，继续唱。"

唐舜没有停下来，继续拉唱。

掌柜退出屏风后，那两个客人喝了两口酒，大口吃了几块酱牛肉，这才絮絮叨叨地聊了起来。其中一个客人长得矮小些，声音有些沙哑："真他妈晦气，找了半个多月了，这'水心斋'连个鬼影子也见不到，到底有没有这个地方！"

唐舜刚唱完一首歌，换了个调子继续唱。

另一个客人说道："也许根本没有'水心斋'这个地方，我们是被引路人骗了。张本见在'水心斋'的消息，也许是有人故意放出来迷惑我们的。"

先前说话的客人说道："龟田君见过'水心斋'，还杀了里头一个典当的客人。只是龟田君回来的时候就莫名其妙中毒死了，否则我早就找到'水心斋'了。"

另一个客人继续说道："三木，我有个办法能引出张本见来。他们不是在找神器吗？我听说有个姓唐的毛头小子刚到上师院，他手里有块仙盘……"

接下来的话，唐舜没能听清楚，两人互相咬着耳朵，有意避开他。但他已经隐约猜到了他们接下来准备做什么。张本见是谁？要是如这两人所言，他住在"水心斋"里，那么很有可能就是那天跟在南宫先生身边的人。这两个人为了找出张本见，打算从他这里着手。而他唐舜为了找到南宫先生，为什么就不能从他们这里借力呢？

两个客人酒足饭饱之后，从隔间里走出来，十分满意地伸了个懒腰。掌柜见到两人，早已经笑脸相迎了。那个叫三木的客人丢了一枚银元给掌柜，一声不吭地离开了。另一个客人继续回到隔间，打算再喝一壶酒。

唐舜见那客人又进来喝酒，原本要离开，便又继续坐下来拉二胡。

那客人却朝他摆了摆手，示意他出去。三木好这一口，他却嫌聒噪。唐舜抱着二胡出了隔间，见掌柜站在那里招呼客人，于是便走上前去说道："掌柜，我一会儿能告假两天吗？"

掌柜为难道："眼下临近年关，正是最忙的时候，你这时候告假，咱酒楼里怎么看顾得过来？"

唐舜说道："可是我有十万火急的事儿，必须得回去一趟。"

掌柜问道："什么事儿？你不是说你家里的亲人一个多月前都走了吗？若不是你一夜之间成了孤儿，我也不会要你这细胳膊细腿的毛孩子。"

唐舜朝隔间看了一眼，说道："正是因为我家人都走了，我才要回一趟玉岭，去给他们做尾七啊。"

百善孝为先，掌柜听到这话，也就不得不准假了。

唐舜趁着天还没有黑，就急急忙忙地往玉岭赶。临走前，他打包了几样客人吃剩下的点心，这一路上走走歇歇，饿了就停下来吃些点心，倒也没有挨过饿。当他走到半路的时候，天已经完全黑透了。借着微弱的月光，唐舜实在不便赶路，也已经走不动了，于是只能在路边找到一块大石头，躺下来歇息。但荒郊野岭的，他一个孩子到底不敢孤身一人在外头睡，只能选择闭目养神。唐舜的听力异于常人，对于周边的风吹草动和异响都能准确辨别出方位。

唐舜隐隐约约能够听到周遭的脚步声，那脚步声离得有些远，是两个人，一前一后地走着。走在前面的人应当身材魁梧些，脚步更沉重些。唐舜听着越来越近的脚步声，并没有睁开眼睛。他回想着唐硕教他的听音辨人法，确定这两人应当是常年习武的。他们总算跟来了，唐舜心里想着，虽有些害怕，但脸上还是强作镇定。

那两人很快就到了他的面前，其中一人推了推他，呵斥道："起来！快起来！"

唐舜蒙蒙眬眬地睁开眼睛，只见之前在隔间里的两个客人出现在了他的面前。他迅速站起来，问两人："二位客官，想点菜吗？"

两人凶神恶煞地看着他，一言不发。

唐舜摇了摇脑袋，让自己清醒些。他似乎才刚想起来，这是在郊外，不是他工作的酒楼。他揉了揉眼睛，问二人："两位客官找我有事儿吗？"

"没事儿还能找你？"其中一人长得魁梧些，他拿刀架在了唐舜的脖子上，呵斥道，"跟着我们往前走，带我们去玉岭。不要耍花样！"

唐舜害怕地举起双手，做投降状，不敢回头看他们二人。他被两人推搡着往前走了一段路，才敢开口问："两位好汉，你们是想让我做什么吗？"

"不用你做什么，只要张本见出现，你的任务就完成了。"另一位长得矮小些的刚开口，就被那个叫三木的拿眼神制止了。

唐舜问道："张本见是谁？我不认得他呀。"两人都没有搭腔，十分大力地推着唐舜往玉岭的方向走。三人走到玉岭的时候已经天明了，唐舜感觉自己的两条腿几乎要走废了，痛得直不起来。他半跪半爬地进了上师院，找到了先前的房间歇下来。而三木与他的同行伙伴因为有结界阻挡，进不了里头。他们在离上师院不远的一座亭子里歇脚，亭子正对着上师院的大门，以便观察唐舜。

唐舜见过拥忠法师后，便回到了自己的房间里。唐舜从柜子的抽屉里拿出一副望远镜，这是他用弹弓与一位洋学生交换的，一直珍而重之地藏在身边，今天还是头一次拿出来用。他搬了一把椅子，站在后院外墙边，偷偷地把望远镜伸到了墙头。

三木和同伴果然在林子里守着，两人的眼睛紧盯着这里。不过因为离得远，他们应当瞧不见自己。为了引出张本见，不知道他们下一步准备做什么。唐舜仔细观察了一番，发现他们身边多了两个包袱，那包袱鼓鼓囊囊的，三木的一只手紧紧地护着两个包袱，像是十分重要的样子。

唐舜十分好奇两人的包袱里究竟装着什么，他往后院东面丢了一块小石头。只见三木十分警惕地往东面看去，那同伴的一只手立马握紧了刀柄，正准备拔刀。三木赶紧呵斥他："别乱动！先看看再说。"

这一举动引得唐舜想要笑，这两个人只怕是一面想要杀了张本见，一面又害怕人家吧。正想着，三木忽然站立起来，他打开一只包袱，从里面取出一串鞭炮。那百子炮十分的细小，比起年节时燃放的百子炮要小上许多。细细密密的一大串，看起来沉甸甸的。唐舜将望远镜往外墙稍微伸出了一截，只见三木的同伴又打开一只包袱，那包袱里装着两只竹罐子。竹罐子拿起来的时候，沉甸甸的。

三木接过那两只竹罐子，往地上撒了一层黑粉，一面撒黑粉一面往后退，像是要铺出一条细细长长的沙路来。撒完一罐黑粉，三木又打开了第二罐，直接往上师院的方向甩了过来。黑粉四散开来，腾起一股火药的味道。

"糟糕！"唐舜刚明白过来对方要做什么，却已经迟了。三木已经点燃了鞭炮，随着鞭炮声响起来，那些黑粉迸射出了火花。没多久，外头顿时腾起阵阵火光，慢慢地那火光便融合起来，形成了熊熊烈火。

拥忠法师听到上师院外面响起了鞭炮声，急忙从法器室里跑出来，紧接着所有的法师也都纷纷跑了出来，提水的提水，挪缸的挪缸。那火光扩散得十分的迅速，眨眼的工夫已经蹿到了上师院大门口。结界不怕刀枪毒虫，但是怕水怕火，一旦火烧到大门，必定会烧进来。

唐舜飞快地从缸里舀起一桶水，跑向大门口。此时门边已经被烧得滚烫，唐舜一靠近门边，就被烫得下意识后退了两步。火很快就把大门烧得歪歪扭扭，火星子透过门缝扑进来，险些烧着了唐舜的衣服。

唐舜赶紧往门边泼了一桶水，可终究于事无补。他别无他法，只得往自己身上泼了一桶水，以免被大火灼伤，如果到时候要带着仙盘逃出去，也安全些。

拥忠法师从法器室里冲出来，对唐舜说道："快回去，赶紧带上仙盘逃到后山去。"

外面鞭炮声噼里啪啦地响个不停，唐舜并没有听到拥忠法师的话，转身提着水桶又往后院跑。拥忠法师来不及去追，连同一众法师在内堂口制造了新的结界，以免让大火伤到仙盘。然而结界到底不敌水火，很快第二道结界也被大火吞噬了。上师院的前院和内堂都被冲天的火光包围着。唐舜这才意识到这场火已经救不了了。他带上仙盘，准备翻出外墙。人刚爬上墙边，就看到一支火箭朝他面前射过来，离他的肩头至多五寸的距离。

三木这是要把他困死在里面呢，看样子他是不逼出张本见不罢休了。

唐舜跳回围墙底下，又走到了墙角，打算找机会再逃出去，奈何墙角下，竟然也燃着一堆火。他们这是把所有的路都封死了，不把所有人困死在上师院里不罢休。看样子，他们的目的不仅仅是张本见，还有仙盘！唐舜这时候如果硬逃出去，他们一定会赶尽杀绝，抢夺仙盘的。

唐舜别无他法，只得坐在后院的墙边。墙角的火也越燃越大，随时都有可能把墙烧裂。前院后院都几乎没有躲藏之处，唐舜只得先找了个稍微安全些的地方，用铁锹挖出一个深洞，把仙盘连同匣子埋在了洞里头。

埋完仙盘之后，唐舜早已经精疲力尽。他靠着墙边半躺下来，大口大口地喘着气。此时是生是死，他已经准备听天由命了。

唐舜醒过来的时候，已经是第二天正午。他迷迷瞪瞪地睁开眼睛，发现自己躺在一间黑黢黢的房里。有两个男人背对着他，那两个人正坐在桌边，其中一人在研磨中草药。另一个男人见到唐舜醒过来，赶紧走过去，问道："小子，你觉得怎么样？"

"好痛！"唐舜想要翻身，却发现肩膀火辣辣的疼。他看了一眼肩头，只见自己的半边膀子裸露着，肩膀被烫得通红，一簇簇水泡触目惊心。定是那支火箭朝他射过来的时候，火团烧到了衣服。

男人说道："你这时候醒来正好，躺下来，我给你敷药。"

唐舜看了一眼说话的男人，正是他第一天到上师院那天，与南宫无量一起来的那个男人。难道坐在桌边的是南宫先生？他咬了咬牙，忍住痛，问道："请问那位是南宫先生吗？"

坐在圆桌边的男人并没有回头，而是把研磨好的中药粉浸在蜂蜜里，随后拿起一张羊皮，抹上了药膏，走了过来。

唐舜这才看清楚，朝他走过来的人的确是上次见过的"南宫无量"。

他下意识问道："您真的是南宫先生吗？"

"不是我，又会是谁呢？"南宫无量说道。

唐舜想了想，说出了"唐家六代，取名唐悦"这两句。

南宫无量不自觉地笑了笑，随后道出后两句："掌仙盘，平天下。现在可以相信我了吗？"

唐舜有些不好意思地点了点头，问二人："是二位先生救了我吗？拥忠法师他们怎么样了？"

南宫无量叹了口气，说道："死的死，伤的伤。拥忠法师还活着，我们已经对他施救了，他应该不会有性命之忧，但他伤得很重。"

唐舜心口一阵剧痛，又有无辜的人受伤害。他朝南宫无量边上的男人看了一眼，迟疑着问道："请问您是张本见先生吗？"

男人问道："你何以见得？"

唐舜说道："那两个日本人说想要杀你，却找不到你，于是准备利用我把你们引出来。"

男人又问："你怎知他们要杀我？又怎知他们是日本人？"

唐舜把那天在隔间里听到的对话和盘托出，包括他自己将计就计，打算用自己的命来引出南宫无量的事也都说了。末了他说道："他们的握刀手法，我曾在路上见过，是日本人惯有的握法。而且三木的口音听着很生硬，不像是本土的口音。我听着倒是有些像日语的音调。"

张本见笑了笑："你小子挺聪明，但也傻。用自己的命来引南宫先生出来，万一南宫先生没有及时赶到，那你就真的一命呜呼了。这次也算是给你的小聪明一个教训，不过上师院里枉死的法师实在无辜。"

唐舜语气笃定道："不会的。我第一天到上师院的时候，南宫无量先生就来了，我相信他会出现的。"想到上师院里那些枉死的法师，他又羞愧地低下了头。这一次，这么多人为他的小聪明付出了生命的代价，他实在有愧。

张本见笑而不语，接过南宫无量递来的膏药，为唐舜敷在了肩膀上。

唐舜痛得龇牙咧嘴，却还是强忍了下来。南宫无量瞧着唐舜的耐力，不禁欣慰地点了点头。

那天为了从大火中救出唐舜，张本见只射杀了三木的跟班，却一不留神让三木趁机逃走了。张本见这些日子为了找到三木，每日都在外头奔波。为唐舜上药的事，自然只能交给南宫无量了。好在南宫无量精通药理，唐舜也不过七八天的工夫，已经行动自如了。肩膀上的伤口基本上已经愈合，就连疤痕也不是太过明显。

唐舜亲手撕下贴在肩头的最后一张膏药，对南宫无量说道："我得找机会回一趟上师院，仙盘被我埋在了上师院里。我要取回来。"

南宫无量笑了笑，转身从抽屉里取出一只匣子，塞到唐舜手里："你放心，仙盘安然无恙。"

原来南宫无量把仙盘从大火里救了出来。

唐舜接过那只匣子，却不禁愣了愣，那匣子上的奇怪符号，与包裹仙盘的金箔片上的符号，居然是一模一样的。那些符号又令他的脑海里闪现出各种奇怪的景象。他努力想要把那些景象串联起来，却都是些飘飘渺渺的碎片，实在难以抓取。他口里断断续续喃喃着："火凤凰……飞天将军，主上……公主殿下……"

南宫无量面无表情地看着唐舜，屏住了呼吸，生怕打扰到唐舜。

然而过了没多久，唐舜抬起了头。他晃了晃脑袋，感觉脑壳有些疼。南宫无量问道："你看到了什么？"

唐舜回想了一下，说道："说不上来，好多奇怪的景象。有坠入雪山的凤凰，有羽化登仙的大将军，有公主大婚，还有……还有一场天劫，死伤无数，军马都在血泊里嘶吼。"话音刚落，唐舜明显感觉到门板震了震。

南宫无量也察觉到了那轻微的震动，唐舜紧紧抱住了木匣子，一脸紧张地问道："是地震来了吗？"

"是天劫来了。"南宫无量说道。

唐舜一听天劫，一颗心顿时提到了嗓子眼。尽管父亲无数次提及天劫，但是他到底从来没有真正经历过。天劫究竟怎样，他无从知晓。他把匣子抱得更紧了："拥忠法师说过，天劫来临，仙盘只有在玉岭才能安然无恙。如果流落在外，难保周全。还请南宫先生护送我回玉岭。"

南宫无量的嘴角露出一丝意味深长的笑："仙盘在这里，也能保全的。"

唐舜看着他那一丝笑，顿时一拍脑门："难道这'水心斋'是……"

南宫无量朝他递了个眼神，唐舜立即沉默了，有些事，心知肚明就足够了。

# 第五章　古袼后人

待地动山摇平息后，唐舜看着外头那似陌生又熟悉的景致，问道："我能去外头瞧一瞧吗？"

南宫无量点了点头。

唐舜走出房门，走到"水心斋"的大堂内，这里依旧是幽暗的。整个"水心斋"像是常年见不到阳光，永远都处在地窖里。南宫无量点亮一根蜡烛，这才稍微觉得亮堂一些。"水心斋"的结构与一般的当铺并无二致，只是当铺的柜台出奇的高，唐舜小小的身躯根本望不到里面。那当铺的柜台后头似乎还坐着一个人，人影幢幢，却看不真切。唐舜走出"水心斋"，只见一座山坐落在自己面前，却不如玉岭那般高。唐舜愣了愣，回头朝南宫无量看了一眼。

南宫无量似笑非笑地望向远处，说道："这地界都是相通的，'水心斋'四面环山，你和世人见到的不过是其中一面。"

唐舜问道："我想去的那一面山在哪儿？"

南宫无量无言转身，带着唐舜回到了"水心斋"。大堂里依旧亮着幽暗的烛火，高高的柜台后人影幢幢。南宫无量走进柜台里，打开抽屉，扭动了抽屉里的机关。紧接着，一面墙慢慢升起，露出一丝明亮的光。那光线随着墙面越升越高，变得越来越亮。唐舜走到墙边，看着外面越来越清楚的景致，顿时眼前一亮。

南宫无量说道："明天这时候，外头应该会有不少人面临天劫。"

唐舜记得父亲说过，天劫要经历两天两夜，而第二天才是最让人恐惧的。虽然如今天劫已起，但除了感觉山体在轻微地摇晃，唐舜并没有感觉有别的异常。明天究竟会发生什么可怕的事，唐舜不得而知。

临近半夜时分，唐舜起来上茅房，听到山头开始传来噼里啪啦的声响，像是有什么重物走在地上发出的声响，又像是什么东西爆裂的声音。唐舜点燃一支蜡烛，往声源处照了照，但因为声源处离得远，他并没有看到什么。唐舜只当是外头刮起了大风，刮得树枝相互碰撞，于是又折回了当铺。就在他关门的那一刻，一声巨响猛然间响起来，吓得他心口一闷。

南宫无量和张本见听到巨响，慌忙从房里跑出来，见唐舜站在门口，南宫无量问道："出什么事儿了？"

唐舜还没来得及开口，远处又响起一声巨响。南宫无量和张本见先后操起了猎枪，把唐舜挡在了身后。然而等了许久，都不见有人往这里走来。只是不远处忽然响起一片哀号声，紧接着是有人四处逃窜的身影。那些人像是附近的村民，但是一个个身手敏捷，又不像是普通的民众。

唐舜问道："他们是谁？"

张本见说道："恐怕都是来找你的人，或是觊觎仙盘者。"

唐舜十分诧异，他这一路走来，虽然遇到过不少对仙盘虎视眈眈的人，但也不过只有六七人。怎么突然间冒出这么多人来呢？究竟会有多少人死于天劫，唐舜并不清楚，他只知道，这些人都是对仙盘心存不轨者。

天边一个个火球砸向四处逃窜的人，没有一个火球落在无辜百姓的屋舍上。那些火球就像是长了眼睛一样，直直地避开屋舍，落在那些人的身上，生生地砸出一个个血窟窿。一时间哀号声遍地，所有的人都被那些火球砸得体无完肤。唐舜实在不敢看那场景，他扭头进了当铺。

张本见跟了进去，对唐舜说道："接下来的景象你不再看看吗？"

"有什么好看的，都是一些因觊觎仙盘而受罚的人。"这些人虽然可恨，但也可怜，唐舜实在不愿意再见到这种生灵涂炭的景象。

张本见紧接着说道："也许有你感兴趣的事情发生呢？"

唐舜害怕见到生灵涂炭的惨状，但又有些好奇。他迟疑了片刻，两条腿还是不由自主地跟着张本见走出了"水心斋"。刚走出"水心斋"，唐舜就被天际的一大团光吸引了。那光亮像是从极遥远的地方照射过来一般，光团巨大，如天幕般包住了整座玉岭。唐舜隐隐约约地从那一团光亮中瞧出一个人影来，那人影的轮廓与那天他在当铺柜台后见到的人影有几分相像，但是她的身上似乎多了一对厚重的翅膀。只是因为那光影太过巨大，他实在看不清幻象的全貌。他微微眯了眯眼睛，想要看得更真切些。那人影却已经变得扭曲起来，慢慢地化作了云彩，往云层深处远去。

唐舜下意识走进"水心斋"，往柜台里面看了一眼，却发现那人影已经不见了。莫非他刚才在天空看到的与柜台后的是同一人？这个人又是谁呢？为何有本事飞到这么高的地方去？

"你究竟看到了什么？"张本见的声音突然出现在耳边，"听说经历天劫的时候，唐家人是可以看到幻象的。"

唐舜被突如其来的说话声吓了一跳，他拍了拍胸口，说道："我见到了一个人影。"

"长什么样？"张本见问道。

南宫无量听到这话，朝唐舜看过来。

唐舜摇了摇头："不过我看不真切，那人影似乎与那时我在……"他本想说与自己先前在柜台后看到的人影有几分相似，但话到了嘴边，他又急忙咽下去。那柜台后的人影究竟是什么，到底是不是幻象还不确定。如果是真人，南宫无量与张本见是否愿意让人知晓，他并不清楚。俗话说，知道得越多，死得越快！这是唐硕教给他的生存法则。

南宫无量却似乎察觉到了唐舜的后半截话，他对唐舜说道："就凭唐家与南宫家的渊源，还不值得你全盘托出吗？"

唐舜想了想，这才把在柜台后看到的景象告诉了二人。

张本见听后意味深长地看了柜台后一眼，又看了看南宫无量。南宫无量默不作声，过了好一会儿才吐了口气："看样子，仙盘有望提前现世了。"

唐舜听得有些发怵："何以见得？"

二人还没来得及作答，外头响起了雷鸣电闪的声音。那雷声轰隆简直震耳欲聋，唐舜长这么大，还是头一回听到如此响的雷声。那闪电也异于寻常，一道道劈打在山巅之上，堪堪落在一株最高的迎客松上，愣是把迎客松劈得四分五裂。

"看来山上还有不受欢迎的人。"张本见暗自摇了摇头。

唐舜心想着不怕死的人还真是不少，为了仙盘，竟然不惜在天劫中丢命。这一次的天劫，不知道有多少人历劫了。

这一场雷鸣电闪足足持续了一整夜，直到第二天清晨才结束。然而一夜下来，整个山头除了被劈裂了几株迎客松外，几乎没有任何异样。张本见站在窗边，透过狭小的窗户，看着村民们在陆陆续续往山脚下搬运尸身，不禁"啧啧"了两声。

唐舜坐在一张桌子前，埋着头画画。起初南宫无量与张本见倒也不在意，只当是小孩子随意写写画画罢了。可是过了没多久，只见唐舜拿着那幅画慢慢站立起来，走到柜台前，踩在一个凳子上，歪着头朝柜台后看了许久。张本见走到唐舜面前，见到唐舜手里的画，顿时一愣，望向南宫无量。

南宫无量也上前了一步，嘴里嗫嚅着："这是女娲……"

唐舜摇了摇头："不是女娲，我曾在梦里见过她。我不确定她是谁，但一定同仙盘有所关联。有几次出现的时候，她带有一对翅膀。这些天她总是出现在'水心斋'，我一靠近，她就化成了泡影。昨日天劫，我也见到她了。"

张本见说道："万物皆是虚妄，恐怕她只是你想象出来的幻影，虽与仙盘有些渊源，却并不曾真的出现在'水心斋'。"

万物皆是虚妄，这句话在一年多之前唐舜就已经领悟，也是在一年多以前，他就已经频繁见到画上的人影。尽管她并不真实存在，但唐舜相信，她一定同仙盘有着不可分割的联系。

南宫无量点起了旱烟，一面抽烟，一面对二人道："并非虚妄，这或许就是仙盘的启示。仙盘未必一定要等到唐家六代，为了结束天劫，可能要提早现世了。"

她，究竟是谁？唐舜收起了画像，拿起一把猎枪，打算去山顶上找找蛛丝马迹。刚才天边出现过幻象的地方，或许能够寻到眉目也未可知。

张本见递给唐舜一支火铳，又给了他三粒黑乎乎的药丸，每一粒大约鹌鹑蛋大小。他拿走了唐舜手里的猎枪，对唐舜说道："遇到危险时，吞下一粒可以保命。"

唐舜将信将疑地看了看手里的药丸，塞进了衣袖里。唐舜知道，张本见与南宫无量轻易不肯露面，所以只好只身一人上了山。

山上的景象有些瘆人，横七竖八的尸体堆在山顶上。山上是厚厚的积雪，积雪上布满了杂乱无章的脚印，有不少村民抬着一个个担架，那担架上的人都被白布遮盖住了，他们正在往山下抬运尸体。这些村民像是见惯了似的，一个个都没有半点慌乱与恐惧。唐舜觉得这样的举动有些离奇，话说天劫每二十年一次，这些村民也不过二三十岁的年纪，又有几人见过数次这样的情状呢？他们一个个却像是训练过似的。唐舜眯起眼睛，握紧了藏在腰间的火铳，看着村民们训练有素的样子，心中顿感不妙。

他悄无声息地退后了两步，想要趁众人未注意时，悄悄地回到山下。可这时候，人群里早已经有一个人注意到他了。那人留着大胡子，长得一脸粗鄙相，见唐舜就要离开，放下了手里的白布，佯装找草绳，走到唐舜跟前来，轻声道："小子，帮个忙，把这个人带到东山脚下去，那里有人接应。接走就给三个银元，这买卖容易做。"

唐舜顺着他所指的方向看了看，只见一个比他大一两岁的孩子正躺在地上，口里都是鲜血。唐舜问道："如果真有这么好的事儿，你自己为什么不去？"

那大胡子男人说道："这么多人，我们运得完吗？天黑之前都得搬到东山脚下去，那边接应的人说了，天黑之前做不完这些事，谁也别想离开。"

唐舜心想着，这场天劫里还能有个孩子，难道这孩子也觊觎仙盘？他总觉得有些蹊跷，想要探个究竟，于是就一口答应了下来。他背起那孩子的尸身，吃力地往山下走。大胡子见唐舜走了，赶紧跑到一具尸体前，东摸西摸，摸出几张钞票来。他嘴里骂骂咧咧："都是些穷鬼，一个个身上加起来都没两块银元。"

唐舜足足背了一个小时，直到鞋袜都被雪弄得湿透了，才把那尸体搬到了东山脚下。他放下那孩子，四处找寻了一番，并没有见到接应的人。原来自己是被大胡子骗了，做了一回免费的劳工。他正要离开，忽然发现那孩子的手动了动，像是要拉他的裤脚，但因为离得远，那孩子的手实在够不到，也没有太多的力气。

唐舜停下脚步，试探着"喂"了一声，想确认他究竟是诈尸还是没死。

那孩子动了动嘴皮子，看起来有些费劲，实在发不出声音来。唐舜弯腰把头凑到了那孩子嘴边，只听得他说道："救我……"

唐舜问道："你还能站起来吗？我带你去村口找大夫。"

那孩子摇了摇头。

唐舜再一次把他背起来，但那孩子已经浑身瘫软了。唐舜毕竟比他身形小，经过刚才那一番折腾，此时早已经筋疲力尽了。眼见着那孩子奄奄一息，几乎只剩下最后一口气了，他急得直跺脚。他在原地转了两圈，想找点工具做个筏子。就在这时候，袖子里滚出来一粒黑咕隆咚的药丸子，唐舜捡起药丸子，想了想，飞快地塞进那孩子的嘴里。

唐舜心口跳得似打鼓，张本见说这药丸必要时刻可以保命，但究竟怎么个保命法他并不清楚。眼下这人的情状，他也只能拿来当试验品了。他求神拜佛保佑这孩子平安无事，然而药丸一下肚，那孩子便大口大口地吐起了鲜血，没过多久就咽气了。

唐舜吓得跌坐到了地上，他这是杀人了？他用脚轻轻踹了那孩子两下，见他一动不动，只是嘴角的血不住地流，顿时慌神了。唐舜半坐着接连后退，就在他准备逃离的时候，那孩子忽然睁开了眼睛。唐舜脸上的表情顿时僵住了。

那孩子挣扎着从地上站起来，对唐舜说道："谢谢你救了我，能不能再给我两个饼，我要活着回去。"

唐舜从身上摸出两个饼，这是刚才出门前，他顺手从茶盘里拿的。那孩子接过饼，狼吞虎咽地啃起来。唐舜问道："山上那些遭雷劈的人，是怎么回事？"

那孩子顿了顿，朝四周张望了一番，这才小声说道："我们是被人骗来做劳工的，说是去山上采矿，一个月可以拿十个银元。谁知道我们才来了一天，就遇到了雷劈，还遇到了大火球。"

唐舜有些难以置信："你是说，是有人把你们带到这儿来的？"

那孩子点头："对，我们都是从隔壁村子过来的，一车二十三人，怕是只有我活下来了。"那孩子叹了口气，"我堂哥也死在山顶了。"

唐舜默不作声地看着他狼吞虎咽，没想到这场天劫是人为的。幕后主使是谁？他们又是出于什么目的，要制造一场天劫呢？正想着，他看到大胡子背着一具尸体正往这里走来，他赶紧把那孩子按倒在地，轻声说："跟着我，我带你离开这里。"他说着便压低身子，躲进了树林里，一点一点匍匐着把那孩子带离了山头。

唐舜把孩子安全送出玉岭，临走前，那孩子交给唐舜一块小铁牌子，说道："这是我来这里的时候，他们发的号牌。你拿着，万一有人怀疑你，就说已经把我埋了，这块牌子是从我身上摸出来的。"

唐舜接过小铁牌看了一眼，发现上面除了有一个号码，周边还隐隐约约有一串奇怪的符号，像是夔文。唐舜默不作声地收下了铁牌，朝那孩子招招手，示意他快点离开。

等那孩子走远后，唐舜又回到了东山脚下。大胡子等人已经把尸体都抬下了山。地上的尸体层层叠叠，都是被火球灼伤了身体，经受不住火烧而亡的。大胡子他们早已经离开了。唐舜在树丛后躲了许久，见那一行人没再杀个回马枪，这才从林子后走出来。

他壮着胆子从那些尸体身上一一摸出了铁牌，每一块铁牌都有不同的形状，铁牌上都印刻着不同的夔文。唐舜收走了所有的铁牌，这才急急忙忙回到了"水心斋"。

唐舜一回到"水心斋"，就把那孩子被骗上山做劳工，遇上假天劫的事同张本见细说了。张本见似乎早已经预料到了这场天劫是假的，他听到这件事后，面色十分平静，脸上并没有半点吃惊。他说道："否则我又如何会给你三粒续命丹呢？人救活了，消息打听到了，东西也拿到了吧？"

"什么东西？"唐舜挠了挠头，随后一拍脑门，忽然想起什么，他从袖子里摸出十几块铁牌，在桌上依次铺开，"这是我从那些人身上搜来的，上面有夔文，我大概认得一些。但是，你又是怎么知道他们身上有铁牌的呢？”

张本见笑道：“二十年前，我也曾去山上搜寻过尸身，发现每个人的身上都藏有一块铁牌。只是那些铁牌都被我弄丢了。”

南宫无量原本正在调制膏药，听到这话，不自觉地走了过来。他拿起一块铁牌看了一眼，见那铁牌是不规则的月牙形，于是又从一堆铁牌里挑出了一块。他把两块铁牌拼在一起，唐舜不由自主地“呀”了一声，又迅速扒拉出两块铁牌，与刚才的两块拼在了一起。原本零碎的铁牌都被拼在了一起，渐渐显露出一个圆形。因为铁牌缺了两三块，那圆形并不完整。

张本见凑近那圆形仔细看了看，他认得些夒文，但上面的夒文他却一个也不认识。张本见问唐舜：“你可认得这些字？”

唐舜举起一支蜡烛，对着夒文仔仔细细研究了一番，随后迟疑着吐出一句话：“古格王朝后人当灭。”

南宫无量面色凝重起来，张本见坐到椅子上，拿起一个烟斗，点燃烟，抽了一口，一副心事重重的样子。

唐舜记得祖父说过，仙盘很有可能是古格王朝之物。论说渊源，唐门祖上有女眷来自古格王朝，也算是流着古格王朝的血。那么，古格王朝的后人，也自然包括唐舜了。按照夒文所言，那些遭雷劈的人，都是古格王朝的后人。而幕后主使之人，怕是要将这些古格王朝的后人赶尽杀绝。

古格王朝早已覆灭，他们这么做的目的是什么呢？王朝已经不复存在，这些人还有必要把他们都置于死地吗？背后的人究竟是奸是恶，唐舜实在百思不得其解。

# 第六章 蓝底花布

自从那铁牌上的夔文被破解后，唐舜日日都会梦到有人追杀自己与古格王朝的后人。梦里厮杀声、呼救声以及刀枪声常常把他惊醒。他吓得冷汗四起，他并不是害怕死亡，而是对自己死后，掌管仙盘者后继无人感到害怕。仙盘之谜未解，落入旁人手中会是怎样一个局面，他并不清楚。

做了噩梦，唐舜自然是睡不着了。他点了一根蜡烛，在圆桌边坐下来，把玩着那些小铁牌，心里盘算着该如何救下古格王朝的后人。那些后人如今又都在哪里呢？他毫无头绪地想着，忽然发现眼前的小铁牌在昏暗中发出了浅绿色的光亮。那光亮不像是烛光反射的，倒像是从铁牌的夔文里透出来的。

唐舜拿起一块铁牌仔细看了看，竟发现那些夔文上出现了一些细密密的特殊符号。这些符号像是浮在夔文的表面，有意遮挡住夔文。他翻看铁牌的背面一眼，背面光秃秃的，就像是寻常的铁片，并没有任何的异常。

他摸了摸手感，发现铁牌双面的手感完全不同，有光亮浮现的那一面，摸起来无比的寒凉。他再一次把铁牌拼接起来，表面上的光亮慢慢地汇成了一个巨大的光圈，那光圈上的符号，被投在了天花板上。

对于投在天花板上的符号，唐舜并不认识。他抬起头仔仔细细研究了一番，终究一无所获。唐舜揉了揉眼睛，有些吃力地打了个哈欠，扭头看到放在衣柜里的木匣子表面也有一层光晕，恰是浮在那夔文上的。

唐舜走到衣柜前，捧出了木匣子。那木匣子上的光晕落在天花板上，竟然与铁牌透出的光圈渐渐融合在了一起。此时的唐舜连大气也不敢出，小心翼翼地呼吸着。他眼睛一眨不眨地看着光晕慢慢地完全融合到了一起，才轻轻地吐出了一口气。

当光晕完全融合到一起后，天花板上显现出了一个簪花仕女，那仕女的模样秀丽娇俏，虽然只是光影，已经瞧得出足够美丽端庄。这次出现的女子幻象，并没有那一对巨大的翅膀，那模样也比先前的幻象要更清晰些，至少可以看清五官与长相。

唐舜试探着问道："你是谁？"

光影没有给出任何回应，只是随着烛光摇曳。

正当唐舜想要仔细分辨出女子所着衣服的朝代时，那光影却越来越淡，很快就消失了。当光影消失的那一刻，张本见忽然推门而入。

张本见问道："刚才是谁在说话？房里有人？"

唐舜说道："我又看到她了，这次看得比以往更真切，不过，她没有了翅膀。"

张本见又问道："可有看清楚模样与身份？"

"只是一团光，不能完全看清楚模样，但气质无比端庄，绝对不会是寻常人家出来的女子。如果她是古格王朝的人，一定是位公主或者王后。"

张本见摇了摇头："昨天我与南宫先生分析过画像，她的五官不像是古格王朝人惯有的，倒像是汉人。"

唐舜被张本见一提醒，像是忽然来了灵感。他飞快地在纸上画下了刚才见到的女子光影，这一次连衣着与发型的大概样子也一并画了下来。

张本见拿起画像看了看，说道："衣着来自唐朝，发饰却像是吐蕃王朝女子常见的。"

唐舜说道："难道是吐蕃王朝送去唐朝的女子？"

张本见也毫无头绪，心里隐隐约约想到一个人，但又并不十分肯定。他在唐舜的房里走了一圈，见唐舜的衣柜里放着一个蓝底布包，问道："我见你从未打开过它，这里面装着什么东西？"

唐舜有些不好意思地笑道："这里面没什么东西，都是我的……我的一些褒裤。羞于出手，我没敢在人前打开罢了。"

张本见说："我不介意，能否打开让我看一眼。那蓝底白花看着很是奇特，不像是寻常作坊染织出来的。这有什么来历吗？"

唐舜想了想，说道："好像也没什么特别的来历，我自打记事起，家里就有这块蓝底布了。我们来玉岭之前，我也不过是随便扯来放放衣裤而已。"

张本见一再坚持让唐舜打开蓝底布，唐舜虽然觉得不好意思，但还是打开了布包。他把褒裤悄悄地扔在衣柜里，只抽出了蓝底布，铺开在圆桌上。

唐舜并不觉得那蓝底布有什么特别的，十分寻常的白色飞鸟碎花，都是农村女子身上常穿的花样款式。张本见却似乎对这块布十分感兴趣，他翻到蓝底布的反面，竟发现反面与正面的花样完全不一样。如果是寻常作坊里染出来的布，正反面的花色应当是一样的。能有本事染成正反面完全不一样的花色，一定是个能工巧匠。这样的本事，足够在皇城里混口饭吃了。

张本见拿起蓝底布闻了闻，唐舜赶紧叫停："张先生，使不得呀。"

"没事，我不会介意的。"张本见笑了笑，无视唐舜的尴尬，继续在蓝底布上嗅来嗅去，"这块布上的香味也很别致。"

唐舜越发尴尬："啊？香味……啊这……"

张本见这才明白过来唐舜的尴尬源于何处，他笑了笑，解释道："哦，我不是说你那个，我是说这块布有一股龙涎香的味道，这龙涎香可是十分的珍贵，皇族贵戚才享用得起。"

唐舜笑了笑："我们家三代贫农，哪里能和皇亲国戚沾得上边？这是因为东西在柜子里放久了，才有了这特殊的香味。"

张本见不以为然地摇了摇头，他把那块蓝底布折叠起来，对唐舜说道："是与不是，南宫先生只需看一眼就能明了。"

于是，唐舜跟着张本见去了外间，张本见把那蓝底布交给南宫无量："南宫先生请看一看这块布，可有什么讲究？"

南宫无量接过蓝底布，戴上了一双布手套。张本见赶紧添了一支蜡烛。南宫无量拿起蓝底布仔仔细细看了一眼，又在脸上蹭了两下。唐舜有些尴尬地想要阻止，南宫无量却已经将布匹贴到了鼻尖。

"是唐朝的上等品。"南宫无量说道。

张本见说道："瞧着的确是有些年头的，没想到竟是唐朝之物。"他又问唐舜："这块蓝底布的来历，你家人难道一星半点都没有同你提起过吗？"

唐舜说道："家里类似的布匹有不少，好多零碎的都被我祖母拿来做擦脚布了，谁也没在意过这些。恐怕连我祖上，也未必清楚这块蓝底布的来历。"

南宫无量和张本见都沉默了，唐舜家三代贫农，没想到家中居然有唐朝的古物，而且这样的布匹还不止一块，可见祖上有多殷实。不对，这已经不仅仅是殷实了，应当说，唐舜很有可能是皇族后人。

张本见和南宫无量都是一副若有所思的样子，唐舜觉得此刻的气氛有些奇怪。他看了二人一眼，把那块蓝底布小心翼翼地折叠起来，对南宫无量说道："对了，我房里还有几样旧物，不如先生也帮我看一看吧。这块布是我拿来装褰裤的，拿出来实在有愧。"

南宫无量一听还有一些旧物，示意唐舜赶紧拿出来。

很快，唐舜便把所有旧物一股脑儿都拿来了。他抱着一个大包袱，也是蓝底花布的。包袱里装了一大堆物什。他打开包袱，往桌上一放，零散之物噼里啪啦从桌子上掉下来。唐舜捡起一样，对南宫无量说道："这铜勺子是太祖父小时候拿来学做菜的，金柄刀和象牙筷子是我父亲切菜撩面用的。先前清宫里选御厨，我父亲还带着这金柄刀去参选过。这是铜制汤婆子和手炉，我祖母冬天最喜欢用的。剩下的都是一些铜玩意儿，这些都是有年头的东西了，南宫先生也替我辨一辨年代。"

南宫无量拿起来一样一样仔细辨认过去，诚如唐舜所言，所有的东西的确都是有些年代的。那一件件器物都是饱经风霜的模样，部分铜器已经锈迹斑斑，但依旧完好无损。南宫无量打开暖手炉，里面还有一层灰，他用指甲刮取了一点灰，闻了闻。随后他拿过张本见手里的蜡烛，往暖手炉里面熏了一圈，一股奇特的香味顿时袅袅扑鼻。

那香味与蓝底布上的香味又有些不同，香气更淡雅一些，类似白玉兰的香味，却又没有白玉兰那般浓烈。南宫无量问唐舜："你祖母平日里暖手用的炭火是哪里来的？"

唐舜说："哪里有什么炭火哦，都是我祖父从山里捡来的柴火。"

南宫无量的眉心微微皱了皱，他又把刮取下来的灰放到了一张宣纸上，划了一根火柴，连同宣纸一起点燃了。宣纸被烧成灰烬后，南宫无量又用勺子舀起一勺灰烬闻了闻，再次皱眉。

唐舜见他两次皱眉，心里有些不安。

张本见拿起暖手炉翻来覆去看了一回，随后道："这不是唐朝的卧褥香炉吗？哪里是暖手炉？"

南宫无量笑道："张先生好眼力啊，这的确是唐朝的卧褥香炉，里面的香也是后宫嫔妃才能享用的玉兰香。"

"我们的后院没有种植玉兰树，又怎么会有玉兰香呢？如果是唐朝的妃子用过，香味也不至于能够持续到现在吧。"唐舜挠了挠脑袋，忽然乌亮的眼珠子转了又转，实在记不得家中后院有玉兰树。

张本见道："未必是现在留下来的，这香灰厚得发腻，没准已经留了数百年了。越好的香料，越能持久留香，要不怎么说是皇亲贵族才配享用的呢。"

南宫无量又拿起了一些别的古董品鉴了一番，最后断言道："这些都是唐朝宝物，且都是来自皇宫里的。"

唐舜吃惊地"啊"了一声，没想到家里穷了三四代，却能与皇族沾上边。他看着南宫无量手里的暖手炉，脑海里再次闪过那画像上的女子。如果弄清楚她是谁，是不是就能找到与仙盘有缘之人，一起解开仙盘之谜，让仙盘早早地现世了呢？

想到这里，唐舜问道："南宫先生这里可有唐朝典籍？我想读一读典籍，或许会有头绪。"

南宫无量笑道："典籍倒是有不少，只是因为年代久远，有不少典籍已经腐败发霉，未必完整。"

唐舜摆手道："这没关系，我大致读一读，总会有些启发的。"

傍晚，张本见就把所有和唐朝相关的典籍都送到了唐舜的房间里，那些书足足有半人多高。唐舜坐在桌子边，整个人被挡在了高高的书籍后面。

张本见有些同情道："南宫先生做事雷厉风行。你既然说了要看唐朝典籍，那最好是尽快看完了。到时候可别半途而废，让南宫先生来催促。"

"尽快？"唐舜吃惊地站起来，伸手与自己的身高比了比，"再快，也至少得半年吧。"

张本见摇了摇头："怕是等不了半年了，外面有多少人对神器虎视眈眈。我与南宫先生到如今也无从解开那些神器之谜，但凡能够解开一件神器，或许器物相通，那就能解开所有神器的秘密了。神器之谜被解，才会有部分人死心。所以早一日解开仙盘之谜，那些对神器虎视眈眈之人也才能早一日离开。"

唐舜问道："这神器共有九件，其余的八件，南宫先生可有获取到什么蛛丝马迹，以解开上面的谜团？"

张本见说道："神器都在那些神器的主人手中，有部分留在这里，也只是暂且保管。南宫先生虽渴望解开神器之谜，但到底不能随意经手。所以到如今，虽有些蛛丝马迹，但依旧无从解开秘密。"

唐舜若有所思地点了点头，这些年为了保护仙盘，唐家几代人也都是殚精竭虑、居无定所的，从他有记忆开始，就一直在逃亡，很少有过正常日子的时候。为了让唐家能够世世代代掌管仙盘，后继有人，前三代男子也都是早早地娶妻生子，好留下血脉。他唐舜渴望游历山川，可不想复制祖先的生活，过早地结婚生子，被生活绑缚着。

如果从他这一代起，可以解开仙盘之谜，他就无须再复制这样的生活了。

"请张先生替我转告南宫先生，我一定抓紧时间读书。"唐舜想了想，又说道，"不过……能不能找出线索来，我实在保证不了。"

接下来的日子，唐舜几乎连房门都不曾踏出，每天都在抓紧时间读书。张本见每天按时为他送一日三餐。南宫无量却有好几日没有出现过了。唐舜已经花了三天时间，三天里读了十二册唐代史书。里面提到的皇族宗亲子女倒有不少，但是与仙盘相关联的，似乎一个也没有。

唐舜这些日子除了读书，几乎顾不得拾掇自己。三天下来，他早已经蓬头垢面，一脸疲惫。他打了个哈欠，趴在桌子上休息了一会儿。没多久，外面叽叽喳喳的鸟叫声把唐舜吵醒了。唐舜睁开眼皮子听了听，像是一群麻雀在吵架。不知道有多少麻雀在外头，隔着厚厚的山洞，唐舜居然还能听到鸟叫声。

既然被吵醒了，他索性拿起书继续读。可鸟叫声实在太过嘈杂，他哪里读得进去。他索性放下书，抓了一把米谷，想把鸟群引到别处去。

唐舜刚走到当铺外面，就看到张本见站在鸟群中间。张本见看到唐舜走出来，赶紧朝他做了个"嗓声"的动作。张本见屏住呼吸站在鸟群正中间，一群鸟在枝头和地上叽叽喳喳，叫唤个不停。

唐舜听得有些烦躁，但见张本见似乎很享受，也不好赶走那些鸟，只得捂着耳朵又进门去了。过了好一会儿，张本见才走进来。他对唐舜说道："有一队士兵要穿过玉岭，如今还不清楚这些士兵是什么来头，又是准备做什么的，这些天你最好不要出门。你另外再写封信给南宫先生，我只怕南宫先生这两天就要回来了。"

"士兵要经过玉岭？你这是听谁说的？"唐舜心想，张本见向来不与外人接触，"水心斋"里也很久没有人来典当东西了，哪里来的消息呢？

张本见说道："是鸟说的。"

唐舜诧异："鸟说的？就那些叽叽喳喳的鸟？你还能听懂它们说的话吗？"

张本见点头笑了笑："信不信由你，总之快把信寄出去才是最要紧的。"

唐舜说道："我信，公冶长不也会鸟语吗？我当然信。"他说完赶紧去给南宫无量写信了。

第三天清晨，张本见口中的那群士兵果然来了。不过唐舜乖乖听话，并没有出门去看，只听到一阵噼里啪啦的脚步声在头顶响起来。唐舜竖起耳朵听了听音，按照脚步声来推算，应当有一百余人。玉岭除了山林杂草、农户人家，就只有上师院了。上师院地处隐蔽，寻常人应该找不到，如果不知道唐舜进过上师院的人也不屑去找。可这些士兵专程来到玉岭，难道是冲着上师院来的？

唐舜不敢走出"水心斋"，听着脚步声由远及近，右眼总是突突地跳动着。他总觉得，会发生点什么事情。

随着那脚步声越来越近，唐舜吓得摸了摸心口。虽说这些年他的半只脚都在鬼门关里踏着，但到底还是不想英年早逝。

"水心斋"外面突然变得十分安静，连半点人声都没有。唐舜趴在门边听着，连大气也不敢出。不知道张本见还在不在外头，他轻轻扒开一条门缝，看了一眼，发现外间并没有人。他对着门缝轻轻叫了一声："张先生。"也是无人回应。

唐舜害怕张本见出事，还是忍不住打开了房门。他在外间扫视了一圈，不见张本见，又进了张本见的房间去找，依旧没有找到人。

就在这时候，墙里响起了说话声，似乎是张本见的声音："先生，快从这里进去。"

"这些人是谁派来的？"南宫无量的说话声响起来。

张本见有些发愁："不清楚，不知来者是敌是友，眼下这情景又无从处置。"

南宫无量说道："守好门，先等几日看看情况再说。告诉唐舜，无事不外出。"

两人说完，一面墙被挪开，二人一道走了出来。

唐舜朝南宫先生拱了拱手，见他平安归来，松了口气。他从门缝里看到外头站着近百人，那些士兵一个个站得十分笔直，一动不动，像塑像一样立在那里。外面大雪纷飞，雪花一层一层铺在他们身上，这些人仿佛也不觉得冷，任雪花留在头顶和身上，始终岿然不动。

他从未见过如此训练有素的军队，要是换成租界里的那些洋鬼子兵，恐怕早已经四处逃窜了。要不是先前听到过脚步声，唐舜还真以为这些人是塑像了。

张本见迅速把墙面移回原位，吹灭了蜡烛。

唐舜问道："他们是些什么人？为什么一动不动？"

"活兵俑。"张本见说道。

# 第七章　活人兵俑

唐舜问道："活兵俑是什么东西？"这名字听着怪吓人的。

张本见说道："我也不知道他们是从哪里来的，更不知道是何人派来的。如今这些人是敌是友，我们更不清楚，所以先闭门为好。不过，多半是来者不善。"

唐舜透过门缝朝外头窥了许久，发现那些活兵俑始终岿然不动。怕是死人才有这样的本事吧，这是怎么做到的呢？唐舜想起以前在老家东街口的时候，听说书人说起过活人俑，大概就是这活兵俑吧。说书人口里的活人俑，是一种训练有素的军队，这些人会吃一种浓缩丸，这种浓缩丸一旦下肚，人就和被定格了一样，只会按照领头人的指令办事，等人清醒以后，做任务的这些天所发生的一切事情都会忘记。这种浓缩丸还有一个功效，就是可以保证这些活人俑六七天不吃不喝，身体还有能量。

听说这些人出的任务都比较特殊，大多是一些盯梢或是封锁庭院的任务。别看活人俑一动不动，但有个领头人指挥着一切，只要有人对活人俑起了歹念，领头人一下指令，他们的杀伤力惊人，几乎没有人能够逃得过活人俑的刀。

活兵俑既然和活人俑类似，那么一定有领头人。唐舜透过门缝找寻着领头人，但是找了许久，也没见到所谓的领头人。

张本见和南宫无量似乎对这些活兵俑并不畏惧，留在"水心斋"里的这几日，只管看书练字，偶尔研究研究唐舜带来的那些古董。唐舜却像是热锅上的蚂蚁，整天在门前踱来踱去，窥来窥去，连书也没心思读了。这些活兵俑，到底什么时候才会离开？

差不多过了六日，那些活兵俑依旧如雕塑一般立在那里。领头人终于出现了，是个身量中等、肩宽体圆的中年男人。他不知从哪里开来一辆大卡车，把人一个个都驱赶到了卡车上。那些人上了车，依旧一动不动地站在那里。

唐舜贴着门缝看了好久，只等着车子离开。那车子一直到了天黑才离开，唐舜总算松了一口气。

张本见忍不住笑了笑："瞧你小子这点出息，不过几个活兵俑罢了，看把你吓成什么样子了。"

唐舜说道："我从没见过这阵仗，还是怪吓人的，像是一群死人守着门似的，哪里能不怕。"

张本见说道："更吓人的还没来呢。"

唐舜"啊"了一声，问道："还有什么更吓人的？"

不知道是张本见故弄玄虚，还是他开玩笑的，因此自己也说不上来。他看了外头一眼，什么也没说，只是摇了摇头。

按照原来的计划，唐舜是打算回一趟老家，去家中老宅找找老祖宗留下的线索。可被这些半死不活的人守了几日，唐舜实在没勇气出门去了。他有些不甘心，却又无可奈何。

夜深的时候，张本见和南宫无量都已经睡下了，只有唐舜翻来覆去，为着张本见那句"更吓人的还没来"而睡不着。这越是睡不着，就越觉得夜里会发生点什么事。因为这一句话，唐舜一夜无眠，硬生生熬到了天亮。

可天亮后，"水心斋"里里外外都风平浪静。唐舜这才明白过来，张本见这是在糊弄他。他打了个哈欠，从房间里走出来，南宫无量正在喝粥，张本见不知道从哪里逮着一只鸟，装在铁笼子里逗弄。一人一鸟叽叽喳喳的，像是在对话。

唐舜打了个哈欠，问道："昨天没发生什么吧？"

张本见一本正经地问道："你觉得会发生什么吗？瞧你那眼圈黑得厉害，这是一夜没睡吧？"

唐舜说道："嘿，你不是说更吓人的还在后头吗？害我担惊受怕了一夜，竟是什么也没发生。"

话音刚落，张本见朝唐舜"嘘"了一声，紧接着把耳朵贴到了鸟笼边上。笼子里的鸟发出啁啾声，那声音很轻，像是怕被别人听到似的。张本见贴着笼子听了一会儿，随后朝那鸟点了点头，又问唐舜："你昨天说打算回一趟老家？"

唐舜点头道："确实有这计划，我想回去看看，有没有关于老祖宗的线索。顺便，在外头碰碰运气，看能不能遇到有缘人，找到血引子。"说完他朝南宫无量看了看："南宫先生，可以吗？"

南宫无量说道："这里离你老家有数百里，你若是走水路，起码三个月，若是开车，你又不会驾驶。若想凭借肉腿走回去，简直是天方夜谭。"

唐舜义正词严地说道："不怕，我能走回去。"

"当真打算走回去？"向来波澜不惊的南宫无量的脸上不由得浮起一丝惊讶，"且不论这一路有多凶险，你走到家乡，没有一年那是不可能的。"

唐舜的脸上满是无畏："我不怕，又不是没有走过。前年我随家人动身来玉岭，就是一路走过来的。想要弄清仙盘和所有神器之谜，除了回家一趟，怕是别无他法的。"

张本见有些忧心地叹了口气："原本我们该陪你一道去的，但是我和南宫先生还有更加要紧的事情要办。如果你当真要走，我只能护送你到城门口了。此去凶险，你自己务必多加小心。"

唐舜点了点头，说道："仙盘我就留在这里了，带着它赶路实在不方便。"

既然选择回老家，择日不如撞日。唐舜急急忙忙回房间收拾了一番，除了衣物和干粮，倒也什么都没带。轻装简行，才能更快一些。唐舜收拾完包袱后，跟着张本见出了"水心斋"。他前脚刚踏出"水心斋"，后脚就定住了。

"这……这是怎么一回事儿？"唐舜看到门口的场景，差点惊掉了下巴。

"水心斋"外半里地的地方，都是横七竖八的尸身，这些人都是原先守在外面的活兵俑。一夜之间，这些活兵俑怎么都死了呢？张本见似乎早已经预料到了这一切，脸上并没有半点波澜。他对唐舜说道："任务完成了，那些人自然就没有留着的必要了。"这大概就是他所说的更吓人的事。

唐舜越来越疑惑："到底是什么任务？背后的人派他们来这里守上几日是什么目的？"

张本见说道："人人都在找'水心斋'，却鲜有人找到过真正的'水心斋'。这'替身'的'水心斋'，足有七八个。或者说，是'水心斋'有太多的门，众人都已经被弄糊涂了。有人好不容易找到了这里，真假难辨，自然是要想法子把我和南宫先生引出来的。他们一定认为我与南宫先生岂容旁人来封锁当铺，到时候当铺被围堵，我俩定会出手解围。可他们想不到的是，南宫先生最擅长的便是躲。对方如今拿捏不准'水心斋'的真假，又不敢把这地点泄露出去，杀人灭口便是最稳妥的选择。"

唐舜点了点头："您与南宫先生为了'水心斋'不被暴露，本应把这些人都杀了。可你们不露面，这里就变得扑朔迷离了。"

张本见拍了拍唐舜的额头："你这小子还算聪明。行了，早点起程吧。"

南宫无量为唐舜稍稍乔装了一番后，张本见把人送到了城门口。唐舜下车后，就一路步行出城去了。张本见望着唐舜小小的身影，心中祈祷唐舜此去能够一路平安。

唐舜离开后，南宫无量与张本见也先后离开了"水心斋"。张本见走上前，往那些活兵俑身上洒下了蜜糖。他对着半空学了几声鸟叫，未多时就有四五只秃鹫和老鹰往这里飞过来了。张本见趁着秃鹫和老鹰落地之前，在一个活兵俑身上扒下了一身衣服，这才离开。

张本见根据活兵俑身上的衣着规格，摸到了营地，换上一身军装后，跟着巡逻的队伍进了军营。这个军营的规模并不大，至多也就五六百人。这里的士兵所训练的项目与寻常军营有些不同，都是些旁门左道和暗器之流。

张本见跟随的队伍是这军营里最次的，来的大多是些新人，因此这些士兵对于这些暗器机关，并不都是十分熟悉。虽然张本见精通于此，毕竟是混进来的，多少也要装装样子，蒙混过去才是。张本见把自己伪装成了新手，跟着新兵同吃同住，每天的训练也都十分刻苦。

新兵的训练时间要比老兵短一些，每日大约到了傍晚，也就可以休息了。张本见跟着队伍坐在沙包上，耍着手里的空枪，问战友："我来了半个多月了，怎么没见过师座？"

对方"嗤"了一声，说道："师座？咱们不过是个敢死队，师座能瞧得上我们？师座走南闯北，四处搜刮金银财宝还来不及呢。"

他说得极其小声，生怕被人听到了。

张本见问道："咱们的师座是哪一位？这些年战乱不断，当头儿的还有心思敛财。"

对方凑到他耳边轻声说道："便是那杀人不眨眼的庞铁山，这些年他搜刮的宝物可不少了。据说最近那一批敢死队，就是被派去蹲守宝物的，到如今都还没有回来。"

没想到居然是庞铁山！张本见揣着明白装糊涂，继续问："什么宝物？这紫禁城都快被黄毛们搬空了，还有什么宝物可以捡漏的？"

对方大笑一声："嘿，啥紫禁城哦。紫禁城那点宝物算得了什么，人家如今是馋上了上古文物，那才是真正的价值连城呢。"

因他有些兴奋，说话声不自觉地提了提。有两个士兵朝这里看过来，其中一名士兵盯了张本见一会儿，忽然走了过来。

张本见赶紧站起来朝那士兵行了个军礼，却被那士兵一把拽住了衣领："就你们两个也配打听师座，去，给老子上车！"

张本见点头哈腰地问："爷，这是准备把我们送到哪里去？"

那士兵有些不耐烦，踹了张本见一脚："问个屁，这没有你们问话的份，你们只有执行的份！"

张本见在心里骂了一声"狗娘养的"，这一脚踹得可真狠，张本见痛得龇牙咧嘴。他抱着腿"哎呦哎呦"跳了两下，一脸卑微道："是是是，我错了，爷息怒，以后可不敢再问了。"他说完就被两个士兵拽上车了。

上车之后，张本见的眼睛被蒙上了一块黑布。车里站着三四十名士兵，都被蒙上了黑布，他们像是牲口一样被挤在车厢里，一个个都被挤得喘不过气来。张本见虽看不见路，但方向感极好，多年的行驶经验，令他对车速和里程有了敏锐的判断。张本见一声不吭地站在车里，仔细辨别着方位和里程。

兵车开到目的地的时候，已经天黑了。前半程路，张本见已经在心里大致记了下来。后半截路因为走的是山路，路面十分崎岖，车子七弯八拐地前进，所以张本见没能记下来。到了目的地，有人取下了蒙在自己眼睛上的黑布，然而手还没离开脸，却已经被为首的士兵击毙了。

那些想要取下黑布的人听到枪声，一个个都下意识扯下了黑布想要看个究竟。然而随着黑布被陆续扯下，枪声持续不断。只有张本见一动不动地站在那里，听着纷乱的枪声，脸上除了恐惧，没有任何别的表情和动作。

"你！下车。"一把枪对准了张本见的额头。

张本见赶紧摸索着跳下了车。

"军爷，刚才……刚才发生什么事了？"张本见战战兢兢地问。

拿枪的士兵说道："不该问的就别问，你通过了第一场考试，紧接着还有第二场和第三场，你们剩下的人但凡能够通过所有考试的，都能被派到师座跟前去。"

张本见勾了勾唇角，点头哈腰地笑道："行行行，那要麻烦军爷多多照顾了。"

话刚说完，张本见又听到了一声枪响，那枪声是打头顶响起来的。张本见迅速抱住头，蹲在了地上。紧接着又是一枪，从地上擦过，张本见吓得蹿到了一边，子弹从双腿中间划过去。那士兵觉得好玩儿，又朝张本见左右两边各开了一枪。张本见吓得抱住头滚来滚去，凑巧躲过了两颗子弹。

"行了，不逗你玩了。把布扯下来，来开始第二场考试。"那士兵收起枪支，对张本见说道。

张本见扯下蒙在眼睛上的黑布，发现自己身处一片山林中，此处不是玉岭。他悄悄地舒了一口气，就听那士兵问："你原来是做什么营生的？"

张本见想了想，说道："开锁匠。"

那人眼睛一亮，像是捡到了宝贝，勾着张本见的肩膀，说道："你通过考试了，走，跟爷去见师座。"

张本见纳闷，他这就通过考试了？他虽然精通各种锁和机关，哪怕是最为复杂的机关，到了他手里也算不得什么，但是自己的这点本事还是不能轻易暴露的。于是，他笑了笑，说道："大哥这是准备让我跟着师座去开锁吗？"

那士兵说道："少废话，跟着走就是了，没你问话的份。"

很快，那士兵就把张本见带到了师座面前。张本见见到师座，一副战战兢兢的模样，两只手在衣服两侧摩挲着，满脸紧张。过了好一会儿，他才回过神来，朝师座行了个军礼，说道："我……我第一次来师座府邸见师座，真是我的……荣耀，哦，是荣幸，蓬荜生辉啊，蓬荜生辉。"

师座愣了愣，随后哈哈大笑起来："乡野之人，还学那文人拽酸词，真是闹笑话了。"说完他走到张本见面前，像是拽小狗一样，把人拽上了一辆私家车。

张本见看了一眼庞铁山，没想到自己这么快就打进了敌人内部，他有些难以置信，只怕这中间有诈。

庞铁山只带了一个副官，让副官做司机，张本见坐在了副驾驶室，庞铁山坐在后座上。副官递来一块黑布给张本见，张本见乖乖地把自己的眼睛蒙上了。

车子再次前行，张本见坐在车里，凭感觉辨明了方向。他的嘴角勾起弧度，心想着庞铁山啊庞铁山，这一次你终于自投罗网了。

大约过了半小时，张本见被副官赶下了车。副官丢给他一串形状奇怪的钥匙，说道："在这儿等着，我和师座去去就来，千万别乱走。"

张本见等他们走远后，环顾了一下四周，发现这里的确是他预料中的地方。他老老实实地站在那里，庞铁山带着副官走到了林子里。那林子里有一间木屋子，大约一人多高，门口挂着一块牌匾，上面写着"水心斋"。

副官问道："师座，你确定是这儿吗？"

庞铁山说道："那天活兵俑在那山头守了六七日都不见南宫无量出手，后来没多久，就有人看到南宫无量出现在这里了。看样子这里就是真正的'水心斋'，我们要趁南宫无量下手之前，先把东西都带走才行。"

副官走到门口，拿起拴在门上的锁看了看，说道："这可是古时的机关锁啊，看样子就是这里了。嘿嘿嘿，这些年算是没白找。"副官说完，从林子里走出来，对张本见说道："机关锁，你会开吗？"

张本见愣愣地点了点头："会一些，不过时间可能会慢些。"

庞铁山点头道："先去试试，动作尽量快一些。开完锁，你先走进去看看里面的情形。"

张本见又是一副战战兢兢的样子，说道："我听说'水心斋'里机关多得很，我这进去了可不得成筛子。要不……要不师座先派几个人来……"

"放屁！你让师座派人，倒不如昭告天下，广招勇士算了。你进去哪怕被打成筛子，那也是你的荣幸。为师座牺牲，那可是光宗耀祖的事情。你要是死了，师座一定不会亏待你。"副官说完往张本见腿上踹了一脚。

张本见点头哈腰："是是是，副官说得对。"

这冒牌"水心斋"的门锁的确有些复杂，副官在一旁盯着张本见捣鼓了半天，也没见门锁有任何的动静。庞铁山在一旁抽着烟斗，脸上一副不耐烦的表情。副官催促着："手脚麻利点，就你这速度，等天一亮，不是你死就是我亡了。你这是要害死我们吗？"

张本见被这么一说，手止不住颤抖，满是紧张。他一面"哎哎哎"地答应，一面手不停歇，拿着机关钥匙在锁上戳来戳去。过了没多久，那机关锁居然"咔嚓"一声被打开了。副官吓得连忙后退了一步，对张本见说道："你先进到里面去看看。"

张本见苦笑："师座还没进呢，我哪能抢在前头啊。"

副官说道："少废话，让你进去就进去。"

张本见眼见着副官要拔枪，只得唯唯诺诺地进入了里头。

庞铁山和副官等在外头，谁也不敢靠近那当铺一步。副官吹了一支火折子，往里头照了照，只听到"哎哟"一声，是张本见的声音，那叫声有些凄惨。

副官问："出什么事了？"

里面许久无人应答，副官又问了一次。过了好一会儿，张本见开口道："没事，没事，我见着几样宝贝，怕是值不少钱呢。"

副官忙问道："什么样的宝贝？"

张本见说道："有青铜的、黄金的，玉器也有不少呢。"说完又是"哎哟"一声，紧接着他说道："这半人半兽的又是什么宝贝哦。"

庞铁山和副官听着有些蠢蠢欲动了，只是害怕里面机关重重，到底不敢轻举妄动。毕竟这里满眼的古董没人看守着实在说不过去，南宫无量不知行踪，如果不是打下了埋伏，那就是装上了机关。他们把火折子往门边凑近了一些，想要看看里面究竟是什么样子。就在这时候，一支手指长短的箭忽然从门板里射了出来，直穿副官的手心。副官吃痛地在地上乱滚，庞铁山却不顾副官的死活，躲闪到一边，对着当铺的大门开了两枪。

随着枪声响起来，不断有箭支从门板里射出来，都被庞铁山一一躲过了。张本见朝庞铁山这里看了看，见一连串的箭射向庞铁山，却都被他躲过了，不由得张了张嘴。没想到庞铁山的身手如此敏捷，他原本只当庞铁山是个只知掠夺抢劫、盗卖国宝的草包，原来也是有些真本事在身上的。

张本见赶紧跑出来，问庞铁山："师座，您没事吧？"此时箭阵已停，张本见说完又看了一眼在地上打滚的副官，问道："李副官，您这手还好吗？"

"好……好你个大头鬼，老子的手心都快被打穿了。还不快带我去看军医。"李副官痛得龇牙咧嘴，早已经顾不得庞铁山在场了。

张本见有些为难："这……这师座还没发话呢，我也不敢擅自离开呀。"

副官求着庞铁山："师座行行好，再这样下去，我这只手可就彻底废了呀。"

庞铁山丝毫不顾惜副官，看都没有看他一眼，而是从他身边走过，对张本见说道："你再去里面瞧瞧，走上两圈，弄出些动静来，看看是否还有机关。"

# 第八章　瓮中捉鳖

张本见不敢不从，点头哈腰地再次进去了。他犹犹豫豫地进到里面，点了一支蜡烛，当铺里终于有了一丝光亮。庞铁山透过光亮，看了看里面的布置，那柜台很高，的确如传闻一般，高得见不到朝奉的头脸。以至于好多人都不曾见过"水心斋"的朝奉，只知他叫张本见，却不知其人样貌。

柜台后有几层高的多宝阁，每一个格子里是一只檀木匣子。匣子里放的宝贝，有几样张本见已经打开来看过。

实在很奇怪，若说这里是真的"水心斋"，张本见怎么可能轻而易举就能打开那些木匣子呢？只怕是有九条命，张本见也是躲不过机关的吧。可如果这"水心斋"不是假的，那么就是张本见有问题。

庞铁山正在思考，一把匕首忽然从墙里猛地飞出来，直直地扎进了张本见的左臂。张本见痛得惊呼起来。庞铁山快步走进去，一把捂住了他的嘴："你找死，给我小点声！把人引来了要你好看！"

为了不让太多的人知道"水心斋"的下落，庞铁山只带了副官一个守卫。他生怕惊动旁人，到底还是忌惮张本见动静太大的。

张本见从身上撕下一块布，咬咬牙拔出了匕首。他把布递给庞铁山："还请师座帮个忙。"

庞铁山有些嫌弃地替他把布绑在了手臂上，随后拿起那匕首看了一眼，说道："匕首倒是没毒，算你命大。"

张本见说道："我刚才看到有一只匣子里装了一只青铜神兽，刚打开，那匕首就朝我扎过来了，匕首是从青铜神兽的嘴里吐出来的，师座一定要小心。"

一听说青铜神兽，庞铁山顿时眼眸一亮，哪里还顾得上张本见的告诫，问道："哪只匣子？"

张本见指了指放在柜台上的那只匣子。

庞铁山见那匣子已经合上了，也不敢去打开，对张本见说道："你再打开试试。"

张本见连忙摆手："师座，求求您饶了我吧，我可不想再废一条胳膊。"

"你不打开，老子崩了你！反正横竖都是死，你自己选！"庞铁山拿出了枪，对准张本见的胸口。

张本见吓得咽了口唾沫，只好照做。庞铁山后退了两步，站到一旁。进门后，张本见犹犹豫豫地打开了匣子，他把匣子送到庞铁山手边，说道："师座快看，便是这匣子。"

庞铁山迟疑地接过匣子，只见一只半人半兽的青铜神兽活灵活现地出现在眼前，庞铁山正准备把那神兽拿出来瞧瞧，却见两根银针从那神兽的口中喷了出来，险些扎入他双眼。他飞快地闪身，那两根银针落到了身后的墙上。银针刚扎入墙中，又有两把匕首从身后的墙里飞出来。尽管庞铁山眼疾手快，还是被其中一把匕首扎中了左肩。

张本见心里暗骂：怎就不把你这个杀千刀的扎死呢！

庞铁山还没来得及松一口气，墙上接二连三有匕首射出来。张本见在地上滚来滚去躲闪匕首，庞铁山快速扔下那只装有青铜神兽的匣子，逃出了当铺。他顾不上副官与张本见，自己跳上车，迅速开车离开了。

张本见逃出来，追了一段路，却还是追不上。等到车开远后，他才停下来。他的嘴角浮起一丝别有深意的微笑，大鱼快要上钩了。

张本见仓皇逃回到了庞铁山的宅子外，因为跌跌撞撞跑了一路，身上都是淤青和轻伤。他刚到庞铁山宅子门口，就被两个士兵给拦下了。张本见在门口大声叫唤着："师座在哪儿？我要找师座，我发现了一件事，务必要告诉师座。"

那两人根本不给他叫唤的机会，直接架着他的两只臂膀，把人扔到了离大门三四米远的地方。张本见被砸得腿骨生疼，却还是踉踉跄跄地站起来，继续往大门口走。张本见走了数十步路，又被两个士兵给拦下来了。他急得对着宅子大门一通叫喊："小的求见师座，小的发现了秘密，小的有要事相告。"

两个士兵还没来得及再次把他扔出去，庞铁山已经走出来了。庞铁山对张本见说道："你先进来，到书房说话。"

张本见点头哈腰地跟着进了书房，此时他身上早已经血迹斑斑，虽然都是些轻伤，但到底经不起来回折腾，刚进到书房，人就晕了过去。

庞铁山道了声"晦气"，赶紧派人把他抬到了厢房里。他命人随便找了个大夫，给张本见开了几贴药膏，在书房里等着张本见醒过来。

差不多过了三刻钟，张本见总算是醒过来了。他迷迷糊糊地睁开眼睛，发现自己此刻正躺在庞铁山的宅子里，顿时留了几分心眼。他摸了摸自己的脸，亏得脸皮还在，依旧完好无损地贴在脸上，看样子应当是没有被拆穿身份。他掀开被子下了床，想要找水喝。

外面的守卫很是警觉，一听到房里的动静，就急忙推门进来了。守卫见张本见醒过来，说道："赶紧跟我们走，师座要见你。"

张本见迅速理了理衣服，跟着士兵进了庞铁山的书房。庞铁山早已在等着，这会儿正在拿帕子擦枪杆子。他看到张本见来了，就摆手把其余人都打发了出去。

"你说你发现了秘密，究竟是什么秘密？说来听听。"庞铁山抬起眼皮子看了张本见一眼，随后枪杆子对着张本见比画了几下，很明显是在威胁他。他这是在告诫张本见，若是敢撒谎，就要成为枪下亡魂了。

张本见缩了缩脑袋，苦笑道："师座您昨天离开后，我被那机关扫得四处逃窜，你猜你见到了什么？我……我见到了一个小子，大概十二三岁，他手里抱着一只木匣子，躲在房里。他一直求我别杀他，也别动他的匣子。我问他匣子里装了什么东西，他也不肯说。我估摸着那小子是唐家的，匣子里是仙盘，我把他绑上了，但是怕机关把人给误杀了，没敢把他带出来。"

庞铁山听到这话，忽然把枪对准了张本见的胸口，问道："仙盘的事，你也有耳闻？"

张本见吓得赶紧做投降状，吞吞吐吐地不敢明说。

庞铁山说道："要不试试是你的嘴快还是我的枪快。"

张本见赶紧求饶道："别别别，师座，我招。我祖上是跟着人家倒斗的，对于一些古董玉石都有研究，关于神器的传闻也知道些。只是谁也没那本事打这些神器的主意，也就是眼馋罢了。"

"倒斗的？"庞铁山有些鄙夷地瞧了他一眼，"难怪会些旁门左道。"

张本见心想着你也不过是会些偷鸡摸狗的行当罢了，脸上却还是一脸的谄媚，不停地点头附和。庞铁山把他从头到脚看了一遍，像是要把人里里外外看穿了才罢休。张本见依旧是一脸的谄媚，面上没有表露出半点心虚的模样来。

盯着张本见看了许久，庞铁山才问道："会辨别宝贝的年代吗？"

张本见点头，说道："会一些，玉石、青铜器以及金银都跟着祖上学过一些，唯有对青花瓷器不太了解。"

庞铁山从书桌上随便拿起一方砚台丢给张本见，说道："这是什么年代的？"

张本见顺手从书桌上拿起一只放大镜，对着砚台照了照，又拿起一支新毛笔在砚台里来回蘸了些墨，最后拿手摸了摸砚台，说道："米芾兰亭砚。"

庞铁山瞪大眼睛，不可思议地看着张本见。

张本见有些不好意思地笑了笑："雕虫小技，雕虫小技。"

庞铁山说道："明天凌晨，再跟我去一趟'水心斋'。我明天多带几个人打头阵，你放心跟在后面便是了，这次定不叫你再探路。那小子我要活捉，东西也要完整的。"

张本见朝庞铁山拱了拱手，点头哈腰地应下了。

第二天天还没有亮，张本见就等在了宅子前厅里。庞铁山带了几个手脚麻利的人，一起上了车。张本见坐在庞铁山身边，这次只有他没有被蒙上眼睛，其余人都是蒙着黑布前往的。他满是兴奋地坐在那里，笑嘻嘻地说道："事成之后，师座有何打算？"

庞铁山冷笑了一声，说道："为我办事是你的荣幸，还想讨好处不成？"

张本见愣了愣，随后赶紧点头："是是是，是荣幸。可我好歹差点为此豁出了性命，总得给个安慰吧。"

庞铁山戴上了一副手套，又往枪里装上了子弹，说道："不过你要是真有本事把我想要的东西弄到手，我自然不会亏待你的。"

张本见笑道："要说本事，我也不敢说得太满。不过既然师座有承诺，我总会尽力的。"他说着心满意足地靠在座椅上打盹儿了。

车子到达目的地的时候，天才刚刚亮。张本见被庞铁山拍醒了："去开门锁。"

张本见揉了揉眼睛，说道："不是说让他们几个打头阵吗？"

"门要是锁上了，还打个屁头阵！赶紧去！"庞铁山说着把人踹下了车。

张本见"哎哟"了一声，从地上爬起来，赶紧去看门锁。他走到门边，一看那门并没有锁上，顿时有些慌神了。他跑回到庞铁山的车边，说道："师座，师座，大事不妙，门被打开了。看样子当铺的主人已经回来了，我们赶紧走吧。"

庞铁山不以为意："怕什么，老子等的就是南宫无量和张本见。他们两个要是在更好，老子正愁没机会把他们一锅端了呢。"庞铁山顿时干劲十足，找了好些年"水心斋"，看样子这次是找对地方了。他心心念念的神器，总算是要得手了。

他示意张本见去替车上的人扯掉黑布。

所有人的黑布被扯下后，庞铁山朝车上的人打了个手势。

很快就有两人跳下了车，其中一人直接踢门而入，另一人翻窗进到了"水心斋"。然而才不过几分钟，就听到里面传出了哀号声。张本见吓得倒吸一口凉气，对庞铁山说道："不知道是机关还是埋伏，我看今天诸事不宜啊。"

庞铁山被这话激怒了，直接给了张本见一个耳光，说道："少给我乌鸦嘴，我这边人多势众，我看他能有多少机关。只怕他机关再多，也抵不过我的人多。"

张本见捂着脸，偷偷剜了他一眼，看着第二拨人潜入，暗喜计划终于成功了一半。

第二拨人进到里面以后，再次发出了哀号声。庞铁山正准备安排第三拨人，谁知第二拨潜伏进去的其中一人从窗口抛出了一段红布条。庞铁山原本严肃的脸上顿时浮起了一丝笑容，对余下的人和张本见说道："跟我进去！"

张本见跟着两个士兵，慢吞吞地走在队伍的最后面。庞铁山回头看了他一眼，喃喃道："不中用的东西，赶紧跟上。"说完他进了"水心斋"，只见刚才自己派进去的部下都躺在血泊里。只有一人奄奄一息地趴在窗户边，见到庞铁山进来，张了张口想说什么，却已经倒下了。

庞铁山顿时发现有些不对劲，想要赶紧带人撤出来，却已经来不及了。一张大网从空中落下来，正好落在众人的头顶上，把人牢牢地罩进了大网里。因为张本见走得慢，躲过了大网。庞铁山等人试图挣扎，却发现那张大网像是活物一般，你越挣扎，它就箍得越紧，到最后，几人的手脚都被大网牢牢地束缚住了。

庞铁山对张本见呵斥道："还愣着做什么，还不赶紧拿刀子把网捅破。"

张本见笑了笑，那笑容神秘莫测，令庞铁山有些发怵。庞铁山仔细看了看张本见，忽然发现他手里拽着一根绳子，那绳子的另一端连接着大网顶端。他脑门一热，问道："你到底是谁？"

"我自然是三木一心要追杀的人。"张本见大笑起来，"这三木逃到你的地盘上去，得你保护，现在可好啊？"

庞铁山的脸色顿时变得难看起来，他搜寻国宝多年，对外也不过宣称自己爱好收藏罢了。如今张本见把自己窝藏三木的事情明明白白抖出来，庞铁山自然有些慌神了。他与人私下交易的事情，除了几个亲信，并没有人知晓。如今张本见虽然没有明说，但是只要有心人查一查三木的底细，大家自然就知道了。

庞铁山气得咬牙切齿，恨不得当场把这里所有的人都灭口了，可惜自己被束缚着，根本动弹不得。他死死地盯着张本见，问道："你究竟打算做什么？"

张本见说道："我做什么，取决于你怎么配合。"他摆弄着庞铁山贴身携带的公章。

庞铁山并没有作答，朝他啐了一口，继续挣扎。

张本见说道："既然不打算配合，那就好好在这里待着吧。不过我提醒你最好不要乱动，你一旦乱动，指不定触动了什么机关，粉身碎骨也是有可能的。"

听到这话，庞铁山彻底不敢再乱动了。

张本见关上了大门，上了锁，临走前，他对庞铁山说道："且看看三木会不会来救你，不过三木要是来救你，那就坐实了你通敌卖国宝的罪名，要是不来，你们就在这里等死吧。"

庞铁山自知此时已经进退两难了，却还是不肯妥协。

张本见离开后，庞铁山当真有些慌神了，可眼下他还不愿意就这样妥协。他轻轻挪动着身子，把自己藏进了两个士兵中间，企图用他们的身体当肉盾，来躲避机关。他侧过头，张嘴在大网绳上用牙齿摩擦着，试图咬断几根网绳，这才有办法逃出去。

离开后的张本见似乎对自己设下的天罗地网很放心，并没有派人在门口守着。他回到"水心斋"时，恰逢南宫无量也已经回来了。南宫无量见到张本见，问道："事情办妥了？"

张本见点了点头，笑道："万事俱备，现在就差东风了。"他想了想，又问："先生怎么这么快就回来了？唐舜一家的身世打听到了吗？"

南宫无量叹了口气，摇头道："跑了好些他们住过的村落，都没有打听到。更奇怪的是，唐舜这小子说是回家乡，可我在那等了两三天，也没见他回来。"

张本见一愣："难不成在路上出事了？"

南宫无量摆了摆手："应当不会出事，从这里到他们镇上，只有一条像样的路。这条路的走法还是唐舜告诉我的，他要是沿途出事了，我一定能够打听到的。"

眼下两人有更重要的事，也顾不上唐舜了，南宫无量只能在心里祈祷着唐舜平安无事。他递给张本见一把钥匙，说道："这是出城的钥匙，这会儿已近黄昏，城门很快就要落锁了，你赶紧带上钥匙离城去找大帅。到时候你把三木引过去之后，务必要让那大帅见到三木救庞铁山。庞铁山和三木不除，九大神器早晚难保。"

张本见一刻也不敢耽误，赶紧跑出门去了。

南宫无量也顾不上歇息，咕咚咕咚喝了一杯水后，就给唐舜下了一卦。然而这卦象却是十分的奇特，他测不出凶吉，也辨识不出唐舜所在的方位。南宫无量起卦无数，还是头一次遇到这等稀奇事。他再次起了一卦，这一次是测唐舜生死的。好在卦象显示唐舜还活在世间，他这才松了一口气。

张本见乔装改扮成庞铁山的部下，把庞铁山出事的消息送进了三木的住处。三木原本与庞铁山约定好，有一批国宝要运送至岛上。然而如今庞铁山出事，他们付的大额定金怕是要打水漂了。三木赶紧召集了一批死士，打算夜闯"水心斋"，先把庞铁山救出来。三木对众人说道："张本见与南宫无量打算把庞铁山困在'水心斋'里，逼他吐露国宝的下落。我们必须在庞铁山熬不住之前把人救下来，否则三千万银元可就打水漂了。"

那些死士都是跟了三木多年的，一个个都忠心不贰。三木有令，一行人连眼睛都不眨一下，深更半夜就跟着三木出发了。

张本见说道："我虽从那里面逃出来了，但因为当时一路躲藏，倒也不太记得大致的路。我们先进到这座山里头，你派两路人，往东西两边包抄着找。"

三木与张本见一队，又找了两个身手不算太了得的人跟着自己。其余人都是些佼佼者，自是被派到了另一队。张本见心想，这三木还真是对自己的拳脚功夫有信心，留了几个弱的跟着，也不怕半路出点事，自己的小命保不住。

张本见与三木走在最前面，一路找"水心斋"，一路做记号。张本见忍不住骂娘："这该死的'水心斋'，建得可真隐蔽，再找下去，天都快亮了。我走了一路，腿都快走断了。"

三木狠狠地瞪了他一眼，一把拽起张本见的衣领，呵斥道："动作快一点，要是找到庞铁山的时候他死了，我让你陪葬。"

张本见的脸上有些许害怕，他一面点头，一面说道："那是自然，我也想早点找到师座，还得讨个加官晋爵的赏。可这里实在是太黑了，要是换成白天，我怕是早就找到了。"

他说着话，眼睛往两侧瞄了瞄。

三木松开了手，说道："给我走快一点，少废话。"

张本见假装踉跄了一下，脚一软跌坐到了地上。他侧过耳朵听了听，似乎有一队车马往这里靠近。他赶紧站起来，说道："我们往北面再走几步看看，应该离这里不远了。"

三木将信将疑地往四周看了看，见没有人打埋伏，只能跟着张本见继续往前走。但这一路上，他都十分警惕，每走几步路都会停下来往四处观望一番。

# 第九章　黑鹰引路

一行人总算走到了当铺门口，三木也同庞铁山一样，非要张本见打头阵。他指挥着张本见先进去探探路，自己带着人等在了外面。可此时张本见如果进去，庞铁山一定会有所警觉的，尽管他已经乔装改扮，难保庞铁山会察觉到，所以张本见说道："所有的机关，师座都已经查过了，也都派人绘了图纸。百密一疏，没想到居然遗漏了网罩子。"

三木接过张本见递来的图纸，对着图纸看了看，又派人进去核对了一遍机关，这才敢踏进去。张本见混在人堆里，站在最后头，庞铁山又被吊在天花板上，加上张本见乔装改扮了，倒也没有认出来。他见到三木来了，先是露出一副见到救命稻草的表情，紧接着又觉得不对，问道："是谁通知你我在这里的？"

三木说道："是你营地里的人。"

庞铁山顿时觉得不对劲儿，三木怎么可能找得到这里？这"水心斋"他可是找了大半年才找到的，三木不可能一下子就能找过来。他营地里的人虽然有几个跟着来过，但大多数人在路上都被蒙上了眼睛，又有谁会认得这里呢？

庞铁山朝三木带来的人打量了一番，发现来者基本上都是些生面孔，也不确定有没有张本见混在其中。他对三木说道："让你的人出去看看，是否有人跟踪。"

三木说道："放心吧，我这一路上都派人盯着四周，没有跟踪的人。"

庞铁山又问："我营地里的人可在这儿？"

三木点点头："在这里。"他指了指张本见。

庞铁山一看竟然是副官身边的人，问他："你怎么知道我在这里？"

张本见说道："副官去宅子里找您，发现您一整天都不在。他想着您会不会来这里了，副官手上的伤还没有好透，不便过来找您，就让我来找。结果我到了这里，发现您被吊着。副官说这里机关重重，他也因此差点丧命，所以我不敢进来救您，只能去找三木先生来帮忙。"

"来这里的路，你又是怎么知道的？"庞铁山眯起眼睛，一脸的难以置信。

张本见说道："副官把在这座山头看到的景致画了下来，我来过这里，虽然不确定当铺在哪儿，但是带着三木大郎一路找，从中午找到了现在，幸好找到了这里。"

三木点了点头。

庞铁山这才放下了戒心，他朝跟在三木身后的人看了看，三木赶紧让人都退了出去。庞铁山等人都走后，才对三木说道："三木大郎快把我放下来，明天码头是我兄弟在当差，有一船货可以上岛，要是晚了就送不出去了。"

三木赶紧割断了网绳，准备把庞铁山放下来。就在这时候，外面传来大帅的说话声："我听说你们师座来当铺偷盗国宝被捕，如今人在哪里？"

张本见赶紧说道："没有，这里没有师座，我们师座在营地阅兵呢。"

庞铁山忍不住骂了声："蠢驴。"说着他又对三木说道："你先找地方躲一躲。"

大帅在外面说道："不管怎样，先进去看看。"

三木刚要走到后头去，他身边的一个守卫铁着脸问大帅："你是什么人？没有我们大郎的命令，谁也不许进去。"

大帅一听"大郎"两个字，一只手拍开一个守卫，迅速踢门进去。

三木早已经不见了踪影，只有庞铁山和几个随从被吊在大网里。大帅怕三木离开，迅速派人去了后头。此时三木正准备翻墙，人刚冲出去就被逮了个正着。大帅的人把三木和三木带来的人都绑了起来，又把庞铁山等人放了下来。

庞铁山朝三木递了个眼色。

张本见问道："师座，您的眼睛是怎么了？沙子进眼睛了？"

庞铁山恨不得给他一个大耳光。

大帅已经察觉出了端倪，没有当场审问，不由分说就派人把庞铁山和三木都带走了。


庞铁山的后续，张本见无心关心，只知道经此一事，那一船即将出手的国宝算是保下来了，至少庞铁山再也不敢把手伸到古董宝藏上来了。

张本见和南宫无量如今最为关心的事情还是唐舜的下落，他像是忽然间在世上销声匿迹了一般，走了很久都没有任何的消息。南宫无量与张本见几乎找遍了所有能找的地方，也不曾发现有关于他的任何线索。

直到四年后的一个春天，唐舜寄回来一封信，那封信鼓鼓的。南宫无量打开了信封，发现里面装着两幅画，那两幅画看起来有些相似，其中一幅画像，与先前唐舜画下来的簪花仕女图几乎一样。另一幅画像上的女子，长着一对翅膀，面容模糊。

　　张本见看着两幅画像，有些犯难："唐舜这小子是什么意思？这长着翅膀的女人是从哪里寻来的？"

　　南宫无量往信封里翻了翻，唐舜并没有留下只言片语。南宫无量把两幅画比照了一番，发现两人没有太多的共同点，连衣着发饰也都是完全不一样的。他一时间也弄不明白唐舜的意图，想了想，说道："先收着吧，再过些日子，他总是要回来的。"

　　果然，在南宫无量收到信件后的第七个月，唐舜带着一个女孩子出现在了"水心斋"门口。那女孩子手里还抱着一个奶娃娃，粉粉嫩嫩的，看起来不过三四个月大，一双眼睛滴溜溜地转着，很是机灵。

　　南宫无量见到唐舜，满是激动，激动之余是担忧，他问唐舜："这些年你去了哪里？我和张先生一直都没能找到你。"

　　唐舜说道："我回乡的路上遇到了一群土匪，抢走了我所有的衣服和钱财，我也因此险些丧命。后来全靠翠花救了我。这……这是我和翠花的孩子。"说到最后，他有些不好意思了。

　　张本见说道："亏得我们找了你这么多年，你居然生娃娃去了。好啊你，才十七岁就当了爹。也好也好，唐家有后了。"

　　唐舜脸蛋通红，小声说道："我……十八了。"他说着找了个借口，把翠花打发到了一边，又小声对张本见和南宫无量说道："我有个不情之请，二位先生，如果我将来有个三长两短，请务必替我把孩子养大成人。他叫唐鹰，他刚出生的时候就有两只黑鹰在我家屋顶盘旋，所以已经被选为第四代掌管仙盘之人了。我把仙盘和孩子都托付给你们。我还得带着翠花去查仙盘的来历和家族的身世。如果我还有幸回来，再拜谢你们。"

张本见问道："你把孩子托付给我们，翠花能同意吗？"

唐舜说道："翠花是个孤儿，有个后代她已经心满意足了。只要孩子能够平安长大，她自然是同意的。幸好现在唐家有后了，不然我要是有个好歹，仙盘就后继无人了。"

几年不见，唐舜一下子成熟了不少。张本见十分欣慰地点了点头，他朝南宫无量看了一眼，见南宫无量点头应下了，忙小心翼翼地抱过了孩子。他对唐舜说道："我们可以替你守护孩子，但是这孩子不能留在'水心斋'里，'水心斋'地处黑暗，又容易被外人盯上，孩子还小，留在这里实在不安全。如果你愿意，我们把他送到上师院里，名义上由法师们养着这孩子。等他长大一些，我们再来安排他的去处。"

唐舜想也不想就应了下来："只要孩子平安无事，交给谁抚养都可以。两位先生办事我十分放心，那就有劳两位先生了。"

南宫无量笑道："有一件事，我总惦记着要问你。你上次寄来的那封信里，那位长着翅膀的女子是怎么一回事？"

唐舜说道："那也是我见过的幻象，只是没有那仕女出现的次数多罢了。"

南宫无量与唐舜把唐鹰送到了上师院，唐舜把所有的传家宝物与仙盘都交给了南宫无量暂为保管。既然天定的仙盘继承人已经选出，唐舜也就没有了性命之忧了。他往唐鹰的额头上亲了一口，唐鹰小小的脸蛋朝唐舜抬了抬，嘴里发出"咿呀"一声，像是在表达自己的不舍。

唐舜眼眶通红，别过脸去，没再看他。

翠花也朝唐鹰的脸上亲了一口，就跟着唐舜转身离开了。两人走得悄无声息，没有对唐鹰留下只言片语。他们走得很放心，也很坚决。


唐舜一走就是五六年，他离开后的这些年，曾派人送来过几封信，是关于这几年对于家族信息的搜集，但也只是一些零碎的片段，对南宫无量钻研解开仙盘之法并无太多的助益。

这些年，唐鹰也从粉雕玉琢的小婴儿长成了古灵精怪的顽皮孩子。他在上师院里住了一段时间，因为不喜欢被束缚，让法师们在上师院边上建了一个小木屋。白天他在上师院里帮着收香灰贡品，晚上自己一个人住在小木屋里。到目前为止，除了拥忠法师和南宫无量以及张本见，上师院里还没有人知晓他的身世，外人更是无从知晓。

那天晚上唐鹰从上师院里出来，一个人走在回去的路上，见到有两只黑鹰在地上啄食。唐鹰心里好奇，走到近处去看了一眼，那两只黑鹰发现了他，都停下来直勾勾地看着唐鹰。唐鹰缩了缩脖子，有些害怕。他想要逃，却发现那两只黑鹰并没有伤害自己。

出于孩子的好奇心，唐鹰居然伸手摸了摸其中一只黑鹰的头。这一摸，唐鹰发现黑鹰的头上居然黏糊糊的。他翻开手掌看了一眼，只见自己的手掌心里都是黑色的血。他吓得赶紧甩了甩手，那血却怎么也甩不掉，牢牢地黏在了他的小手上。

另一只黑鹰突然从地上叼起一块肉，走到了唐鹰面前。黑鹰的眼睛亮得出奇，像是在向唐鹰提供什么信息。毕竟唐鹰年纪尚小，根本看不懂黑鹰的意思。他看到地上的肉块，吓得后退了一步。黑鹰却又叼着肉往前了一步，唐鹰再退一步。

就这样，同一个动作重复了无数次，直到唐鹰跌坐在地上，才不得不停下来。那两只黑鹰也在唐鹰的身边停了下来，其中一只黑鹰用嘴啄了啄地上的烂肉，示意唐鹰过来瞧瞧。唐鹰大着胆子蹲到地上，看了一眼地上的烂肉，发现那肉不像是动物的，倒像是什么人的。

他害怕得想要尖叫，可夜里的叫声势必会引来野兽，他刚张开嘴就赶紧闭上了。就在这时候，其中一只黑鹰一把抓起唐鹰的衣领，想要把唐鹰带离地面。奈何唐鹰长得壮，那黑鹰没能把他带离地面。另一只黑鹰见状，一把抓住了他的腿，两只黑鹰一同把唐鹰带上了天空。

唐鹰吓得哇哇大叫，几乎就要哭出来。可因为自己离地面太远，根本没有人听到他的呼救声。两只黑鹰飞得极快，没多久，就把他带到了一片林子深处。

黑鹰把他稳稳地放到了地面，唐鹰一站稳就想要逃走。可两只黑鹰就像是两个门神一样，一左一右笔直地站在他面前，拦住了他的去路。他急得手足无措，除了哭，已经别无他法了。

"孩子，别哭，它们不会伤害你的。"有一个声音从林子深处传过来，那声音很温和，没有半点恶意。

唐鹰先是被那突如其来的声音吓了一跳，随后奇迹般地镇定下来，循着声音看过去，只见一个二十几岁的男人正趴在地上，此刻他已经是奄奄一息。唐鹰没敢走近看，只是远远地看了一眼，就发现他的后背上被什么东西抓掉了一块肉。有骨头露在外面，腿上也受了伤。

"请问你是谁？"唐鹰问道。

男人笑了笑，笑起来有点吃力。他向唐鹰招手，动作很慢，眼里充满了期待。

唐鹰迟疑了很久，并没有走上前去。

这时候，两只黑鹰有些按捺不住了，扑腾着翅膀想要把唐鹰推到那男人面前去。唐鹰见黑鹰扑过来，害怕地往男人身边跑了两步。

那男人对黑鹰说道："别动他，他会害怕的。"

黑鹰退了两步，远远地盯着唐鹰，像是在保护他。

男人问唐鹰："你知道你名字的由来吗？"

唐鹰问道："你知道我的名字？"

"是，你是唐鹰，对吗？"

唐鹰没有回答他，只是说道："你先说说由来。"

男人说道："你出生的时候，有两只黑鹰飞到你家屋顶，并盘旋了很久，所以我给你取名为唐鹰。孩子，请记住，你以后要经历的事会比别人更多一些，所以你要比别人更勇敢。"他说着挣扎着想要翻身。

看着他血肉模糊的后背，唐鹰实在不忍心他翻身。于是蹲下来，问他："你是要找什么东西吗？"

男人气若游丝般说道："我怀里藏着一样东西，你替我拿出来收好了，以后遇到南宫无量先生，记得交给他。还有，你要记住，从你这一代开始算起，唐家第三代，无论男女都要取名为唐悦。"

唐鹰懵懵懂懂的眼神里透出一丝伤感，他想了想，问道："你是我的父亲唐舜吗？"

唐舜笑了笑，唐鹰顿时就明白了。沉默了一会儿，唐舜对他说道："我刚才说的话都要记住，只有记住了，唐家人才能有机会永保太平。

去找，找南宫先生。告诉他，那带着翅膀的女子画像是……"

唐鹰点了点头，还想再问他些什么，却发现唐舜已经咽气了。他抱着唐舜的头，大声喊着："父亲！父亲！"唐舜却始终没有给予回应。

哭了一阵子，唐鹰忽然想起父亲说过的话。他赶紧匍匐在地上，费力地在他怀里掏东西。因为唐舜整个人都趴在那里，胸口紧紧贴着地面，唐鹰人小力气弱，始终没法把手伸进他的胸口去。

两只黑鹰见状，上前来分别叼住了唐舜的后背衣领和腰部，稍稍把人抬起了些。唐鹰赶紧伸手往他怀里摸索了一番，竟翻出了一本带血迹的书。他认识的字才两三个，稍稍翻了翻，也没看懂几句话，就把书藏在了身上。他擦干泪水，问那两只黑鹰："你们能把我送去上师院吗？我想快一点见到法师们。"

黑鹰叫唤了两声，合力把唐鹰叼走了。

唐鹰被带到了上师院门口，尽管上师院里设有结界，两只黑鹰还是轻而易举地飞了进去。唐鹰抱着那本带血的书，跨过门槛，进了上师院。他走到法器室，见到有两个法师在打坐，就问："上师们，可以帮我找到南宫先生吗？"

法师们看了唐鹰一眼，只见他身上全是斑驳的血迹，就连手心里也全是血，忙问道："出什么事了，小鹰？"

唐鹰紧紧地抱着手里的书，一双眼睛转了又转，像是在犹豫要不要把刚才的事情告诉法师们。他想了一会儿，还是说道："我遇到了一个人，他已经死了，他说让我见一见南宫先生。上师们可以帮我找到南宫先生吗？"

拥忠法师闻声从房间里走出来，说道："我们并不知晓'水心斋'

的具体位置，想要找南宫先生实在不容易。不过你真想找到他，可以让黑鹰们先去探探路。"

唐鹰朝黑鹰们看了一眼，两只黑鹰直直地盯着唐鹰，眸光中没有半分凌厉，反倒是一副很愿意为唐鹰效劳的神情。唐鹰点了点头，对黑鹰们说道："那就请帮我找一找吧。"说完他又犹豫了一阵子，过了一会儿，对拥忠法师说道："山那头有一个人被黑熊抓破了皮肉去世了，他好像是我父亲，我想把他下葬。"

拥忠法师一听是唐鹰的父亲，顿时激动起来："是唐舜回来了？他在哪里？你确定他已经不行了吗？赶紧带我去找他。"

唐鹰点了点头："他已经一动不动了。"

拥忠法师有些手足无措："快带我去看看，万一还有救呢。"

唐鹰小声道："可是，我不认路。"

话音刚落，两只黑鹰在院子门口扑腾着翅膀，发出了骇人的尖叫声。

拥忠法师皱起眉头，说道："不好，有秃鹫。"他说着赶紧拉上唐鹰，跟着两只带路的黑鹰跑出了上师院。差不多跑了两里路，黑鹰才停下来。眼前果然躺着一个血肉模糊的男人，那男人很明显已经断气了。拥忠法师看了一眼躺在地上的人，身上已经被秃鹫啄去了好些皮肉，头上被啄出了两个大窟窿。

唐鹰下意识捂上了眼睛，不敢去看唐舜的惨状。黑鹰扑腾着翅膀赶走了秃鹫，守护在唐舜身边。拥忠法师找来几片大叶子，盖在了唐舜身上，这是他能够为他争取的唯一一点尊严。

拥忠法师对唐鹰说道："他的确是你的父亲唐舜。他如今已经这个样子了，我实在没法把他带回去埋葬，只能找个最近的地方先把他葬下了。"

唐鹰懵懵懂懂地点了点头，问道："我需要做些什么吗？"

拥忠法师说道："给你父亲磕三个响头吧，送一送他。"

唐鹰听后，跪在地上，十分虔诚地朝唐舜"砰砰砰"磕了三个响头。

拥忠法师找到一块地方，用粗大的树枝在地上挖了一个大坑，费力把唐舜拖进了大坑里，正准备填埋，忽然看到唐舜的腰上系着一根红绳，绳子另一端有一面小镜子。那镜子大约一枚鸡蛋的直径，一面是雕花银子做的。拥忠法师把那面镜子解下来，递给唐鹰，说道："拿回去做个念想吧。"

唐鹰接过那面圆镜子看了看，觉得那镜子有些奇怪，根本照不清人影。但这好歹是父亲留下的东西，无论有什么用处，都该留下来做个念想。他把圆镜子收起来，就听拥忠法师说道："原本你是该哭一场，好好送一送你父亲的。可夜间猛兽太多，就再给你父亲磕三个响头吧。"

唐鹰又朝着唐舜的坟堆虔诚地磕了三个响头。

# 第十章　虎毒食子

埋葬好唐舜后，拥忠法师与黑鹰道了别，就带着唐鹰回去了。唐鹰跟随拥忠法师走了几步路，忽然停下来，问拥忠法师："拥忠法师，我的父亲真的是因为被黑熊抓伤才死的吗？他的血为什么那样黑？"

拥忠法师被这么一问，先是愣了愣，随后像是如梦初醒一般，赶紧转身走向唐舜的坟头。唐鹰跟在后面，不知道他想做什么。拥忠法师在坟头边上转了一圈，找回刚才挖坑的树枝，又把坟堆给挖开了。

唐鹰问道："出什么事了，拥忠法师？"

拥忠法师说道："是你提醒了我，或许你父亲并不是因为黑熊而死呢，是我太过草率了。"

唐鹰并不能完全听懂拥忠法师的话，他只是本能地跟着拥忠法师一起挖开了坟堆。唐舜的尸体露出来，皮肤已经发黑，那种黑像是从骨头里透出来的。拥忠法师拔下插在靴子里的匕首，在唐舜身上切开了一寸皮肉，发现里面是更深的黑色。他又往深处切下去，直到露出骨头。

看到唐舜的骨头，唐鹰忍不住呕吐起来。唐舜的骨头已经变成了骇人的炭色，像是被大火烧焦了一般。

拥忠法师深吸了一口气，说道："这人下手可真够狠的。为了取你父亲的血，居然使出这般下三滥的手段。"

唐鹰问道："为什么要取我父亲的血？"

"此人或许并不知道，你已经成为仙盘的新掌管者。他取你父亲的血，再夺走仙盘，想要以你父亲的血养着仙盘。没想到唐门为了保全自己，放出的谣言最终居然害了你父亲。"拥忠法师说到这里，忽然心口一惊，拉着唐鹰道："快跟我去上师院，下一个受害者只怕就是你了。"

唐鹰还处于懵懵懂懂的状态，拥忠法师已经一把抱起他，跑回上师院去了。

两只黑鹰在天空盘旋了许久，发出一阵长一阵短的鸣叫声。过了好一会儿，两只黑鹰才扑腾着翅膀离开。

拥忠法师把唐鹰抱回到上师院的时候，南宫无量已经站在上师院的大门口了。拥忠法师见到南宫无量，像是见到了救命稻草，说道："南宫先生，唐舜出事了。"

南宫无量面色一沉，问道："出什么事了？"

此时唐鹰已经睡着了，靠在拥忠法师的肩头，睡得并不安稳，肩膀一抽一抽的，像是有些害怕。南宫无量走到唐鹰身边，说道："但凡沾上仙盘的唐家孩子，都是可怜人。小小年纪都成了孤儿，这样的日子不知道什么时候才会结束。"

拥忠法师叹了口气："只怕是仙盘之谜不解，永不会结束。"

南宫无量被这句话刺痛了心，仙盘之谜哪有这么容易解开？南宫无量从青年时代就致力于解开九大神器之谜，可他找寻了二十几年都无果。究竟要到什么时候，才能解开其中的奥秘，他也没有信心。

南宫无量问拥忠法师："唐舜的尸身如何处理了？"

拥忠法师说道："唐舜，应该是中毒身亡的。他的尸身已经腐烂，我便就地埋下了，顺便替他做了一场法事。对了，我从他身上取回来一点骨灰，不知道对追凶是否有帮助。"

南宫无量摇了摇头："现在谁是凶手已经不重要了，有人想要仙盘，也有人想要仙盘现世。无数股势力在较劲，受伤害的永远是唐家人。当务之急是找到能够解开仙盘之谜的血引子。"

唐鹰喃喃地喊了声"父亲"，伸手往半空中抓了抓，又睡着了。他的怀里掉出来一本书，上面都是血迹。

南宫无量捡起书看了一眼，却是一本《唐史》，那本《唐史》的前几十页都已经被血迹污染了，看不清里面的字。南宫无量往后翻了翻，问拥忠法师："这是从哪儿得来的？"

拥忠法师说道："是唐舜交给小鹰的，他让小鹰务必交到先生手里。"

南宫无量顿时觉得有些不对劲，他把书重新翻看了一遍，发现每隔几页，唐舜都在一些句子下面做了圈点。因为前面几十页被血迹污染了，唐舜具体的圈点之处也就找不到了。南宫无量把书放在了衣服口袋里，对拥忠法师说道："先把小鹰带进去吧，今天太晚了，我改天过来把他接走，务必保护好他。"

拥忠法师点了点头，又忽然想起什么。他从唐鹰的身上摘下那面银镜子，递给南宫无量："南宫先生，这是从唐舜身上发现的。"

南宫无量也看不明白这面银镜子究竟是何物，又有什么用处。他点了点头，二话不说，接过银镜子就离开了。

回到"水心斋"后，南宫无量点起了一盏洋油灯，把那本《唐史》里的圈点处都抄在了册子上。他一页一页仔仔细细地翻查，整整抄写了一夜才抄写完毕。张本见拿起南宫无量抄写的东西，仔仔细细地研究了一番，说道："细看也瞧不出有什么名堂来，不知道唐舜究竟是何用意。"

南宫无量说道："既然是让小鹰转交给我们的东西，一定是十分重要的线索。先前我们已经查到唐家与唐代有些渊源，或许唐舜已经找到了更重要的信息。"

张本见又把南宫无量的记录仔仔细细看了两遍，之后拿手指在上面来回比画了几下。他忽然一拍脑门，问南宫无量："唐舜留下的那块蓝底布，先生可以断出具体年份吗？"

南宫无量朝张本见看了一眼，说道："有些难度，但可以试试。"

张本见点了点头："能断出年代就好办了。"

南宫无量找出了唐舜留下的那块蓝底布，单纯想要从蓝底布的新旧程度来判断年代，那简直是痴人说梦。然而想要依照花样来判断年代，也是十分困难的。毕竟唐朝时期的蓝底布都是对布匹捆扎后再进行浸染，花样如何都是依照捆扎方式来决定的。可以说，浸染后的花样有千百种，也没有固定的花色。所以，这种鉴别方法也不可取。

这两条路都走不通，南宫无量觉得原本即将通往光明的路像是被完完全全堵上了。他捧着蓝底花布犯难，坐在那里呆呆的，许久不说话。过了很长时间，南宫无量才站起来，走到镜子边上，给自己黏上了两撇胡子，对张本见说道："我去外面的街边摊贩前转转。"

张本见说道："那正好一道去，我带先生去见一个人。"

南宫无量猜不透张本见会带自己去见什么人，但是听张本见的口气，应该是个十分重要的人物。因此，他换上了一件中山装，穿着有些正式。他带上了烟枪，跟着张本见往县城的方向去了。

张本见和南宫无量到了县城后，在一家酒楼找了个包间。张本见对南宫无量说道："南宫先生请先在这儿等候一阵子，我这就去把人请过来。"

南宫无量点了点头，点了一壶茶，心里有些忐忑。直觉告诉他，今天所见之人，似乎有些神秘。

张本见走了差不多半个时辰就回来了。他的身后跟着一个人，那人似乎也是乔装改扮过的。是个男人，而且是一个身材魁梧高大的青年男人。他穿着一套西装，戴着一顶圆帽，脚下踩着皮靴子，走起路来虎虎生威。

南宫无量一时间没有认出来，他站起来朝来人拱了拱手，看向张本见，对来人的身份感到疑惑。

张本见笑道："南宫先生不妨先猜一猜这位先生是谁。"

南宫无量把对方粗粗打量了一番，他虽然做了装扮，但并不难辨别出原本的脸型轮廓。他的脸型看起来十分熟悉，尤其是那双眼睛，像极了某个人。南宫无量忽然眸子一黯，说道："你是庞天野？"

来人点了点头，摘了帽。

南宫无量漫不经心地"哦"了一声，显然对他心怀敌意。

张本见为庞天野拉开了椅子，请他坐下来。南宫无量并没有替他倒茶，只是自顾自品茶。见张本见坐下来后，南宫无量才为张本见倒了一杯茶。他对张本见说道："张先生教授我奇门异术多年，我与张先生亦师亦友，竟不知道张先生还有个这样的朋友。"

张本见笑道："究竟是敌是友，不妨听一听他是怎么说的再判断也不迟。"

庞天野笑了笑，没有开口，给自己倒了一杯茶，喝了两口。他这个动作无疑是在示好，庞铁山与"水心斋"是多年的死对头，双方都恨不得将对方千刀万剐。庞天野作为庞铁山的儿子，跟随庞铁山多年，"水心斋"的人对他自然也是十分痛恨的。庞家盗取国宝，屡次卖往他国。今天南宫无量如果把庞天野杀了，也算是替天行道了，可南宫无量不想手染鲜血。

庞天野又喝了一口茶，论说庞天野该防着那一杯茶才是，可是他并没有。这不是示好又是什么呢？

庞天野把一杯茶喝完，才对南宫无量说道："南宫先生如果愿意听，我自然是愿意讲的。"

南宫无量朝他看了一眼，语气稍稍缓和了一些："你且说来听听。"

庞天野说道："前段时间我父亲被大帅所擒，大帅几番查证后，发现他居然盗卖国宝。我虽然跟随他多年，一直跟着他四处奔波收集国宝，却是到他被擒获后才知道这些国宝的去处。我想，南宫先生一定如我一样也不希望国宝陆续被送往他国，所以南宫先生不妨相信我一回。"

南宫无量瞥了他一眼，未置可否。

庞天野继续说道："我这些年学了不少鉴宝的本事，虽然比不得二位，但也希望可以将功补过。"

南宫无量慢慢点了点头，顺着他的话说下去："所以你希望能够进到'水心斋'里，帮我一同鉴别已经找到的神器，或者是即将寻到的宝物。"

庞天野听到这话，知道南宫无量显然并不相信自己。他不急也不气，毕竟自己跟着庞铁山做了这么多年盗卖的行当，换成任何人都是不会相信他的。南宫无量会有这样的反应，已经是对他最大的客气了。庞天野说道："我可以向南宫先生保证，没有南宫先生的允许，无论用何种方法，我都不会踏进'水心斋'一步。至于用不用得上我，全凭南宫先生的决断。"

南宫无量问道："你父亲如今在何处？"

庞天野说道："大帅因为证据不足，只得把他送回宅子里了，目前父亲被监视着，不敢轻举妄动。"

南宫无量思索了一会儿，眼神里闪过迟疑。他想了片刻，对庞天野说道："既然张先生是在这时候引荐你过来的，说明你的确有些本事。我眼下有个难题，你不如帮我试一试。"他说着朝张本见看了看，在征求张本见的意见。

张本见从袖子里摸出了一块蓝底花布，那蓝底花布约巴掌大小，应当是从某块布匹上剪下的碎片。他把蓝底布递给庞天野，说道："你能否从布匹的花样和外观来判断具体的年份？"

庞天野笑了笑："张先生有些为难我了，我还没有鉴别过布匹一类的东西，不过我会尽力一试的。"庞天野带走了张本见的蓝底花布。

南宫无量也交给庞天野一样东西，是从唐舜那堆铜古董里随便选出来的一样小物件。他交到庞天野手里，说道："把这个也带上吧，或许会给你一些灵感，若是查不出来，就当是送你的见面礼了。"

庞天野点了点头："七日后，我们依旧在这里碰面。"

这七天里，南宫无量和张本见没有干等着，两人也在找寻方法查验那块蓝底布的具体年份，却是一无所获。与此同时，南宫无量也彻查了唐舜中毒的始作俑者，发现居然是庞铁山安排其部下所为。他们并不知晓唐鹰的存在，只当仙盘还在唐舜手上。因为日本人催得急，庞铁山索性铤而走险，毒杀了唐舜，却没有找到仙盘。

既然唐舜身上的仙盘已经丢失，庞铁山一定会严查到底的，到最后如果查到唐鹰的存在，小小的唐鹰免不了一死。

南宫无量心中愤懑，为保护唐鹰，他就地占了一卦，卦象显示庞铁山命硬得很，这次虽然被查到了盗卖国宝的证据，却也能全身而退。南宫无量不甘心庞铁山可以全身而退，决定搏一搏。他又为庞天野占了一卦，看到卦象后，脸上才有了一丝笑容。

约定的七天时间已经到了，庞天野如约等候在了原先见面的酒楼包间里。他的手里攥着那块蓝底花布，西装口袋里装着张本见交给他的那只铜茶壶。他的另一个西装口袋里，还装了一个小物件，是他送给南宫无量的见面礼。

庞天野在包间里等了一个多时辰，都不见南宫无量和张本见赴约。就在他疑心自己是不是记错了日子的时候，刚起身走到窗边，竟看到张本见和南宫无量正打楼下走过，匆匆忙忙往另一间酒楼去了。

难道是两人跑错了酒楼？庞天野下楼付了茶钱，急急忙忙追过去。张本见和南宫无量进了隔壁的酒楼，径直上了二楼的包间。庞天野忙追上去，喊道："二位先生，你们跑错地方了。不过也无妨，既然遇上了，在哪都一样。"

张本见扭头看到庞天野追上了楼，脸上的表情顿时变得尴尬起来。南宫无量朝庞天野额首，说道："没有走错，只是我们今天还约见了另外一个人，还需劳你等候片刻，晚点我们再碰面。"

庞天野"唉"了一声，正准备离开，却在他转身的时候，张本见正推开了包间的门。庞天野扭头看到了一张熟悉的面孔，他恍若未知似的下了楼，找到掌柜，为自己开了隔壁的包间。庞天野进到包间里，反锁上了包间的门。

隔壁的包间传来南宫无量的说话声："周探员，你昨天派人送来的信我已经看过了，实在万分感谢您的提醒。"

周探员是县里出了名的墙头草，哪里有金子，就往哪里靠。南宫无量和张本见向来是不屑与这种人为伍的，今天会在这里面见周探员，南宫无量还如此客气，实在令庞天野匪夷所思。

庞天野仔细听着隔壁的对话。

周探员哈哈大笑了几声，说道："南宫先生何必谢我，我上次找你典当的东西其实根本值不了几个钱，全靠南宫先生照顾，多给了些银元。我如今有消息，自然是要回报南宫先生的。"

南宫无量说道："实在想不到庞铁山如此歹毒，为了得到神器，居然想到了放火烧京城，把我们逼出来的法子。要是这一次被他得逞了，无法想象有多少老百姓要遭殃。"

张本见顺着南宫无量的话说道："到时候必定生灵涂炭，一发不可收拾啊，实在是歹毒至极。"

周探员说道："反正我已经把话带到这里了，至于庞铁山，我一个小小的探员是不敢与他硬碰硬的。到时候他当真这样做，还得依靠南宫先生的力量才是。"他想了想，又说道："哦，对了，南宫先生更要小心他家的大公子，那位大公子也不是个省油的灯。庞铁山在牢里全招了，盗卖国宝的事情都是那个大公子一手策划的，他被蒙在鼓里，只当他大公子是拿国宝去典当的。"

张本见问道："周探员说的是庞天野？"

周探员笑道："不是他还能有谁？现在全城都在通缉他呢。"

庞天野吃惊地张大了嘴，没想到自己的老父为了自保，居然诬陷他到这般地步。换言之，庞铁山这是打算以命换命了。庞天野咬了咬牙，握紧了拳头。一夜之间，他堂堂少将居然成了通缉犯，还是拜父亲所赐。

送走周探员后，张本见和南宫无量又赶去了隔壁酒楼，却发现庞天野并不在包间里。两人相视而笑，坐下来一面喝茶，一面等候庞天野。

庞天野姗姗来迟，头上依旧戴着一顶圆帽，身上的西装却换成了中山装，看起来没有原先那般虎虎生威的模样，反倒是多了几分畏首畏尾。他每走几步，总是时不时地朝身后看看。

南宫无量说道："我们本以为你等不及已走人了，我们正准备离开呢。"

庞天野张了张口，忽然关上包间的门，"扑通"一声朝两人跪了下来。这一跪倒是让张本见有些惊讶。庞天野迟疑着开口道："南宫先生，张先生，求你们救救我吧！"

南宫无量问道："出什么事了？"

庞天野说道："抱歉，你们和周探员的谈话，我都听到了。我没想到我父亲如此狠心，虎毒尚不食子，他为了自保要这般诬陷我。我现在已经快要走投无路了，我知道只有二位先生可以帮我。"

张本见说道："如今你的确成了通缉犯，但我们与警察局的探长并不熟悉，况且他们又是在租界里的，吃着租界的饭，我们的手还没本事伸到租界里去，怕是帮不了你的。"

庞天野说道："南宫先生的易容术天下闻名，只要南宫先生愿意帮我，我相信一定能够安然无恙的。"

南宫无量思索了一番，说道："易容术只能在'水心斋'里施行，但我又如何能够确保你进到'水心斋'后，不会心生歹念呢？"

# 第十一章　父子反目

　　庞天野想了想，忽然站起身，从腰间摸出了两把枪。张本见下意识拔出了自己腰上的枪，对准了庞天野。庞天野举起双手，对南宫无量说道："南宫先生别怕，我没有别的意图。这两把枪，我现在都交到南宫先生手里，从今日起，我教张先生和南宫先生射击，等到哪一日二位能够超越我了，我方才进到'水心斋'里。往后我若有异心，二位随时可以拿这两把枪结果我。"

　　南宫无量和张本见特地把与周探员的碰面定在了同一天，又特地晚到了半个时辰，为的就是让庞天野知道自己父亲的真面目。庞天野被自己的父亲逼到走投无路的地步，除了依附南宫无量，已经别无选择。况且庞天野的本性并不坏，南宫无量愿意相信他这一次。

　　想到这里，南宫无量拿起那两把枪看了看，果然是上好的枪支，看样子庞铁山这些年倒卖了不少宝贝，才能找洋人买得起这些贵货。他对庞天野说道："学习射击就不必了，你未必是我和张先生的对手。"

　　庞天野有些诧异地张了张嘴，神情尴尬："我只当先生们涉猎鉴宝，没想到是我失敬了。"

　　南宫无量笑道："无妨，你是行伍出身，对于一些奇门秘术不了解也属正常，许多秘术，你慢慢都会见到的，比如说……读心术。"

这番话看似说得轻飘飘的，却是在警告庞天野，想要耍花招，还需躲得过他南宫无量的读心术才行。

庞天野的笑容变得勉强起来。他朝二位拱了拱手，说道："两位先生愿意救我，是我的荣幸，往后我一定为两位先生竭尽全力办事。"

张本见点了点头，对庞天野说道："我们先给你找个地方住下来，等过些日子，再把你接到'水心斋'施行易容术。对了，我们托你查的事你查了吗？"

庞天野"哦"了一声，这才想起正事来。他赶紧摸了摸口袋，想起自己的西装忘在了衣裳铺子里，懊悔地拍了拍脑门。他把自己去衣裳铺子换西装的事同南宫无量解释了一遍，随后摘下了圆帽，从帽子里取出了一样东西。庞天野对南宫无量说道："这是我送给南宫先生的见面礼，还请南宫先生笑纳。至于那块蓝底布，我等会儿再想办法取回来。"

南宫无量见到庞天野手里的东西，顿时变了脸色。他不声不响地接过了庞天野手里的东西，问道："这是什么？从哪儿得来的？"

庞天野说道："这是微型相机，我一个国外留学的同学带回国赠送给我的。原本有两只，其中一只在我父亲那里，这一只我如今赠予南宫先生，或许南宫先生将来会用到。"

南宫无量不可置信地接过那只相机看了看，寻常的相机差不多一只手掌大小，十分笨重。眼前的相机只有鸡蛋大小，拿在手里轻巧精致。南宫无量第一次见到它的时候，以为是一面小圆镜，没想到居然是一只微型相机。南宫无量从身上取出来一只一模一样的相机，摆放到庞天野面前。

庞天野见到南宫无量有一只与自己一模一样的相机，十分的吃惊。

南宫无量说道："这是唐舜临死前握在手里的，却是杀他的凶手留下的。"

庞天野道："也就是说，很有可能是我父亲亲手杀了唐舜？"

"或许是，也或许是你父亲要嫁祸给你。"南宫无量点了点头，"不过既然是相机，里面一定会留下些什么重要的信息。你把底片冲洗后，让我们瞧瞧。"

庞天野如今已经走投无路，管他什么父亲不父亲的，既然你不仁那我就不义，所以当南宫无量提出要洗底片的时候，他二话不说就答应了。

很快，庞天野就当着南宫无量的面，找熟人把底片都洗了出来。他接过相片，没来得及看，就被南宫无量接了过去。相片总共有十几张，南宫无量和张本见一张一张翻看过去，每一张相片都仔仔细细翻看了三遍。这些相片并没有什么特殊的，都是庞天野和几个姨太太的合影。直到张本见翻到了最后一张，才发现了端倪。这是庞天野与几个东洋军官运送国宝去北方宅子的相片。在这几个军官里，南宫无量对一个人异常熟悉。

"是三木。"南宫无量指着相片上的人说道。

庞天野说道："此人不叫三木，是我父亲副官身边的一个干将。"

南宫无量笑了笑，说道："看样子，你父亲从一开始就打算隐瞒你、利用你了。你躲躲藏藏，怕是要一辈子无作为了。你这些年的成就与付出，都将付之东流了。三木是东洋军队里的一个军官，与你父亲来往密切。"

这句话说到了庞天野的痛处，他行伍多年，渴望建功立业，渴望超越庞铁山。但没想到庞铁山从一开始就在利用他，防备他。他所有的努力到头来只是被他父亲用来偷盗国宝了，他不甘心，更是恨。虎毒尚且不食子，他父亲真是不配为人。庞天野往桌子上狠狠砸了两拳，问南宫无量："我将来当如何？南宫先生有何高见？"

"高见谈不上，你如果想要碌碌无为地过一生，我大可以帮你易容。你如果不愿意放弃过去的种种成就，我想或许一切还得靠你自己。"

庞天野默不作声，紧紧攥着拳头，心里有所犹豫。南宫无量和张本见静静地坐在那里，没有发出半点声音来，似乎怕打扰到他做决策。庞天野思考了良久，对南宫无量说道："感谢南宫先生，我们后会有期。对了，关于蓝底花布的事，我们改日详聊，我已经有些眉目了。"他说完毅然转身离去，既然庞铁山不给自己活路，他就只能堵了庞铁山的后路。

南宫无量见他要离开，忙说道："等一等。"说完他把两把枪抛给庞天野："一路顺风，留着傍身。"

庞铁山这个劲敌，南宫无量和张本见早就想铲除了。庞铁山对仙盘以及其他国宝的垂涎，超越了大多数人。他不铲除，唐门越发凶多吉少。然而庞铁山身边守卫森严，他们二人想要除掉庞铁山，还是有诸多困难的。但是庞天野不同，尽管庞铁山防着庞天野，但不可否认，庞天野目前依旧是最容易下手的人。

既然庞铁山有庞天野去动手铲除，南宫无量暂且可以把庞铁山放一放，做别的事了。他和张本见回到了"水心斋"，在桌上画了一幅画像。南宫无量把画像拿给张本见看，张本见发现画像上的人有些陌生，问道："这是什么人？"

"将来的庞天野。"

张本见问道："庞天野依旧选择隐姓埋名？"

南宫无量笑道："他虽未选择隐姓埋名，但是将来背负着弑父的罪名，加上得罪了日本人，也是无处可逃的。到时候，他还是免不了要找我来易容。"

张本见点了点头，把原先唐舜留下的那本书和南宫无量所摘抄的内容放到桌上，他翻开那几页带血的文字，又从衣服口袋里取出来一本全新的《唐史》，翻到同样的几页，指着那几页说道："先生请看下这里。"

南宫无量仔细看了看那本全新的《唐史》，又对比了唐舜留下来的那一本。最后他在摘抄的笔记本上把那几行字抄写了上去，仔细读了读，不禁喃喃道："原来是这样子。"

张本见笑道："看样子先生已经看出端倪来了。"

南宫无量说道："可能唐舜已经查到了仙盘第一次现世于唐太宗时期，只可惜被庞铁山给杀害了，没能再追查到具体的现世年份。"

张本见说道："或许没有具体的现世年份，也能解开仙盘之谜。仙盘重现需要血引子，讲究天时地利人和，我们不妨再好好找一找能够为仙盘提供血引子的人。"

南宫无量若有所思地点了点头，忽然站起来，穿上了一件披风，对张本见说道："我准备去把小唐鹰接过来，他留在上师院也不是长久之计。"

张本见听到这话，也赶紧穿上了披风，跟着南宫无量一道往上师院去了。

因为山路难行，两人是徒步前去的。南宫无量比张本见先一步离开"水心斋"，张本见收拾了几样唐鹰爱吃的零嘴，这才出门去。南宫无量大约走了一里路，张本见才出发，因此这一路上，张本见都没能见到南宫无量的身影。

南宫无量走到离上师院还有半里路的地方，打算停下来歇歇脚，顺便等一等张本见。他抱着水囊喝了几口水，倒掉了落在靴子里的干树叶，正准备站起来看看周遭的情况，却见草丛里忽然闪过一个橘黄色的身影。那身影极大，并不像是人类的身影。南宫无量下意识丢掉了手里的水囊，蹑手蹑脚地往那草丛里靠近了几步。然而草丛里并没有什么异常，甚至连一点风吹草动都没有。

南宫无量相信自己绝对不会看错，又往前走了两步。就在这时候，一只巨大的豹子从草丛深处猛地蹿了出来，直直地扑向南宫无量。南宫无量见到豹子冲出来，迅速拔出了藏在靴子里的匕首，往豹子的脖颈刺过去。那豹子十分警觉，看到匕首，快速跑偏躲开了。南宫无量眼见那豹子才刚站稳，就又一次向他飞扑而来，便一转身想要躲过去，却见一支箭从树顶上落了下来。

此时的南宫无量已经避无可避，一面是豹子的袭击，一面是头顶朝自己射的箭。他本能地闭上眼睛，循着风声，抬手握住了箭支，一甩手直直地刺向豹子的肚子。那豹子吃痛地吼了一声，却没有逃开。因为豹子没有被刺中要害，依旧准备对南宫无量进行第三次袭击。南宫无量迅速折下一根树枝，此时头顶的东西再一次朝他射箭，而且显然是抓准了机会，箭支就在南宫无量折树枝的时候射下来，让他无暇招架。

南宫无量本以为自己会丧命于此，却在这时候，那豹子忽然大吼了一声，挣扎了数下，倒在了他的面前，将他压在了身下。原来那东西射出的箭支，却刚好命中了豹子的脖颈处，那豹子彻底僵直了身子，一动不动了。

"南宫先生，您没有受伤吧？"有人替他挪开了压在身上的豹子，关切问道。

南宫无量的身上被豹子的血弄湿了一大片，他顾不得擦拭。他听出了帮他挪走豹子尸体的人正是张本见，不禁松了一口气，说道："我今日险些丧命于此。"

南宫无量说罢朝着头顶看了一眼，发现居然是只猴子在张弓射他。张本见顺着南宫无量的目光放了一枪，正好打中了那猴子。那猴子保持着搭弓的姿势，从树上栽了下来，落在南宫无量的脚边，扑腾了两下，一命呜呼了。

南宫无量嗤笑了一声："于淳还真是喜欢与一些畜牲为伍。"说完两人就迅速赶路了。

于淳可驱动万物生灵，这是旁人没有的本事，却也是旁人最为忌惮的。他在山中豢养了不少猛兽，教猛兽袭击人类之法。于淳还常把被袭击者的画像拿给豢养的猛兽们看，猛兽们常年耳濡目染，因此一旦见到画像上的人，自然会本能地进行袭击。毫无疑问，南宫无量自然也是画像中的一员。

两人沿路又遇上了几只猴子，好在那些猴子只是拿石块袭击人，都被两人轻松躲过了。万幸这一路上再也没有遇见过猛兽。

南宫无量和张本见总算安然无恙地赶到上师院里，见拥忠法师正在教唐鹰射箭。唐鹰虽然身躯娇小，但眉眼已经能够瞧出唐舜的影子了，甚至更像他爷爷唐硕一些。所以南宫无量更不能让幼小的唐鹰久留在此，再过些时日，等唐鹰完全长开了，就会有人疑心他是唐家的后人了。南宫无量和张本见进了院子，拥忠法师见到二人，并没有让唐鹰停下手里的箭。

唐鹰像模像样地对着靶心射了两支箭，这才发现南宫无量和张本见来了。唐鹰问南宫无量："您当真是南宫先生吗？"

南宫无量笑道："你父亲第一次正式见我的时候，也问过类似的话。"

唐鹰笑了笑，说道："看样子，您是真的南宫先生了。"

他那一笑，与唐舜越发相像了。所以南宫无量一刻也不敢耽搁，让拥忠法师替唐鹰收拾了衣物后，就带着他回"水心斋"去了。由于两人怕这一路上再遇上豺狼虎豹袭击，误伤了唐鹰，南宫无量和张本见不得不在上师院里做了一番乔装改扮。两人从法器室里走出来的时候，唐鹰忍不住指着他们笑："南宫先生变得这样年轻了，我差一点没有认出来。"

南宫无量只是点了点头，带上唐鹰的包袱就带着他离开了。

这一路上，几人虽遇上了一些猛兽，但因为二人乔装改扮过，倒也没有遇到袭击。唐鹰跟随他们进到"水心斋"的时候，两条腿已走得有些发软了，可硬是不肯喊一声累，始终咬牙坚持着自己走。张本见心疼唐鹰走了一路，刚把人扶进门，就搬来了一张椅子，让他在椅子上坐下来。

南宫无量递给他两个馒头和一杯水，唐鹰接过馒头后狼吞虎咽地吃起来。

张本见问道："你父亲走的时候，除了交给你一本书，还有没有对你说过别的话？"

唐鹰摇了摇头，随后又想了想，说道："他有说过，但是只说了一半。他说那画像上的人，他已经知道了。可是后来……后来他就断气了。"

南宫无量和张本见对视了一眼，心中失落。

张本见问唐鹰："小鹰，你认字吗？"

唐鹰摇了摇头："只认得几个字。"

张本见说道："从明天开始，我教你认字。唐家的后人不认字怎么行？将来想要让仙盘现世，总是会派上用场的。"

南宫无量点了一支旱烟来抽，他抽了一口烟，侧过头去吐出了烟雾，对张本见说道："不识字未必不能够。"说完他站起身，从柜台后捧出了一只红木匣子。他把红木匣子放到了唐鹰面前，问道："你能看懂上面的字吗？"

唐鹰摇了摇头："看不懂。"

南宫无量说道："你再仔细看看，或许认得呢。"

唐鹰十分乖巧，歪着头把红木匣子上的字仔仔细细看了几遍，却还是摇了摇头："我当真一点都不认得呢。"

南宫无量说道："这是夔文，你再看一次可好？"

唐鹰再次看了几眼上面的字，他刚要摇头，忽然对南宫无量说道："南宫先生，可否把蜡烛都吹灭了？"

南宫无量听后忍不住露出了笑容。

张本见吹灭了所有的蜡烛，唐鹰摸着黑，抱起装有仙盘的匣子看了看。那匣子是红木材质的，在漆黑的环境里，隐约能够看到一些暗红色的轮廓。他摩挲着匣子上的夔文，像是在模仿着夔文的画法。南宫无量和张本见站在一旁，默不作声，静静地看着唐鹰。

唐鹰小小的手在匣子上摩挲了很久，手指摩挲在匣子上面的沙沙声听起来让人有些莫名的紧张。南宫无量不知道唐鹰想做什么，只是直觉告诉他，唐鹰现在所做的一切都是出于本能。

柜台后的墙上忽然亮起一道光，把原本黑暗的"水心斋"照得亮堂了些。唐鹰指着墙上的光束说道："我见到了，是个古代女人。"

"她终于又出现了。"南宫无量笑了笑，忍不住说道。

这一次小小的唐鹰究竟是否可以抓取住此人的确切身份呢？

唐鹰兴奋地走到墙边，想要去触摸那光影。张本见本能地制止道："不要乱动，小鹰！"可惜已经来不及了。唐鹰的手指已经摸上了那道光影，那道光影晃动了几下，顿时消失不见。唐鹰还没有明白过来是怎么一回事，再次走回到匣子边，想去摩挲匣子上的夒文。

南宫无量从唐鹰手里抱了匣子，说道："改日吧，或许今天不合时宜。"又问他："你是如何知道夒文会映射出幻象来的？"

唐鹰歪着小脑袋，摇了摇头："我不知道，我只是觉得这些图案很漂亮又很古怪。我见到漂亮而又奇怪的图案，就喜欢摩挲。"他说着呵呵笑了两声。

张本见又问道："那为什么要让我们熄灯？"

唐鹰笑道："黑灯瞎火的，摸起来才觉得好玩儿啊。看不到，更考验手指的触觉是否灵敏啊。"

南宫无量和张本见像是突然从云端掉落，心里变得空落落的。他们本以为唐鹰是有天赋的，小小年纪就知道熄火后再观察夒文，没想到一切只是巧合。小小的唐鹰只是觉得好玩罢了。

南宫无量失落地摇了摇头，收起了装有仙盘的匣子，摸了摸唐鹰的脑袋，郑重告诫道："你见过幻象的事，不要同任何人提起。"

唐鹰点了点头，问张本见："那么，我还能学习读书写字吗？"

张本见笑道："你就算不愿意，我也是要教你的。"

# 第十二章　日本人

从那天之后，张本见就担任起了唐鹰的教师，每天除了教唐鹰读书写字，还教授了一些有关生存的技能，以及如何射击、如何博弈、如何逃避杀害。唐鹰天赋极高，短短五年的时间，就已经学得七七八八了。唐鹰最擅长的，应当是逃避追踪和杀害的本事。在这五年里，张本见也曾无数次带他去山林里历练，唐鹰的射击技艺已经足够于数十米之外射杀猎物了。

待唐鹰学有所成后，张本见给唐鹰看了几幅画像，那一幅幅画像上画的全都是穿着军装的人。唐鹰从衣着可以辨别出来，那是日本人的军装，而且画像上的人都是些军官级别的人物。他曾经见过穿着类似衣服的日本人来到上师院，以搜寻奸细为由，把上师院翻了个底朝天。那时候拥忠法师把他藏在了一只大水缸里，水缸里的水冰冰冷刺骨，他却只能咬牙忍受着。

唐鹰把这件事告诉了张本见，张本见叹息了一声："往后你要是见到画像上的这些人，一定要记得绕道走，切莫与这些恶魔硬碰硬。"

唐鹰似懂非懂地点了点头，问道："我听说没有现世的仙盘价值连城，但如果仙盘现世，会出现幻象，那幻象是关于藏宝图的。幻象结束后，仙盘就变成了一块废铜，真有这么一回事吗？"

张本见笑道："我们谁也没有见过仙盘现世，自然不清楚究竟是否有藏宝图了。但是仙盘据说乃上古之物，的确价值连城，否则也不会遭到这么多人虎视眈眈了。"他说着掐了掐手指，问唐鹰："你今年十一岁了吧？"

唐鹰"嗯"了一声，不知道张本见为什么这样问。他又补充了一句："等过完春天，我就该十二岁了。"

"时间过得可真快呀！"张本见若有所思地叹了一口气，对着百米外的一株老树开了一枪。他把枪交给唐鹰，对唐鹰说道："试一试，能否穿透我的子弹。"

唐鹰依言朝那株老树开了一枪，不偏不倚打在了张本见的那粒子弹上。唐鹰激动得手舞足蹈："我成功了！张先生，我成功了！"这是他第一次如此精准地射击。

张本见正为他高兴，忽然听到远处传来一阵急促的脚步声。他忙朝唐鹰做了个嘘声的动作，示意唐鹰安静下来。那脚步声很明显是往这里来的，带着十二分的急促，听声音应当是个人高马大的男人。张本见飞快地朝着声源举起了枪支，唐鹰也跟着举起了枪对准了声源处。张本见却说道："小鹰，你赶紧回到'水心斋'去，只怕是来者不善。"

唐鹰愣了愣，没有逞强，迅速溜走了。

张本见等了一会儿，发现那脚步声已经离自己仅剩下数十米远了。他悄悄挪到了树后面，枪支依旧对准声源处。他回头看了一眼跑向"水心斋"的唐鹰，发现唐鹰的确是长大了。唐鹰一面飞快地往"水心斋"跑，一面观察着周围的动向，手里的枪支并没有放下过，手指始终落在扳机上，时刻保持着警觉和备战状态。

那脚步声到了十米开外的地方，戛然而止。张本见仔细看了看来人，竟是庞天野。庞天野似乎并没有看清躲在树后的人，只见到一杆枪，顿时有些惶恐起来。他举起了双手，站在原地一动不动。此时的庞天野，要多狼狈有多狼狈，完全没有了昔日那意气风发的样子。看样子，这些年他过得很不如意。

张本见从树后走出来，当庞天野看清楚眼前的人时，原本僵硬的脸上顿时有了一丝笑容。他慌里慌张地跪倒在地上，对张本见说道："张先生，求求您救救我吧！"

南宫无量果然料事如神，庞天野最终还是得回来找他们寻求帮助。张本见不疾不徐地问道："你又出什么事了？"

庞天野说道："这些年我一直东躲西藏地在搜集有关我父亲倒卖国宝的证据，我把父亲盗卖国宝的证据都交给了大帅，并且找人暗杀三木。只可惜三木命大，没有死成。如今我父亲被大帅监禁在牢里，等候审讯。他身边得过好处的人，以及那些对国宝虎视眈眈的日本人都纷纷追杀我。我如今再一次到了走投无路的地步。"

张本见说道："你岂会走投无路呢？等庞铁山被审判之时，就能还你清白。到时候那些与你父亲狼狈为奸之人，都将受到审判，彼时便是你的自由之日。"

"怕是到那时候我就没命了。"庞天野笑了笑，笑得有些苦恼。他十分清楚，即便那些人都受到了审判，但是日本人只要还在我们国土上一日，盗卖就无休止，而他也将再无重见天日的机会。但是他现在保命要紧，来日方长，有些事情只能慢慢去做。庞天野对张本见说道："还请南宫先生为我改头换面，我庞天野往后一定誓死捍卫国宝，把日本人赶出去。"

张本见颔首道："先跟我进去再说吧。"

南宫无量并没有接见庞天野，而是以午睡为由，让他等候在了外间。唐鹰半是警觉、半是好奇地打量着庞天野。此刻的他还不知道庞天野的父亲正是自己的杀父仇人，然而庞天野却隐约猜到了面前的孩子是谁。他似乎有些心虚，不敢去看唐鹰。尽管他自己没有参与到毒杀唐舜的事件中来，但自己的父亲做下了这样的事，他始终是无颜面对唐鹰的。

唐鹰在他身边转悠了两圈，渐渐地放下了对他的戒备心。他忽然从庞天野的衣服口袋里扯出来一块蓝底花布。庞天野从唐鹰手里拿过蓝底花布，对张本见说道："对了，我已经断出这块布的具体年份了，张先生且看一看这只飞鸟的眼睛有什么特别之处。"

张本见心急道："你不如直接相告。"

庞天野说道："还请张先生亲眼看一看为好。"

庞天野居然在这时候卖关子，张本见也不急，他低头看了看蓝底花布上的飞鸟眼睛，蓝色的眼睛似乎并没有什么特别的。他伸手摸了摸那只眼睛，也没有不同寻常的地方。庞天野含笑刮开了那只眼睛，只见一粒绿豆大小的金光闪现出来。原来飞鸟的眼睛是拿金线绣上去的，再用扎染的工艺，把眼睛掩盖起来，这样的技术十分考验扎染者的技艺。

张本见道："单凭一只金丝绣的眼睛，也能说明年代？"

庞天野笑了笑，从衣服口袋摸出了一把手指大小的匕首，割开了金线，一点一点把线抽出来。庞天野把金线放到张本见手里，问道："有放大镜吗？"

唐鹰找来了一面放大镜。

张本见拿起放大镜，对着丝线仔仔细细查看了一番，发现那丝线上面有几个蝇头小字。他看清楚后，眸子顿时亮起来，他朝庞天野看了一眼，说道："原来是贞观年间的布匹，没想到金线藏得这么隐秘，你都能发现。"

庞天野说道："我也不过是凑巧发现而已，不过金线虽然藏得隐秘，但是仔细辨别还是可以发现的。这块蓝底布上总共有两只鸟，挑出的金丝线上都刻有'贞观'二字，我想定是不会有错了。"

南宫无量午睡刚起，从里间走出来，听到二人的对话，说道："实在很感谢庞先生为我们解惑。我有一样东西，要送给庞先生。"他的手里拿着一幅画，他把画递给庞天野，又说道："且看看你往后的样子，是否还满意？"

庞天野朝南宫无量拱了拱手，笑道："先生怎么安排都好，如今除了暂时换个身份，也没有别的法子。我与日本人之间若要做个了断，怕是来日方长。"说到最后，他咬了咬牙。

南宫无量点了点头："等过两日，我就为你易容。等易容后，你带着小鹰离开这里。"

张本见有些诧异地看了南宫无量一眼，让庞天野保护唐鹰的事，他居然不曾与自己商量过。他张了张口，却没有问下去。

唐鹰有些惶恐，问南宫无量："先生要让我离开这里吗？为什么？"

南宫无量拉过唐鹰，笑道："仙盘现世讲究天时地利人和，能够助你开启仙盘的人在哪里，我们谁也不知道。玉岭总共就只有这么几处人烟，若是当真存在有缘人，早就该出现了。所以你得走去外面看一看，寻一寻。如今有庞先生守护你，我也能放心一些。"

南宫无量暂且把庞天野安排在了外面的一间废弃茅屋里住着，打算过些日子再施行易容术。

张本见得知南宫无量安排庞天野一路保护唐鹰后，总有些闷闷不乐。他好歹也算是唐鹰的师父，庞天野虽说归顺于他们，但是毕竟人心难测，谁又能保证在仙盘面前，他不会心生歹念呢？

南宫无量看出了张本见的顾虑，笑道："我安排庞天野保护小鹰，自然有我的考量。庞天野的父亲是小鹰的杀父仇人，他对小鹰心生愧疚，总是会想办法弥补他的。所以让他跟着小鹰，他才能有弥补的机会。你觉得，还有比庞天野更合适的人选吗？"

张本见若有所思地点了点头，好一会儿才喃喃道："光有愧疚心是不足以让他坚持几年的，还得给他尝一尝甜头才好。"

南宫无量抽了一口旱烟，朝他含笑颔首："你有此打算，我也不拦着。"

庞天野接受了南宫无量的易容术，从一个身姿挺拔的军人瞬间变成了脏乎乎的屠夫，然而这样的形象也足够令人胆寒。他以这样的面貌跟在唐鹰身边，只怕要吓退不少人。南宫无量和张本见反倒越发放心些。

唐鹰和庞天野于第三天离开了"水心斋"，临走前，张本见把一只拳头大小的盒子交到庞天野手中。庞天野接过盒子，懵懵懂懂地问道："这是什么？先生还有事要交代吗？"

张本见笑道："算是送给你的饯行礼吧，可以打开看看。"

庞天野打开盒子，发现里面装着一枚印章。那印章看起来有些眼熟，庞天野似乎在哪里见过。他朝张本见看了看，张本见说道："这是庞铁山的公章，东西我如今送到你手里了，究竟如何使用，就看你自己了。"

庞天野点了点头，把公章收回到盒子里，又郑重其事地放进了包袱里，朝张本见拱了拱手："张先生和南宫先生放心，我发下的大愿，定是不会忘记的。"

两人踏上了离开玉岭的路。唐鹰和庞天野像两只漫无目的的苍蝇，两人离开"水心斋"后，竟不知道究竟要往哪里去。唐鹰记得先前拥忠法师说起过，护盘山与玉岭有些渊源，唐家的人都曾去过护盘山躲避追杀。那里虽然地形复杂，但是去了护盘山的唐家人都能安然无恙地走出来。于是，唐鹰决定去护盘山。他带着庞天野回了一趟上师院，打算从拥忠法师那里获取一份地图。然而两人还没踏进上师院的大门，就从门缝里窥见几个穿军装的人在院子里踱来踱去，一副凶神恶煞的模样。

唐鹰认出了他们的衣着，吓得赶紧捂上了嘴，拉着庞天野躲到了远处的一座亭台里。庞天野和唐鹰躲在亭子里，两人都紧盯着上师院。庞天野暗暗咬了咬牙，握紧了拳头。

上师院里传来哀号声，应当是谁受了重伤。唐鹰气得往地上砸了一拳头，说道："那些恼人的日本人又来了，这次还伤了法师们，真想把他们都赶出去。"

庞天野说道："那些日本人估计都是来找你的吧？"

"应当是来找仙盘的，他们还不知道我的存在。先前南宫先生为了保护我，怕旁人去上师院找我父亲，把我父亲去世的消息放出去了。大家都以为我父亲死了，想要抢夺仙盘。"唐鹰有些焦急地盯着上师院的大门，生怕日本人再做出些什么伤天害理的事情来。上师院的结界自从被于淳控制的毒虫破坏后，总有日本人随意进出。前几日日本人来的时候倒不曾伤害过谁，这次却像是要大开杀戒了。他在襁褓里的时候就被唐舜送到了这里，法师们对他而言，虽非生父，却胜似生父。所以上师院里的法师们，无论谁受到伤害，于唐鹰而言，都是不可接受的。

唐鹰盯着大门看了一会儿，说道："庞先生，能不能替我守在这里盯着日本人？我去找南宫先生。"

庞天野一把拽住唐鹰，小声道："南宫先生来了也是于事无补，况且这一来一回也有不少路，两位先生怕是赶不上了。我倒是有个法子。你留在这里，不如我去试试。"

唐鹰不知道庞天野准备做什么，但见他一副胸有成竹的样子，他稍稍放心了些。

庞天野是从后院进到上师院里面的，此时上师院前前后后都被日本人占领了。他从后院的一块荒地爬进后墙，之后悄悄地钻到了空水缸里，直到日本人走去前院后，他才悄无声息地摸索到了法器室里，换上了法师的衣服。庞天野行伍多年，对于反侦察的本事，绝对是一流的。

他换过衣服，做了一番打扮，这才从法器室里走出来。庞天野一脸谄媚地朝日本人拱了拱手，问道："请问太君们是在找这只匣子吗？"

日本人来过三四回，都没有见过庞天野，这次见到上师院里多了个人，不由得心中生疑。领头的日本人问拥忠法师："他是谁？"

拥忠法师见庞天野在朝自己递眼神，一时间也来不及多想，说道："他是我们上师院的法师，常年云游在外，最近才刚回来。"

庞天野笑嘻嘻地把手里的匣子送到日本人手中，拥忠法师看到那匣子，顿时变得紧张起来。他想要出言阻止，又怕日本人下狠手，到底不敢出声。况且眼前的人究竟是什么来头，匣子里装的又是什么，谁也不清楚，他更是不敢轻举妄动了。

日本人担心有诈，并不敢接过匣子，而是问："这里面装的是什么？"

"自然是太君喜欢的东西。"庞天野笑着再次奉上了匣子。

日本人领头的依旧没有去接，而是说道："你把匣子打开让我们瞧瞧。"

庞天野一脸为难地看着他们，脸上露出一副惶恐的表情。他拼命摆手："太君太君，使不得啊，这东西我可不敢打开来瞧。"

旁边的日本人见他不肯打开，架起他的手，就要把人拖出去行刑。庞天野赶紧补充道："太君息怒，太君息怒！这东西只有唐家人可以打开，我真的不敢打开呀，谁打开谁丧命！"

那两个日本人停了下来，见为首的日本人做了个释放的手势，这才把人松开了。庞天野说道："太君就算借我二十个胆子，我也不敢打开来瞧的。太君要是想看里面的东西，当务之急是找到唐家人。"

"我听说原本有唐家人住在这里，可他如今已经死了，我们上哪儿再去找唐家人？"

庞天野说道："他没有死，这是南宫先生放出去的假消息。他在你们第一次进上师院的时候，就已经从后院逃走了。我对外说是去云游，其实一直在找他，只是一直没能找到他。"

日本军官将信将疑地看着他，把匣子轻轻踢到了庞天野的脚边："打开它！快一点！"

庞天野战战兢兢地弯下腰去，给匣子开了一条缝。他小心翼翼地往缝里窥了窥，发现那匣子里的东西还包裹着一块红布，顿时松了口气，彻底打开了匣子。

日本人首领也有些害怕庞天野打开匣子，在此之前都已经躲到了一旁。非唐家人让仙盘露面，必然是要遭劫难的。然而此时见庞天野毫发无损地站在那里，日本人已经按捺不住性子，往前一探究竟了。他们靠近匣子，发现装在匣子里的东西还包裹着一块红布，只当是被庞天野耍了。那军官朝庞天野踹了一脚："你这里面装的是什么东西！"

庞天野痛得"嗷"了一声，拍了拍胸脯，说道："幸好幸好，里面还有块红布包着呢，吓死我了。太君息怒，要是没有这块红布，恐怕我们这些人都要葬送在这里了。"

拥忠法师发现匣子里装的东西与仙盘的大小有些相似，但仙盘看起来要更厚实些。很明显，这不是仙盘。因此，庞天野的来历和意图越发显得深不可测了。拥忠法师也辨不清此人究竟是敌是友，更看不清他到来的目的，只能小心应对着。

庞天野对日本人首领说道："太君行行好吧，接下来，我可更不敢打开了呀。求太君饶过我！"

日本人首领也害怕眼前的若是真仙盘，贸然打开大家都会出事。他为上头办事，本就得不到仙盘，还要命丧于此实在划不来。他想了想，问庞天野："既然这东西不能打开，你交给我们有什么用？唐舜那小子到底在哪里？把人也一并交出来。"

庞天野点头哈腰道："唐舜我已经派人去找了，等人找到了，一定送到太君手里。只是求太君放过我们这些无辜的人。"

日本人在法师们面前一一走过，拿着唐舜的画像比对了一番，发现并没有可疑的人物。于是他命人盖上了匣子，就带着众人急急忙忙地离开了。他们像是母鸡护崽一样，紧紧抱着那匣子，生怕摔着磕着了。

庞天野见到他们的样子实在觉得好笑，他等所有人都离开后，才听拥忠法师问道："你是谁？那匣子里装的又是什么东西？"

庞天野对拥忠法师说道："法师，我是小鹰的随护，也是南宫先生的朋友。匣子以假乱真，是为了迷惑日本人的。小鹰这会儿正在前面的凉亭里等候您。"

拥忠法师对于南宫无量的种种一无所知，南宫无量究竟有多少朋友，谁又是他的朋友，更是不清楚。但他听说唐鹰在前面的亭子里，顿时有些慌神了。万一那些日本人退出去的时候遇上了唐鹰，后果可想而知。拥忠法师也顾不上眼前的人究竟是什么身份，带上两个法师，就往凉亭里去了。

好在唐鹰还在里面，他焦急地等在那里，看到一众日本人撤离出来，赶紧躲到了凉亭后面，直到日本人都消失在视野里，才敢走出来。他看到庞天野和拥忠法师毫发无伤地朝他走过来，心中释然，忙朝他们招了招手。拥忠法师虽然与唐鹰分别了四年多，但唐鹰的样貌变化不大，依旧是那脸蛋圆圆、眼睛大大的小胖墩模样。他一眼就认出唐鹰来了。他见唐鹰果然在凉亭里，忙朝庞天野行了礼节，以示感谢。

唐鹰快步跑到拥忠法师面前，问道："法师们有受伤吗？日本人这次又来做什么？是来找我的吗？"

拥忠法师说道："他们打伤了两个法师，好在两人都伤势不重，没有性命之忧。这次日本人是听说唐舜已死，仙盘还在上师院里，特地来搜寻的。如果你们再晚来一步，我们这里所有的人恐怕都要遭殃了。"说完他指着庞天野问唐鹰："对了，这位先生是谁？"

庞天野顿时紧张起来，生怕被唐鹰"出卖"了。

唐鹰不假思索道："他是南宫先生派来保护我的屠夫先生，我们准备去护盘山找血引子，本想让拥忠法师赠我一张地图，没想到居然遇到了日本人。"

庞天野庆幸唐鹰没有把他的真实身份说出来。

拥忠法师说道："护盘山离这里可远得很呢，你这一走没有半年怕是到不了的。"

唐鹰笑道："我若是不走，留在这里干等着也没用啊。南宫先生和张先生正在努力查探仙盘的来历，我总该做些什么吧。仙盘一日不现世，唐家世世代代都不安宁，我不想坐以待毙。"

"小鹰当真长大了啊。"拥忠法师二话不说，从身上取出了几张地图，悉数交给唐鹰。

唐鹰接过地图，发现这些地图里面除了有关护盘山的地图，还有老家金桐山的地图，以及天衍大师的修行处的地图也在其中。有了修行处的地图，他们第一站就可以先去寻找天衍大师了。唐鹰开心地收下了一叠地图，朝拥忠法师跪下来，磕了三个响头："小鹰感谢拥忠法师这些年的养育之恩，希望我们还能再有见面的机会。"

拥忠法师点了点头："后会有期！"

# 第十三章　难窥天机

从那一别之后，唐鹰带着拥忠法师所赠的地图，与庞天野一道踏上了找寻仙盘之谜的路。

第一站，唐鹰先去了天衍大师的修行处。

天衍大师的修行处极为隐蔽，哪怕是照着地图去找，两人也走了大半年。

唐鹰和庞天野一路跋山涉水，翻越了三座大山，穿过一条大江，终于找到了天衍大师。当日他们到达修行处的时候还算幸运，天衍大师刚好出关。

天衍大师从山洞里走出来的时候，见到唐鹰和庞天野正站在洞口。天衍大师也不问两人是从哪里来的，所为何事，又是什么身份。他只对唐鹰说了一句："小子，你总算来了。"

唐鹰问道："天衍大师您认得我吗？"

天衍大师留着长长的白胡须，长得仙风道骨，与那些书上描写的道长有几分相似。按照年龄来算，天衍大师如今也不过是不惑之年，居然留了一脸的白胡子，实在是匪夷所思。天衍大师眉目和蔼可亲，完全不像唐鹰想象中那般生人勿近的样子。天衍大师见到唐鹰看着自己，不由得笑了笑，对唐鹰说道："我虽然不曾见过你，却也能知道你是谁，难道不是吗？"

唐鹰点了点头，惭愧道："我竟是忘了，这是大师的专长。那么，大师也应该猜到我来这里的目的了吧？"

天衍大师重新走回到山洞里，回头朝唐鹰招了招手。唐鹰和庞天野跟着天衍大师进了山洞。天衍大师移来两块大石头，让二人坐下来。

唐鹰并没有直接坐下来，而是先朝天衍大师行了跪拜礼，之后才坐下来，问道："天衍大师能否帮我？"

天衍大师没有说话，只是笑着拿来笔墨纸砚。他把笔送到唐鹰手里，示意他走到桌子前。唐鹰拿着笔，乖乖地走到了桌子边。天衍大师说道："你把见过的幻象画下来，先让我瞧一瞧。"

唐鹰根据印象，画下了那日见到的幻象，虽然他只见过一次，画工并不是太好，但好歹能够看得清那女子的容貌。唐鹰把画像递给天衍大师，只见天衍大师拿着画像，坐在地上闭上了眼睛。唐鹰焦急地坐在石头上等候着，像是等了一个世纪那样漫长。天衍大师始终闭着眼睛，过了许久才睁眼。

"大师，有算出什么来吗？"唐鹰焦急地问道。

天衍大师叹了口气，摇了摇头，说道："很是奇怪，我往日总能窥得天象，算出过往与将来，今日除了一场双神之斗以外，竟然什么也不能窥见。"

唐鹰也跟着叹了口气："那么，难道就没有别的法子看了吗？"

天衍大师摇了摇头，既然天机不让窥，他自然也是不敢再启用任何方法来违逆天机了。

唐鹰又问道："那么天衍大师是否可以推算出仙盘的血引子，如今在哪里？"

"应当是在东方，你往东方走上千里路。这途中要穿越一条江，翻越三座山，或许就能找到了。"天衍大师咳了一声，"至于那血引子究竟是何人，我却是无法推算了。"

往东方走千里路，穿越一条江，翻越三座山，可不就是又回到"水心斋"里了吗？难道血引子是南宫无量，又或者是张本见？唐鹰千里迢迢来这里找到天衍大师，没想到却只是得到了一星半点的线索。他朝天衍大师道了谢，挥手告辞。

临走前，天衍大师对他说道："既然我窥到了上古时的双神之斗，你不妨从这里着手。"

唐鹰心不在焉地点了点头，这上古时候的事儿，如此久远，他又要如何去查证呢？他并没有把这句话放在心上，而是准备回到"水心斋"去验证天衍大师的话，或许南宫无量当真就是那血引子呢？

从天衍大师那里离开后，唐鹰和庞天野改变了原计划，暂时不打算去护盘山，心急火燎地赶回了玉岭。他们回来的这一路上，发现原本租界里的那些金发碧眼的洋人都不见了，路上的洋鬼子也少了一些，一个个也不敢再像从前那样剑拔弩张、颐指气使了。庞天野觉得有些奇怪，向路人打听了一番才知道状况。他飞快地跑向唐鹰，兴奋地手舞足蹈："小鹰，安全了，安全了！"

唐鹰问："什么事情安全了？"

庞天野说道："洋鬼子都被赶出家园了，往后这租界里再也没有那些耀武扬威的金发恶魔了！"

唐鹰说道："那些洋鬼子不是被赶走的，听说是花了大价钱请走的。"

庞天野问道："赔款了？"

唐鹰叹息着点了点头，他看了看周围，发现的确再也见不到那些金发碧眼、配着长枪的洋人了。只是还有不少穿着和服、手持长剑的日本人在街上走来走去，这样的人仿佛比以前多了不少呢。唐鹰说道："西洋鬼子虽然走了，但是日本人似乎都来了。"

庞天野说道："这些日本人不是一直都在吗？我瞧着同以前倒也没什么区别。既然洋鬼子能够被赶出去，总有一天，日本人也会灰溜溜地离开的。"

唐鹰叹了一口气，说道："也不知道要等到什么时候，我自从回到这里之后，眼皮子总是不停地跳，像是有什么大事将要发生一样。"

庞天野安慰他："不用担心，不管发生什么事，南宫先生总是能够化险为夷的。"

毕竟两人的身份特殊，不敢在街上多停留，赶紧去了"水心斋"。此时南宫无量刚从外头回来，还没来得及歇歇脚，就听唐鹰转述了天衍大师的话。南宫无量听闻那血引子或许就在"水心斋"里，忙把那装着仙盘的红木匣子拿了出来。

唐鹰问道："先生这是准备做什么？"

"既然是天衍大师窥得的天机，那就不妨试一试。"南宫无量说着，让唐鹰把红木匣子上的夔文抄写了下来。那匣子上的夔文，是唐硕把包了金箔片的仙盘装进去的时候，从里面映射出来的，之后就永久地留在了匣子上面。大家虽然都没有见过仙盘，但听说仙盘上是刻有夔文的。想来那匣子上的夔文应当与仙盘上的一模一样。

唐鹰抄写完夔文，递给南宫无量。

南宫无量看了一眼，从靴子里摸出一把小匕首来。他迅速割开了手指，把血滴在了那夔文上。唐鹰想要阻止的时候，已经来不及了。

两人只得静静地等候在一旁，祈祷会出现奇迹。可等了半个上午，纸上除了点点血迹，并没有出现任何的异象。

唐鹰说道："或许纸张没有灵性，是感受不到血引子的呢？"

南宫无量说道："血引子对仙盘起作用，恐怕就是那夔文作祟。若是这个方法无用，我或许当真不是那血引子了。我先前鉴过一样宝物，便是照着那宝物上面的符号去誊写一份，对血也是能够有所反应的。"

唐鹰的脸上也露出了失落的表情，看样子，南宫无量的确不是那血引子。他原本还想在张本见那里碰碰运气，但张本见这一走已是十天半月，依旧不见回来。唐鹰怕耽误了行程，只得作罢。

他与庞天野再一次离开"水心斋"，踏上了去往护盘山的路。

这一路上，庞天野始终小心翼翼地跟随在唐鹰身边，保护他，为他遮风挡雨，来赎自己父亲的罪。

唐鹰离开的第五日，张本见回到了"水心斋"里。

南宫无量用先前的方法，让张本见试了试，发现夔文对张本见的血依旧没有任何的反应。南宫无量叹息了一声，本以为踏破铁鞋无觅处，看样子唐鹰还得再找寻很长一段时间了。

唐鹰远走的这些年，南宫无量和张本见一刻也没有停止过查探仙盘的真正来历。两人走了不少地方，探访古迹，查阅典籍，研究上古文物与秘术，却始终一无所获。而唐鹰也从来没有中断过与南宫无量的联系，他的信件时不时寄到上师院，再由拥忠法师转交到南宫无量手里，为的就是让他们知晓自己还活着。唐鹰离开了五年多，始终没有找到能够让仙盘现世的有缘人，换言之，血引子始终没有出现。唐鹰想，或许仙盘现世的任务，要留给下一代，或是下下代了。

带着庞天野在外面翻山越岭地找了七年后，唐鹰依旧一无所获。而这七年里，已经有人察觉到了唐家人的存在，唐鹰与庞天野时不时地被歹人盯梢，逃亡成了两人的日常生活。唐鹰迫切想要结束逃亡的日子，不得不再次回"水心斋"。

唐鹰与庞天野返回的途中，发现这一路上，日本人变得越来越多了。那些日本人一个个都穿着军装，佩着刺刀，几乎每一个关口，都有不少这样的人把守着。庞天野向路人一打听才知道，原来日本人，就是百姓所称呼的"鬼子"，在爆破了卢沟桥之后开始全面侵略我国。这附近地带都已经沦陷，百姓们逃的逃、伤的伤、死的死。庞天野得知后，气得往树上狠狠砸了两拳头："原先日本人觊觎我们的国宝，如今居然觊觎我们的国土了。我真是没用，空有一身本事，却没能力把他们都赶出去。"

唐鹰说道："我真恨不得有一场天劫，把这些鬼子都消灭在这场天劫里。"

庞天野说道："指望天劫，倒不如指望自己。等你解开了仙盘之谜，我就去打鬼子。"

唐鹰点了点头，问庞天野："你希望再过回原来的生活吗？"

庞天野问道："你是指什么生活？每日扛枪练靶、排兵布阵的生活，我自然是怀念的。至于那抢夺国宝，转手倒卖的事，我绝对是不愿意再做了。"

唐鹰说道："我说的当然是前者，庞先生如果留恋，就早些离开吧。仙盘之谜，在我手里怕是无解了。我打算回到上师院里，往后与先生就此别过了。"

庞天野微微一愣，但两人终归还是会有分别的时候。他原本的职责是守护唐鹰去解谜，如今唐鹰已经放弃了解谜，他的任务也就完成了。他护送了唐鹰最后一站，把人安然送进上师院里，就离开了。

唐鹰走进上师院里，发现一众法师都在法器室里打坐，却不见拥忠法师在其中。毕竟此时的拥忠法师已然年迈，上师院的人早已换上了一些生面孔，因此认识唐鹰的人并不多。唐鹰以被拥忠法师收养的身份留在了上师院里，专门伺候年迈的拥忠法师，拥忠法师只是偶尔出来主持大局，平时都留在自己的房间里打坐。

唐鹰去为拥忠法师送餐的时候，拥忠法师正在闭着眼睛打坐。唐鹰守在一旁，静静地等候拥忠法师，打算陪他一起用餐。谁知等了一个多小时，饭菜重新热了两三回，拥忠法师都没有睁开眼睛。唐鹰顿时觉得有些不对劲，忙凑到拥忠法师耳边，试探着叫了几声，拥忠法师却毫无反应。他伸手探了探拥忠法师的鼻息，忽然一屁股跌坐到了地上，原来拥忠法师已经圆寂了。拥忠法师这些日子守着最后一口气，就是为了等到唐鹰安然归来。唐鹰扑在拥忠法师的身上放声大哭起来，没想到他这一世最为熟悉的人就这样悄无声息地离开了。

唐鹰抱着拥忠法师哭了一阵子，忽然发现拥忠法师的手里正握着一张纸。这会儿他的手正一点一点松开来。唐鹰抽走了拥忠法师手里的纸，他打开那张字条看了看，上面写着：唐家六代，取名唐悦，掌仙盘，平天下。小鹰，别找了，你这一代都是徒劳。

这几个字，唐鹰第一次见到，这可能是拥忠法师给自己的遗言与忠告。唐鹰想了想，又似乎不对。唐舜临终前似乎交代过他，从他算起的唐家第三代，也就是孙辈那一代人，无论男女，都要取名为唐悦。既然唐舜也曾交代过，这或许是唐家的天意，抑或是仙盘给予的启示。

"不找了，不找了。"唐鹰朝拥忠法师点了点头，心中暗暗记下了唐舜与拥忠法师的遗言，唐家第六代，必须取名为唐悦。

唐鹰跟随一众法师厚葬了拥忠法师，离别前，他在拥忠法师的坟头磕了几个响头，这才去往了"水心斋"。

此时庞天野准备回归战场，他回到了老家，却发现老家的那座古宅子依旧在，只是不知道从何时起，已经被日本人占领了。他暂时没能力与日本人硬碰硬，只能先溜之大吉。他又找回到了庞家的营地里，发现这里也已经荒芜了，原本的营地杂草丛生，连一个将士都没有见到。不知道是大家出了变故，还是都逃亡了。不过父亲训练的队伍，从来没有出过真勇士，一个个都只会做些鸡鸣狗盗的事。这些人散了倒也好，留着也不堪大用。他离开了营地，一路向北，据说那里在招真勇士。他想去那里碰一碰运气，或许有机会大干一场，把那些觊觎国宝与国土的日本鬼子赶出家园呢。

因为庞天野离开了，唐鹰这次去往"水心斋"，是只身一人上路的。好在这一路上，唐鹰都没有出事，凭着张本见早些年教授的那些本事，安然无恙地走到了"水心斋"外。

他本以为终于可以见到南宫无量和张本见了，没想到当他打开门后，却发现里面空无一人，"水心斋"的墙上已经结满了蜘蛛网，应当是许久无人来过了。南宫无量和张本见不知去向，他发现"水心斋"里装了一盏白炽灯，他摸索着找到了开关。虽然燃起灯后，里头依旧是昏昏暗暗的，但至少比蜡烛要稍微亮堂些。他在白炽灯下翻找了一圈，终于在柜台下面找到了一封信。信件是南宫无量留给他的。

唐鹰打开了信件。信上只有寥寥数字：吾与张先生各奔东西，追寻神器之谜，望你安好。汝早日回归，小心蛮夷，仙盘无恙。

为怕破坏了"水心斋"里的古董，更怕日本人找到这里来，唐鹰赶紧锁上了"水心斋"的大门，重新回到了上师院，哪里都不再去，只频繁往返于上师院与"水心斋"之间。他决心等候南宫无量回来，或许等到南宫无量回来的那一日，就是解开仙盘之谜的那一日。

然而这一等就是十九年，硝烟弥漫的日子早已经结束了，南宫无量都没有回来。直到第二十年的春天，南宫无量带回了两个稚气未脱的男孩子。此时唐鹰的身边也领着一个扎着羊角辫、一岁多的女孩子，两人远远地站在那里，看着南宫无量把那两个孩子抱进了"水心斋"里。

唐鹰拉着女孩的手，飞快地跑向"水心斋"。那女孩才刚学会走路，哪里经得起跑，走了几步就跌倒了。唐鹰赶紧把她抱起来，依旧跑得飞快。

唐鹰抱着小小的唐悦，走进了"水心斋"。进到"水心斋"里，他终于见到了南宫无量。此时的南宫无量已经略显老态，却依旧健朗。他身边站着两个孩子，长得一模一样，可见是孪生兄弟。那两个孩子见到生人，也不害怕，只是拿冰冷异常的眼神看着唐鹰与唐悦。

唐悦却是往唐鹰身后躲了躲，悄悄地看着两兄弟。

两兄弟的其中一人问南宫无量："爷爷，他们是谁？"

南宫无量说道："是仙盘的主人，我先前与你们提过的唐爷爷。"

那两个孪生兄弟细细地打量着唐鹰与唐悦，过了一会儿，那个叫南宫骁的男孩朝他们走了几步。他走向唐悦，忽然朝她伸出来一只手。

唐悦本能地伸出了手，与他的手握在了一起。唐悦那软软胖胖的小手与南宫骁的手握在一起的那一刻，两人的手心里居然生出一丝淡淡的光晕来。当唐鹰与南宫无量想要看清楚那光晕究竟是什么样子的时候，南宫骁却已经松开了唐悦的手。

南宫无量对唐鹰说道："你看见了吗？"

唐鹰点了点头："看到了。"

南宫无量说道："或许这孩子会是那有缘人，是可以解开仙盘的血引子。"

唐鹰却给南宫无量扣了一盆冷水："那日黑鹰来上师院，依旧在我头顶盘旋了好一阵子。唐悦就坐在一旁，黑鹰连看都没有看她一眼，她只怕不会是仙盘的掌管者。"

南宫无量听他这样说，便把南宫骁的手抓起来，与唐鹰的手掌心合到了一起。然而两人的手掌心贴合了许久，都不曾出现光晕。南宫无量有些失落地叹息了一声，再一次把南宫骁的手掌心与唐悦的贴合在了一起。

这一次，那淡淡的光晕又一次出现在了两人的手掌心里。南宫无量激动起来，对着窗外大喊了两声："黑鹰黑鹰。"

未多时，两只黑鹰扑腾着翅膀，从窗外飞进了"水心斋"。唐悦再一次见到两只黑鹰，吓得大哭起来。

南宫兄弟站在一旁，见南宫无量无声无息地坐在那里，也跟着坐了下来。

唐鹰稍稍远离了唐悦几步，坐在她三尺开外的地方。两只黑鹰在唐鹰头顶盘旋了许久，最终还是落在了唐鹰的肩膀上。自始至终，两只黑鹰都没有朝唐悦看过一眼。

南宫无量把两只黑鹰送出了窗外，又递给唐悦一块干净的帕子，对唐鹰说道："罢了罢了，终究不是这两个孩子。"

# 第十四章　离开玉岭

唐鹰带着唐悦出来的时候，那两只黑鹰依旧没有离去，这会儿正栖息在枝头，目不转睛地看着他们祖孙俩。那黑鹰见到祖孙俩走出来，先后飞到了唐鹰的身边。唐悦紧紧抱着唐鹰，呜呜地哭起来。

唐鹰安慰道："悦儿，黑鹰不伤人，不用害怕。"

话音刚落，那两只黑鹰忽然扑腾着翅膀，从地上飞起来，在祖孙俩头上盘旋。唐鹰见那两只黑鹰在头顶不停地打旋，顿时觉得有些不对劲。他看了一眼怀里的唐悦，挥了挥手臂想要驱赶黑鹰。然而那两只黑鹰无论如何都不肯离去。其中一只黑鹰慢慢地从空中落下来，就在它即将落到他们身上的时候，唐鹰迅速脱下了外套，把唐悦整个人都罩进了外套里。

那两只黑鹰在他们头顶又盘旋了一阵子，这才离开。

唐鹰警惕地向四周看了看，这才把外套从唐悦的身上取下来。他抓起唐悦的手，翻开手心看了看，发现并没有任何的异常。他想起唐悦与南宫骁的手心合在一起的那一刻亮起的光晕，心里萌生出了一个想法。

次日唐鹰再次带着唐悦来到了"水心斋"，这一次，他打算把唐悦留在这里，有南宫无量和张本见的庇护，唐悦或许不会再复制他们几代人的过去，生活在逃亡之中了。然而当他来到"水心斋"门口的时候，却发现南宫无量正抱着两个孩子离开了"水心斋"。

唐鹰问道："南宫先生这是准备去哪里？"

南宫无量说道："把他们两兄弟送到该去的地方。对了，我有一样东西要归还于你。"他说着把装着仙盘的匣子交到唐鹰手里。

"您这是什么意思？这是不打算回来了吗？"唐鹰有些急了，仙盘还有比留在"水心斋"更安全的地方吗？

南宫无量点了点头，有些伤感："或许吧，或许我永远不会再回来了，也或许哪一天又有人回来了。不过，如今还是把仙盘物归原主比较好。"

唐鹰接过仙盘，愣了好一会儿，随后他抱起唐悦紧追了几步，却没能追上他。南宫先生离开了，往后谁能保护小小的唐悦呢？

自从黑鹰来过之后，唐鹰时常能够瞧见黑鹰在这附近打转。那山脚的木屋，唐鹰也是不敢再去住了，他带着唐悦躲进了上师院，让法师们设下了结界。不过尽管如此，黑鹰们依旧久久不去。其实黑鹰是进得了上师院的结界的，但那两只黑鹰像是知道唐鹰害怕它们接近唐悦似的，并没有闯进上师院里来。

只是每一年的春天，黑鹰都会到上师院门口来，只要见到唐悦走出来，黑鹰们就飞到上师院上空去打旋。直到唐悦过了九岁的生日，黑鹰才没有来。

这天上师院门口来了一个坐轮椅的女人，那女人大约二十出头，身上穿着一件蓝底花布的棉袄，腿上是红碎花的棉裤，模样与唐鹰十分的相像。她穿过结界，进到了上师院里。唐鹰见到那个坐轮椅的女人来了，赶紧带着唐悦走出来迎接。

唐悦头上的两条马尾辫跑散了，她拾起皮筋，飞快地扑向了坐轮椅的女人，嘴里喊着："姑姑，姑姑。"

唐鹰把一个鼓鼓囊囊的行李袋交给唐悦的姑姑，又给唐悦戴上了一顶黑帽子，披上了一件黑衣裳，这才关照姑姑好生保护唐悦，把人带到别处去避一避："黑鹰看不清黑色，这一路上都要记得给唐悦套上黑色的衣服。"

姑姑问唐鹰："是出什么事了吗？为什么找我找得这么急？唐悦被山里的黑鹰盯上了吗？"

唐鹰附在姑姑耳边说了一番话，唐悦穿着黑披风，在唐鹰身边转啊，跳啊，玩得不亦乐乎。姑姑听完唐鹰的话，顿时愣了愣，问道："这事儿当真？"

"千真万确，这就是咱们唐家几代的事。你赶紧带走唐悦，找个远一点的地方住下来，至于将来如何，是她的命，如今她还小，能躲则躲。你的哥哥自打那时被黑鹰盘旋后就让人盯上了，我定不能让悦儿再陷入绝境。"唐鹰说着便腾出一只手来，把孙女抱到她姑姑的轮椅上，最后把二人送到了火车站。

临行前，唐鹰把几只青铜的暖手炉和一个金烟斗交给了女儿，并且告诫道："一路上要用钱的地方多得很，况且唐悦也该找个地方念书了。等出去以后，你找个靠谱的地方，把这些东西换成钱。这些可都是贞观年间留下的宝贝，你可要找个稳妥的地方再出手才行。"

姑姑问道："为什么不把东西当给南宫先生呢？也免得我们再东奔西走了。"

"南宫先生走得急，我没来得及出手。"唐鹰说完就把女儿连同轮椅送上了火车，唐悦跟在姑姑身边，一步三回头地同爷爷道别了。

姑姑带着唐悦坐了几站路，两人随便找了一个站下了火车。唐悦从玉岭离开，到了现在这个地方。这里没有了终年不化的积雪，她只觉得浑身暖和。唐悦穿着黑披风，在站台上跳来跳去，姑姑拉着她的手，为她戴上了黑帽子，滚着轮椅离开了火车站。

两人离开火车站之后，姑姑带着唐悦一路往前走，在沿途找寻收古董的铺子。这一路上有不少回收古董的铺子，但大多数都是些小门面，姑姑也不敢随意把东西出手了。于是两人又沿街行了一段路，姑姑的轮椅这才在一家铺子门口停下来。

眼前的是一座十分古老的建筑，这座古建筑并非沿街，而是独立于此的。对面是林立的街铺，隔着一条马路，它却像是遗世独立一般存在于此。这座古建筑像是一座古代的宅子，只是后面的几个院子都被拆了，只留了见面的外堂，如今被改成了店铺。店铺门口贴着"古玩"二字，是用最大号的毛笔书写的。姑姑从玻璃窗看了看里面，发现古建筑里有几个柜台，那柜台里面摆着几样古董物件，虽然是仿品，以供展示的，却也十分精致。

姑姑坐在店铺门口观察了一番，发现店铺主人倒也是个正儿八经的人。那主人大约六十岁，虽然身材魁梧，但没有半点凶神恶煞的样子，待人接物都是客客气气的。于是，她便带着唐悦进去了。

主人见到两人进来，只当是母女俩来乞讨的。因为这一带经常有不少从外乡来的乞讨客，主人没有多想，就从抽屉里数了五元钱递到姑姑手里："给孩子买点东西填一填肚子，如果不够，我再拿。"

姑姑说道："您误会了，我们是来卖东西的。"

那主人听闻是来卖东西的，顿时为自己的行为感到惭愧。他朝两人道了歉，问姑姑："您是准备出手什么东西吗？"

姑姑接着他的话茬，问道："什么东西是可以出手的？"

"只要是来路正的，我瞧得上的都可以出手。"店主说道。

姑姑说道："你放心，东西都是祖上传下来的，绝对来路正。至于你能不能看上眼，我就不知道了。"她从行李袋里拿出了唐鹰给的那几样传家宝。东西从盒子里拿出来的时候，店主顿时就惊呆了。

店主忙问道："你们祖上可是姓唐？"

姑姑愣了愣，因为不清楚店主问这句话的用意，没有作答。那店主见姑姑讳莫如深，也不再追问下去，只说道："我与唐家也算是有些渊源的。既然你们找上我，我自然不能戏弄你们。这几样东西我都收下了，我给你们这个数。"

姑姑见到他报出的数字，吃惊地张了张嘴。对于这些古董的价值，唐鹰一早是估算过的，她万万没想到，居然远远超出了唐鹰的估算值。姑姑正在犹豫，店主已经开了保险柜，把钱交到姑姑手里道："你放心，我与唐家的交情，是过命的。"

"你这里收走的东西，将来打算怎么处置？"姑姑问道。

店主说道："如果有国家瞧得上眼的，我就捐给国家。有买家看得上的，就赚点差价出手了。你如果有需求，我也可以满足你。"停了停后，他又补充了一句："不过我从不卖给外国人。"

姑姑收了钱，带着唐悦走了出来。两人抬头再次望了望那座古建筑，比起对面那些略显洋气的建筑，还真是独树一帜了。店铺的主人，原也该是个大富大贵之人。

两人刚准备离开，那店铺的主人忽然跑了出来，让唐悦推着姑姑重新回到了店铺里。姑姑问道："你还有什么事吗？"

店铺主人从柜台里拿出了一只暖手炉，递给姑姑，说道："如果你们是唐家人，这东西就算是物归原主了。"

姑姑看了一眼手里的暖手炉，与她变卖的那一只有些雷同，但是雕花图案是不一样的。她疑惑地看了一眼店铺主人，只听店铺主人说道："南宫先生当年送我的见面礼，不过这是你们唐家的东西。你们两人今后有困难，再回来变卖给我就是了。"

姑姑推脱了许久，店铺主人始终坚持要把那只暖手炉还给她。她无奈之下，只能收下了暖手炉。姑姑带着唐悦依旧往前行，她们两人始终漫无目的，不清楚究竟该往哪里去。姑姑只知道，一定要让唐悦远离逃亡的生活，无论去哪里，只要平安就好。

# 第十五章　入瘴气圈

　　爷爷的记载才读了一段，唐甜儿心里就已经有些发怵了。唐家如今只剩下她和姑姑了，姑姑未曾从爷爷手里接过仙盘，难道她便是唐家下一代的仙盘继承者？仙盘都是她从爷爷的记载中了解的，除此之外任何有关仙盘的信息她可谓一无所知，既是如此，她又如何能够驾驭仙盘呢？况且唐家前几代人都生活在绝境里，她实在不想过这样的生活。

　　虽说现在已经是二十世纪九十年代了，什么杀手、什么鬼子都不复存在了。可那带着魔咒的天劫如果真实存在，也足够让她好受的。

　　唐甜儿很想逃离这里，可是如今庞月星已经对她虎视眈眈，她又如何逃得掉呢？而且，她记得回来的路上，有黑鹰跟过两次，如今又有黑鹰来打旋，她冥冥之中回到这里，莫非是天定的？

　　卓木对唐甜儿说道："虽说仙盘重现玉岭，才有机会破天劫。但是因为时限将至，已经来不及了。这些天必定有不少人会为仙盘而来，你同苏袖先离开，暂且避一避，等天劫过了，赶紧回来。我怕你留在这里，会被那些人伤害。"

　　半夜时，唐甜儿跟随苏袖坐上一辆面包车离开，两人带上了法师们提供的干粮。苏袖把那枪别在了唐甜儿的牛仔裤口袋里，又给自己别了一支枪。唐甜儿时不时地借着后视镜看看后头，害怕有什么人跟上来。

苏袖或许也怕被人跟踪，沿途开得飞快，车子擦过层层叠叠的枝丫，发出刺啦刺啦的声响，像是随时都会穿透车子一般。开了一段路，苏袖发现自己又绕回到了原地。她皱了皱眉头，拿出地图仔细研究了一番自己开过的路。

唐甜儿说道："这里的路不大好辨认，我那天来玉岭的时候，司机也在这附近打转了好几次。后来是我自己下车一路走，跟着地图找到上师院的。"

苏袖迅速扭头看了唐甜儿一眼，嘴唇动了两下，却没有说话。她收起了地图，从一个口袋里摸出了一块黑布，交到唐甜儿手里："替我把眼睛蒙上。"

唐甜儿疑惑："蒙上眼睛怎么开车？"

苏袖说道："别问这么多，让你蒙上你就蒙上。我们进到于淳的瘴气阵法里了，想要冲出去，只有这一个办法。"

唐甜儿把黑布蒙在自己的眼睛上试了试，发现面前黑漆漆的什么也看不见。这下苏袖不得不像个无头苍蝇似的乱撞了。唐甜儿可不想英年早逝，她哆哆嗦嗦地把黑布伸到苏袖面前，说道："要不，让我来试试吧，我有驾照，虽然没开过几次车。"

苏袖冷笑道："你是不相信我的本事？"

唐甜儿摆了摆手，把心一横，索性替她系上了。反正横竖都是死，在瘴气阵里待久了，十个华佗都救不回。与其这样死去，她宁可痛痛快快地粉身碎骨。

说来也怪，自打苏袖被蒙上黑布后，便有如神助一般，在树丛中间穿梭自如，再也没有那些恼人的树枝拦路了。唐甜儿原本提着的心也渐渐放下来，她时不时地替苏袖指路，可都被苏袖的一句"闭嘴"给喝止了。

这一段山路，苏袖足足开了两个钟头才开出来，好在这一路上都没有出意外。然而当车子开到公路上的时候，一只后轮却意外爆胎了。一声巨响吓得唐甜儿一阵尖叫。车子明显也往下沉了沉，苏袖赶紧踩下了刹车，两人险些飞出车窗外。

"唐甜儿，赶紧下来！"苏袖扯掉蒙在眼睛上的黑布，下了车，快步走到副驾驶室，打开车门，飞快地拽下了唐甜儿。

唐甜儿见苏袖的脸色有些不对劲，也来不及多问，就跟着苏袖一路狂奔。没多久，身后发出一声剧烈的爆炸声，紧接着热浪滚滚来袭，像是猛烈地推动着她们前进。唐甜儿不敢回头，她害怕一旦回头，自己会被热浪灼烧得面目全非。苏袖为了保护她，一路上紧紧拉着唐甜儿的手，生怕她落下了。

"怎么会这样？"跑了很长一段路，唐甜儿才跟着苏袖停下来，气喘吁吁地问。

苏袖朝上师院的方向望了望，眉头紧蹙，咬牙说道："一定是那里有内鬼要置我们于死地。"

唐甜儿问道："你确定是有法师做手脚？"

苏袖说道："不然呢？若有人要对我们动手，何必费心在汽车上做手脚？只有凶手处在上师院里，才会有所忌惮，只能用别的方法来让你我消失。"说完她大喊一声"不妙"，就迅速钻进了一条小路，一路往山中央跑。她一面跑一面拔出腰上的枪。

唐甜儿也跟着拔出了枪，虽然她没用过真枪，但是在之前拍戏的时候，她也曾学习使用过仿真枪，所以拿在手里倒也算有模有样。

苏袖抄小路进了山林，一路跑到了上师院外。还没靠近院落，就已经闻到了一股浓重的血腥气。苏袖心口直跳，到底还是来晚了一步。她深吸了一口气，走进上师院里，院子里，法师们横七竖八地倒在了血泊里，每一名法师都被人用尖刺贯穿了太阳穴。这种手法，精准又凶狠，她印象中并没有有此等手法之人。

唐甜儿见到倒在院子里的人，有些害怕，看到满地的血腥，本能地后退了一步。

苏袖环顾四周，害怕凶手还没有离开，便不动声色地走到了唐甜儿身边，保持着开枪的姿势。她们两个前脚刚离开，后脚就有人杀进了上师院，这些人应当不是为杀法师们而来的。只怕他们并不知道唐甜儿已经离开，是要找到唐甜儿的下落才动手的。

毕竟，像上师院这样隐蔽的地方，寻常人是不可能找得到的。况且法师们身上也没有值钱的物件，来人没必要为了钱财对他们痛下杀手。

苏袖推断，眼下有两拨人在紧盯着唐甜儿不放，或者说有一拨人要置唐甜儿于死地，另一拨人是想得到唐甜儿与仙盘。

苏袖朝唐甜儿看了看，一番迟疑后，她对着法器室开了一枪。唐甜儿下意识捂住了耳朵，却不敢发出声音来。法器室里悄无声息，并没有打埋伏的人走出来。苏袖心中疑惑，既然是冲着唐甜儿来的，他们应当在这里守株待兔才是。苏袖怕来人还在打埋伏，并不敢轻举妄动，她慢慢闭上眼睛，试图用耳朵来分辨声音，找出幕后之人的藏身之处。

靴子落地的声音慢慢靠近，听那声音，靴子的主人应当是个练家子，落地沉重，步态平稳。苏袖仔细辨认着方位，随后迅速举起枪，对着靴子的主人开了一枪。那一枪落在了地上，擦出一片细碎的火花。

唐甜儿"呀"了一声，立即对苏袖道："住手！"

这时候，苏袖已经睁开眼睛。

"怎么，连我都舍得杀？"靴子的主人慢慢走到苏袖跟前，压低了她握枪的手，语气戏谑。

苏袖一声不吭，十分警觉地看着他。

"真是我，如假包换。"靴子的主人往脸上抠了两下。

苏袖眯了眯秀美的双目："真是你？南宫骁？上次我遇到一个与你长得一样的人，却想置我于死地。"

南宫骁听到这话，脸上顿时一凛，问道："当真与我一模一样？你遇上了？在哪遇上的？"

苏袖说道："听你这话，是认得此人？"

南宫骁顾左右而言他："有多少人想要混进'水心斋'，有人假扮我也不足为奇。可既然有人要假扮我，我自然是要查清楚的。"

苏袖心中觉得事情并没有那么简单，但是南宫骁向来狡猾，想要从他嘴里问出什么来，也是不容易的。她看了一眼躺在地上的法师们，问道："这是怎么一回事？"

"我并没有见到凶手，我到这里时，法师们就已经遇难了。"南宫骁说着弯下腰，从卓木的衣领上扯下一根头发。那是一根三四寸长的金色头发，根部有些许黑色，应当是根被染成金色的黑发，而且发丝粗硬，大概率是男人的头发。南宫骁下意识看了一眼唐甜儿，问道："你最近可有见过什么陌生人？"

唐甜儿摇了摇头，注意力落在那根头发上。她想起那位左先生，似乎是染着金发的。她问南宫骁："能让我看看那根头发吗？染发技术才刚兴起，有能力做染发的发廊可不多，或许可以从这里着手，找出凶手来。"

南宫骁似笑非笑道："你找出凶手又如何？想让你死的人可不在少数。只怕你还没找到凶手，就已经一命呜呼了。"

唐甜儿尴尬得无言以对。

苏袖说道："此地不宜久留，赶紧带我们离开这里。"

"你的命令，我不敢不从。"南宫骁微微点头，迅速把人带到了车边。

唐甜儿发现，这南宫骁只有见到苏袖时，才会露出一副献媚样。对着任何人，都是一脸的冷傲，让人不敢靠近。唐甜儿见到南宫骁看苏袖的眼神，不由得起了一身鸡皮疙瘩。

苏袖与唐甜儿先上了车，南宫骁一一拜过法师们，这才开车离开了。

他把两人带到了"水心斋"，又是那个黑咕隆咚，让人感到窒息的地方。唐甜儿是十分不愿意来这里的，不仅仅是因为这地方幽幽暗暗不见多少光亮，更是因为她与南宫骁的一纸协议让她心里硌硬。

说来就来，苏袖才刚替她倒了一杯水，她还没来得及坐下来喝口水歇歇，南宫骁已经拿着一张协议书过来了。

"我没什么东西要当，你把它拿出来做什么？"唐甜儿心里发虚，"难道你还打算强买强卖不成？"

南宫骁说道："你怀里那点东西不准备当给我，是打算寻死不成？"

唐甜儿问道："我是守护仙盘的新继承人，我死了，仙盘犹如废铜，永远没有机会现世，谁敢杀我？"

南宫骁笑了起来，笑得肩膀发颤："你祖上留下来逗你们的假话，你自己还当真了不成？如今有多少人已经知晓这是假话，也就只有你自己还当成真话来听。我可不惦记你的仙盘，你把仙盘留在这里，总比外头安全。"

苏袖点了点头，劝说道："的确，眼下没有比把仙盘留在'水心斋'更好的办法了，南宫家与唐家是世交，不至于打仙盘的主意。我们被人盯上了，只能在这里住下来。你把仙盘交给南宫骁暂时保管着，会更安全。"

唐甜儿迟疑地从背包里掏出卓木法师交给她的东西。

南宫骁正要伸手去接，唐甜儿忽然缩回了手："我什么时候才能赎回？"

"等天劫过去，完璧归赵。"南宫骁信誓旦旦。

苏袖跟着道："南宫家从不会做强取豪夺之事。"

如果换成别人，这一唱一和，唐甜儿怕是早就疑心了。但面前的人是南宫骁和苏袖，唐甜儿自然是百分百放心的。南宫家和天衍大师一派与他们唐家的渊源，在曾祖父的手记里也是详细记载过的。的确，诚如曾祖父记载的那样，仙盘留在"水心斋"，比任何地方都要安全千百倍。只要南宫家的人在世一日，总是会竭尽全力确保神器安然无恙的。

唐甜儿把用金箔片包裹的仙盘交到南宫骁手中，南宫骁这样玩世不恭的性格，在接下仙盘的那一刻，也是无比虔诚的。他把仙盘装进了一只古董红木匣子里，那只红木匣子看起来十分的老旧，大小也正好装下仙盘。那只匣子，莫非就是祖父在手札里记载的那一只红木匣子？唐甜儿想要走上前去看个究竟，南宫骁却已经在外面上了锁，收起了红木匣子，把钥匙交给了唐甜儿。

苏袖问道："今晚我们住哪儿？"

南宫骁说道："还有比住在当铺更安全的地方吗？"

这里除了光线暗一点，倒也算是最安全的地方了。江湖之中知道"水心斋"的人十有八九，但是能够准确找到"水心斋"的却寥寥无几。苏袖意味深长地看了南宫骁一眼。

南宫骁心领神会："放心吧，我今晚自有去处，这里留给你们。"说完他头也不回地走了，似乎他对当铺里的古董丝毫都不在意，放心地"交给"了苏袖。

苏袖坐下来，托着太阳穴闭上眼睛休憩。唐甜儿在四面墙边转来转去，却找不到第二个电灯开关。十一二平方米的当铺里，只有一盏白炽灯，也不知道南宫骁是怎么查验典当物的。

她从包里翻出个手电筒，想要看看清楚当铺里的摆设和格局，却被苏袖一把夺过了手电筒。苏袖呵斥道："唐甜儿，拜托你长点脑子，南宫家收下的都是价值连城的古董，照坏了你可赔不起。"

唐甜儿愣了愣，这才明白了这里黑咕隆咚的原因。她一声不吭地走到了当铺门口，探出头去深吸了口气。南宫家族还真是非同寻常，喜欢把这当铺建在深山老林里，别说是寻常人，哪怕是有些本事的，也未必有能力找到这里来。可是不对呀，刚才南宫骁带她们进的分明是另一个门，外头也是另一番景象。难不成，这小小的"水心斋"，还能别有洞天不成？

唐甜儿对着门口发了一会儿呆，忽然看到幽深的林子里冒出了一缕寒光，像是金属器皿的光亮。唐甜儿吓得赶紧关上了当铺门，朝苏袖做了个噤声的动作。

苏袖问道："发生什么事了？"

唐甜儿小声说道："我怀疑林子里有人，而且那人还带着枪，就在那株最大的梧桐树后面。"

苏袖将信将疑地走到了窗边，朝窗户外头窥了窥，发现林子里的确站着一个穿黑色皮夹克的男人。那男人手里并没有枪，只是带着一副皮手套，皮手套上像是有一排金属环，应当是利器机关。他铁着一张脸，笔直地站在那里，像是已经石化了一般。因为离得太远，苏袖看不清他的具体样貌。不过那人的身形同南宫骁十分相似，甚至连面容轮廓也有几分相像。难不成是上次想要杀她的人来了？苏袖心中发怵，她与那人交过手，自己虽然身手不差，可与他相比却还是差了一大截。想起那一次的交手，苏袖心有余悸。如果今天来的就是此人，只怕她是一点胜算都不会有。

她看了唐甜儿一眼，到时候，唐甜儿又要如何才能不被伤害到呢？

她心里发慌，面上却没有表露出来。唐甜儿一惊一乍的性格，只怕是要打草惊蛇的。她走到屏风后面，往南宫骁的大哥大上打了一个电话，谁知南宫骁并没有接，这下苏袖心里更害怕了。

且不谈"水心斋"里的古董价值，这些古董都是南宫骁的祖辈所积累下的，更何况还有一部分与蚩尤残卷有关，一旦落入他人之手，只怕会让天地大变。到时候这世上所有的人，都将化为尘烟。

南宫骁这个不靠谱的，居然在这时候玩失踪。苏袖一面思考如何应对，一面拿出了枪。她把其中一把枪交给唐甜儿，正色道："一会儿无论发生什么事，都不能离开这里。来者若知道些从前的事，应当不敢杀唐家人，更不敢动这里的东西。"

唐甜儿问："这里的东西有什么讲究吗？"

苏袖说："少废话，记住我说的话就行。"苏袖说着坐下来，牢牢握着枪，静等着山雨欲来。

然而过了半个多小时，对方都没有出现。苏袖再次走到窗边看了一眼，发现那黑色的身影早已经不见了。不过苏袖还是不敢掉以轻心，毕竟那一次他与自己交锋，也是神出鬼没，让人防不胜防的。

唐甜儿轻声问道："你为何如此害怕他？我爷爷说过，'水心斋'刀枪不入，只要留在这里，总不至于死的。"

苏袖眯起眼睛，仿佛在回想一件十分久远的事情。过了很久，才缓缓开口道："有些人无须刀枪，只要赤手空拳就足够你九死一生了。去年我算到'水心斋'会出一件大事，专门从护盘山赶来找南宫骁，路上遇到他阻拦。我的枪法在江湖上也算排名靠前，在他面前却连扣扳机的机会都没有。他的身手快得离谱，如同鬼魅一般。"

唐甜儿的关注点永远都十分奇特："'水心斋'要出大事？什么事？"

苏袖道："唐甜儿，这里可不是八卦娱乐圈，有些事知道得太多，是会没命的。"想了想，她又补充道："等到了该你知晓的时候，自然不瞒你。"

话音刚落，"水心斋"的门被人狠狠踹开了。苏袖和唐甜儿都吓了一跳，两个人紧挨在一起，直愣愣地看着站在门口的男人。是他，他还是找来了，苏袖在心里打鼓。她这是和眼前的人结下梁子了吗？

唐甜儿愣了几秒钟，忽然说道："南宫骁，你要吓死人吗？不声不响地踢门进来！"

苏袖看着面前这张冷酷到让人胆寒的脸，尽管他与南宫骁的容貌如出一辙，却是与南宫骁完全不同的气质。他的冷傲像是从骨髓里发出来的，从头到脚都透着"生人勿近"的杀气。而南宫骁的冷，更多的只是对旁人的不屑罢了。

唐甜儿见到眼前的人，不由得打了个寒战。

苏袖说道："我与你无冤无仇，你为何总盯着我不放？"

眼前那人说道："因为你知道得太多了，'水心斋'的天机，你非要窥破。"他说完就朝苏袖迅速走了过去，与其说是"走"，倒不如说是飘，的确，他就像是一阵风一样落到了苏袖面前，伸手扼住了她细长的脖子。他只用了四分的力道，苏袖就已经无法动弹了。苏袖并不敢挣扎，生怕激怒了他。

苏袖从喉咙里勉强挤出一丝声音，说道："就算是死也要让我死个明白，你究竟是什么人？"

"'水心斋'的人。"对方冷冷地吐出五个字。

苏袖是何等聪明的一个人，听到这句话，她已经清楚眼前的人究竟是谁了。苏袖再次从喉咙里挤出一丝微弱的声音："我且相信你，你的存在，除了我和南宫骁知晓，应当不会有第三个人知道了。"

"所以，你知道得太多了，更该死。"对方态度坚决，这一次是无论如何要置苏袖于死地。

话音刚落，门口出现了一张与眼前男人一模一样的脸。是南宫骁来了！苏袖悄悄地舒了一口气，却发现落在自己脖子上的手忽然加重了力道。

"放开她！"南宫骁踢翻了脚边的躺椅，从腰上拔出枪来。还没等他对准对方的额头，手中的枪已经被一把手指粗细的匕首贯穿了，那匕首的刀锋仅仅离南宫骁的手指三毫米远。

南宫骁吃惊地张了张嘴："你这功夫越发……"话说到一半，已经被对方的眼神制止了。

苏袖善于察言观色，刚才两人的举动落在苏袖眼里，她对此人的身份已经有了百分百的确定。

南宫骁说："她是我的人，你只管放心。"

对方不声不响，意味深长地看了苏袖一眼。苏袖听到那句"我的人"，只觉得浑身不自在，却又不敢搭腔。最后，对方慢慢松开了手，却一个转身，紧紧拽住了唐甜儿肩头的衣服。唐甜儿被拽了个趔趄，吓得大声叫起来。

"闭嘴！"三人齐声呵斥。

唐甜儿愣了愣，就听那杀手道："唐家人我先带走了，她在这里也是碍事。"

此人把唐甜儿一把扔进了南宫骁的车里，还没等苏袖和南宫骁追出来，他就开车离开了。

# 第十六章　孪生兄弟

　　唐甜儿在车里被颠得七荤八素，几次想要询问对方的身份，但是又怕小命不保，到底不敢开口。此人永远铁青着一张脸，行事手段又如此的狠辣。她紧紧拽着车顶上的扶手，眼睛一眨不眨地看着开车的男人。他与南宫骁实在是太过相像了，除了肤色更深一些，皮肤粗糙一些，几乎瞧不出两人有半点区别来。他究竟是南宫骁的孪生兄弟，还是贴了南宫骁面皮的"仿制品"呢？

　　爷爷从未同她说起过南宫骁有孪生兄弟，但是以此人的身手，完全没必要假扮南宫骁啊。他想杀苏袖或是江湖中的任何一个人，都是可以做到神不知鬼不觉的，从刚才的那一幕判断，就连南宫骁也完全不是他的对手。

　　唐甜儿被他带到了一座由小塔改造的楼房里，那小塔不大，三层楼高，处在荒郊野岭。唐甜儿被他扛到了三楼的塔顶，他动作粗鲁，到了楼顶，一甩手就把人扔在了一张小床上。唐甜儿心里打鼓，一动不动地看着眼前的人，害怕他接下来的举动。

　　那男人脱下皮手套，粗糙的皮肤上有几道浅浅的疤痕，像是被利刃砍伤过，这应当是搏斗留下的痕迹。他走到唐甜儿面前，扔了一台大哥大给唐甜儿，说道："这里面只有一个手机号，若是遇上什么人或事，你第一时间拨通。"

唐甜儿拾起大哥大，问道："如果是你……你要……杀我呢？"

那男人冷傲的脸上显出一丝冷笑："我要杀你，你早就死了千百回了。"

唐甜儿意识到自己问了一个很傻的问题，也就顿时放下了心来。她看了一眼四周的布置，想要从中辨识出面前的人究竟是什么身份。墙上挂满了仿真枪，每一把枪的款式都各不相同。如果换成真枪，这些枪支应当价格不菲。

"你当真是为了保护我？"唐甜儿将信将疑地询问。

对方只是瞥了她一眼，没有说话。但是这一眼令唐甜儿顿生安心。她虽然没有见过此人的身手，但是她能够感觉到他身上的戾气与杀气，那是长久训练搏杀才会具有的。爷爷虽然也会一些搏杀之术，但是身上从来没有过与他一样"生人勿近"的冷冽气息。有这样一个人留在身边保护自己，唐甜儿还有什么可害怕的呢？

唐甜儿摸了摸肚子，问道："有东西吃吗？我快饿死了。"

对方二话不说，转身下楼去了。没过多久，他端着两只碗上了楼。他把其中一碗递给唐甜儿，又丢给她一包调料粉。

唐甜儿看了一眼碗，皱了皱眉："怎么是泡面？放油了吗？我怕胖。"

对方惜字如金，一声不吭地吃着自己碗里的泡面。

唐甜儿见他不理会自己，只得硬着头皮把泡面吃了。刚吃到一半，对方往自己碗里挤了一个卤蛋，唐甜儿看了他一眼，问道："我该怎么称呼你呢？"

对方看了她一眼，问道："你爷爷没同你说起过？"

唐甜儿疑惑："我爷爷认得你？难不成你是南宫骁的孪生兄弟？我仔细观察过，你脸上的面皮不像是贴上去的。"

对方既没有承认，也没有否认。他问唐甜儿："你爷爷把你送走之前，可曾交代过什么？"

唐甜儿回想了一阵子，却想不起爷爷交代过什么了。他似乎说了很多话，却又好像都是一些无关痛痒的话。但是看对方那严肃的神情，他像是要从中获取些什么。也许他并不是为了保护自己，而是想从她身上得到一些信息吧。想到这里，唐甜儿又对他起了戒心。

"我叫南宫勇，是南宫骁的孪生兄弟。你爷爷不可能没有告诉过你。"

唐甜儿点了点头："爷爷的确说过。"

南宫勇问道："那么你爷爷有没有告诉过你，想要仙盘安然现世，必须先找到我和南宫骁呢？"

唐甜儿摇了摇头："关于仙盘的事，爷爷很少同我提起。我也是最近看到了爷爷的手札，才对仙盘有所了解的。对了，为什么想要仙盘现世，必须先找到你们两兄弟？莫非你们就是那血引子？"

南宫勇说道："血引子在哪儿，谁也不清楚。只是，这世间只有我和南宫骁才能保全你。不过，南宫骁见色忘义，不一定靠得住。"

唐甜儿问道："仙盘里究竟藏着什么秘密？为什么所有的人都想要争夺仙盘？仙盘现世后，当真会出现藏宝图吗？"

"藏宝图？你愿意信吗？我听闻仙盘与上古之物有关，盘古开天之初，涉及藏宝图的概率微乎其微。"

唐甜儿继续问道："盘古开天之初？当真有人亲眼见过了？"

南宫勇愣了愣，随后似笑非笑道："看样子你爷爷也瞧不上你，但凡唐家还有人，也轮不到你这个榆木脑袋来掌管仙盘。"

唐甜儿吐了吐舌头，朝他做了个鬼脸。

夜里唐甜儿做了一个十分奇怪的梦，梦见自己打开了仙盘，那仙盘被打开的一刹那，有几只异兽从仙盘里钻了出来。异兽纷纷扑向南宫勇，南宫勇顿时化作了一摊血水。仙盘的光亮照在血水上，空中映射出一连串的五彩人影，却只是个轮廓，看不清具体样貌。那些人影时而聚拢，时而消散。过了十几分钟，有两匹骏马驱赶着一群神兽自空中而下。神兽的双目炯炯有神，死死地盯着地上的血水，过了没多久，那一摊血水又渐渐化作人形，变回了南宫勇的模样。

梦做到这里，唐甜儿早已经被吓醒。她醒过来的时候，天刚亮。她迅速披上一件外套，跑下楼去。难不成是南宫勇出了什么事，她才会做这奇怪的梦？可一楼却不见南宫勇。小塔占地总共不过几平方米，南宫勇在与不在一目了然。看样子南宫勇是离开了。唐甜儿心里有些害怕，这里人生地不熟的，她根本不敢离开小塔。可若是一旦有人闯进来，她连个逃生的地方都找不到。南宫勇这个不靠谱的，要走也不提前吱一声。

唐甜儿走到门口，想要开门出去看看。可当她刚接触到门把手，就有一只蝎子从门把手的缝隙里探出了头。唐甜儿往后退了一步，吓破了胆。南宫勇此人真是变态，居然在门把手里养了只蝎子。

她蹑手蹑脚走到窗边，想透过窗户看看这里究竟是什么地方。可头刚贴上玻璃窗，就有一群蚂蚁乌压压地往上涌。那蚂蚁的阵形十分奇特，像是一串古代的文字，又像是一种特殊的符号。唐甜儿似乎在祖父的手札上见过类似的符号，苏袖说，那是夔文。

蚂蚁的阵型不断地变化着，但无论如何变化，都离不开夔文的模样。唐甜儿看着那些变化的夔文，恍惚觉得像是一只只奇珍异兽活灵活现一般。那些奇珍异兽同她所梦见的渐渐重合，就连形状都是十分相像的。

难道是南宫勇出事了？唐甜儿心里一沉，转身就上楼去拿大哥大。可正当她走到楼梯口的时候，却发现南宫勇穿着一件黑色衬衫朝她走过来。唐甜儿吃惊地问："你是从哪儿进来的？这般神出鬼没。"

南宫勇反问："我出去过吗？"

唐甜儿朝楼上看了看，表情更加吃惊了："你一直在楼上？我怎么没看到你？"眼前的当真是个人吗？唐甜儿顿时有些毛骨悚然。

南宫勇没有回答，一面慢悠悠地扣着衬衫扣子，一面走下楼梯。唐甜儿站在楼梯口，看着南宫勇走向窗边，再一次想起了梦境。她忽然对南宫勇道："站住！"

南宫勇回头朝唐甜儿看了一眼，继续往楼下走。

唐甜儿有些慌了，快步冲到南宫勇跟前，死死拽住南宫勇："我让你站住，听不见吗？"

南宫勇却很不给面子地甩开了唐甜儿的手，径直走到窗边。唐甜儿的心提到了嗓子眼，原本在走队形的那一群蚂蚁见到南宫勇，竟然都四散开去了。南宫勇背对着唐甜儿，问道："刚才看到什么了？为什么害怕我过来？"

唐甜儿说："这些蚂蚁幻化出的夔文阵形，和我梦里见到的神兽形状一模一样。"

南宫勇没有说话，回头朝唐甜儿递了个眼神，示意她继续说下去。

唐甜儿说："在梦里，这些夔文化作了神兽，你被神兽……杀死了。"

南宫勇不屑道："一个梦而已，值得你小题大做的？对了，你说那蚂蚁阵形是夔文，你能分辨出夔文来？"

"那包裹着仙盘的金箔片上刻有一些夔文，与蚂蚁摆出的阵形有些相像。这些蚂蚁究竟是怎么一回事？难不成是你养的？"唐甜儿开始八卦起来，"难道这是你设下的结界吗？"

他没有过多地解释，扔给了唐甜儿一条围裙："你留在这里，要发挥价值才行。还有，多做事，管住嘴。"

唐甜儿愣愣地抓住了围裙，还沉浸在之前的梦境里。她不相信这只是一个简单的梦，如果梦境的含义不是南宫勇遇害，那么难道是提示她，南宫勇才是那开启仙盘的血引子？兜兜转转重新回到这里，难道是天意的安排？

南宫勇在小楼里待了半个月，每天都是唐甜儿下厨，虽然做得不太能够入口，好歹可以勉强填饱肚子。南宫勇白天在一楼研习摆阵，夜间就睡在三楼的吊床上。那吊床绑在窗边，夜间南宫勇把窗帘一拉，就算是隔离开两人的隐私了。

起初的几天，唐甜儿还有些不习惯。但日子长了，也就没什么尴尬可言了。

某一天，唐甜儿突然发现南宫勇在一楼摆阵。那阵法酷似前几日见到的蚁阵，只是南宫勇将蚂蚁换成了铁粉。夔文的变化随着南宫勇的摆动清晰可见，一如那天的蚁阵，更像是她梦境里张牙舞爪的神兽。南宫勇这是在做什么打算？他似乎十分清晰地知晓她的梦境，却在这里摆出了一模一样的夔文阵，难道他不怕死吗？

唐甜儿正在发呆，忽然一缕寒光从窗户边透进来，那光束亮得出奇，直直地穿透了小塔的窗户，一直延伸到夔文阵上。

桌上的铁粉忽然像是被什么东西搅和了，原本井然有序的夔文突然变得凌乱起来，南宫勇摆阵的手法也变得不受控制。那些铁粉纷纷往一边挪，随后又此起彼伏地翻腾起来，直冲南宫勇的面门。即便南宫勇躲闪及时，还是有一部分打在了他的脸上。他迅速闭起眼睛，对唐甜儿说道："快点上楼去！"

唐甜儿怔了怔，正准备往楼上跑，身后却发出了一阵剧烈的爆裂声。她回头一看，竟是小楼的玻璃被炸裂了。南宫勇飞身扑向唐甜儿，把她护在了自己的身体下面。唐甜儿并不敢乱动，心里却总想着那个离奇的梦。

玻璃的爆裂声持续了很久，唐甜儿一动也不敢动，直到她觉得自己就快要窒息了，爆裂声才渐渐消失了。南宫勇慢慢挪开身体，唐甜儿深吸了一口气，连忙转身去看南宫勇。好在南宫勇并没有大碍，只是后背上插入了几片碎玻璃。

唐甜儿问："药箱在哪里？"

南宫勇呵斥道："天劫来了你还有心思管药箱。"他说着站起身，用尽浑身的力气，把身后的碎玻璃都逼出了身体。身后是斑驳不堪的血痕，有几道伤痕的深度大概有两厘米。如果换成其他人，怕是已经倒下了。但南宫勇还是强迫自己站立起来，一把抱起了唐甜儿。

唐甜儿焦急道："放我下来，我自己走，你身后一直在流血。"

南宫勇说："只要你在，我死不了。这里不能久留了，万一小塔倒了，后果不堪设想。"

唐甜儿想象中的天劫，应当是生灵涂炭的，至少有半数人会死在这一场天劫里。然而当南宫勇带她走出小塔的时候，她却发现一切都如往常般一样。除了小塔楼，周遭并没有任何的损伤。远处的马路上，自行车来来往往，行人行色匆匆，井然有序地过着马路。再往前走一段路，是市集，晚上九十点钟的光景，路上已经没有什么顾客了。摊贩们差不多到了收摊的时间，一个个都在忙着收摊或是甩卖。

看着这般车水马龙的景象，小塔遭劫，看起来倒像是人为的。

南宫勇怕旁人瞧见他身上的伤，放下唐甜儿，披上了一件外套。他再一次抱起唐甜儿，一路往前走去。唐甜儿不知道南宫勇准备往哪里去，只是庆幸天劫过去了，南宫勇没有死。

差不多走了半个多小时，南宫勇的脚底越来越沉。唐甜儿几次劝他把自己放下来，南宫勇却是无动于衷。就在唐甜儿以为南宫勇准备一路步行去"水心斋"的时候，一辆车在路边停了下来。车上走下来两个人，其中一人戴着一顶鸭舌帽，是个青年男人。另一人穿着男式的皮衣，却明显是个女人。两人见到受伤的南宫勇，纷纷掏出手枪来，小跑着追了上来。

唐甜儿见到从车上下来的两个人，惊呼了一声，正要开口，却被南宫勇狠狠瞪了一眼。南宫勇把唐甜儿放下来，对她说道："赶紧进车里。"

唐甜儿二话不说，听话地进到了车子里。南宫勇紧接着也进到车里，随后那两人收起手枪，也跟着分别进了正副驾驶室。前来接应他们的两个人说："如你计划，庞家的人已经到了玉岭，这一次的天劫，他们元气大伤。"

南宫勇嗤之以鼻："庞月星这狗东西！"

唐甜儿似乎从"如你计划"里听出了一些弦外之音。一个多月之前，庞月星为了得到仙盘，曾设计将自己骗回玉岭。而如今听南宫骁的意思，庞月星到达玉岭，却是在他们的计划之内。难道说，自己陷入了计中计吗？这是准备演一场螳螂捕蝉，黄雀在后？

南宫骁说道："先不管这狗东西，他们如今在上师院里暂住养伤，顺便也是想要找到唐甜儿。他们元气大伤，暂时没有什么作为。倒是左秋行，被他逃过了一劫。"

听到"左秋行"这三个字，南宫勇的脸颊微微一动，眼睛里进射出了几分肃杀之气。

左家与南宫家族的宿仇，在祖父的手札中明明白白记载了。南宫家族的"水心斋"，曾有两次差一点被左家毁于一旦。唐甜儿恍惚明白过来，自己的的确确是陷入了南宫兄弟的计划里，他们利用自己的归来作为天劫的导火索，想要一次除掉庞家和左家。

左家，对了，那日的左先生只怕就是左秋行吧。唐甜儿忽然想起来自己见过的左先生。

没想到她最为信任的南宫兄弟居然给自己设了局，通过"绯闻"，把她引到玉岭来，从而将庞月星和左秋行引入其中，好除之而后快。顺着这个思路推断下去，恐怕苏袖窥得了左秋行欲前往"水心斋"寻事，却没能窥得南宫兄弟设下的局。为怕局面被破坏，南宫勇自然要除掉苏袖。

唐甜儿自己莫名其妙地被引入局中，已经是没有退路了。如今她除了跟着南宫兄弟一路往前，别无选择。她看了一眼身旁的南宫勇，此时的南宫勇眉头深锁，咬紧牙关，一张脸已经有些扭曲了。唐甜儿下意识摸了摸南宫勇的额头，手猛地一缩："你发烧了！"

话音刚落，南宫骁猛踩了一脚油门，加快了车速。南宫勇被车速带得身子一震，伤口擦到衣领，痛得龇牙咧嘴。

这一路上都没有人说话，南宫骁铁青着一张脸，像是在防备什么人的到来。南宫勇的后背一直在淌血，他的唇色越来越白，整个人歪歪斜斜地靠在那里。唐甜儿原以为他的伤势不重，如今见他这样，才知道那些飞溅的碎玻璃儿乎要了他半条命。南宫勇是为了救她才受的伤，无论他们对自己是出于什么目的，唐甜儿也不能见死不救。她拍了拍开车的南宫骁，急道："南宫勇快不行了，赶紧先找个医院，送他去处理伤口要紧。"

南宫骁并没有理会她，继续往前疾驰。因为车速过快，南宫勇被颠得东倒西歪。唐甜儿把南宫勇的身子搬到了自己身边，让南宫勇靠在自己的肩头，一只手轻轻地把他环住了。唐甜儿明显能够感觉到南宫勇的后背衣服湿漉漉的，那血水已经浸湿了衣服，衣服冰冰凉凉，只怕再这样继续流血，南宫勇的命就保不住了。

唐甜儿从后视镜里瞪了南宫骁一眼，做哥哥的竟然如此冷酷绝情，眼见着兄弟负伤，也见死不救。南宫骁见到唐甜儿的眼神，依旧不为所动。他把车开到了一座山脚下，这才停下来。

此时的南宫勇早已经因为失血过多而昏睡过去，南宫骁把南宫勇小心翼翼地从车里背了出来。苏袖跟在后面护着南宫勇，两人一路往溪边走。唐甜儿跟在后面，提着一只南宫骁交给她的藤木箱子。

南宫骁把南宫勇背到小溪边后，迅速脱去了他的上衣。唐甜儿和苏袖赶紧转过身去，随后就听到"扑通"一声，像是有什么东西落到了水里。唐甜儿下意识回过头，发现南宫勇赤裸着上半身，整个人被浸在了水里。"南宫骁，你疯了！这么冷的天，你这是让他去送死！"唐甜儿赶紧跑到溪边。

南宫骁伸手把她拦下来，对唐甜儿说道："如果不想他死，你就给我退后！"

唐甜儿有所迟疑，苏袖一把将她拉到了边上。

苏袖说道："他们是兄弟，难不成做哥哥的还能害弟弟？"

南宫骁从身上掏出一张符纸，对着天际做了一组诡异的动作。随后又将那张符纸丢进了溪水里。那张符纸像是有魔力一般，随着水流晃晃悠悠地落到了南宫勇的身旁。南宫骁朝着符纸吹了一口气，水面翻腾了两下，符纸被晃起的水波带到了南宫勇的额头上。符纸贴上南宫勇额头的那一刻，水面莫名其妙地平静了。南宫骁伸出食指，对着半空中不停地比画着，像是在作画，又像是在隔空习字。

唐甜儿看不懂他究竟在比画些什么。

苏袖轻声道："南宫骁的祝由秘术越发精进了。"

"祝由秘术？就是那隔空治病救人之术？"原来南宫骁是不想暴露南宫勇的身份，想用祝由术来救南宫勇。唐甜儿恍然大悟。这一路上南宫骁都不肯送南宫勇去医院，她只当南宫骁是为了躲避仇家，罔顾南宫勇的生死。没想到，南宫骁还有这样的本事。

唐甜儿生怕打扰到南宫骁，赶紧屏住了呼吸，看着南宫骁对南宫勇施以祝由之术。山下异常的安静，只有南宫骁的手指划动空气发出的窸窣声，连一点鸟叫的声音都听不到，这样的寂静显得十分的诡异。唐甜儿有些害怕地看了看周遭。

苏袖说道："这附近的鸟兽都被南宫骁驱散走了，为的就是不打扰到南宫勇。"

南宫骁对南宫勇施完祝由秘术后，对苏袖说道："你们留在这里保护他，我去处理一些事。等他醒过来，就把人带上岸，剩下的事，他自己能够解决。"他说完把车钥匙交到苏袖手里，转身就离开了。

南宫勇不愧是有些武功底子的，才过了一个多小时，就醒过来了，而且精神状态也恢复了大半。他自己从溪水里走出来，穿上留在岸边的衣服，问苏袖："南宫骁呢？"

苏袖说道："他去处理一些事。"

南宫勇意味深长地看了唐甜儿一眼，紧接着拿过苏袖手里的车钥匙，二话不说就把唐甜儿拉上了车。苏袖也跟着进了车里，南宫勇说了一句"坐稳了"，就猛踩油门往大马路去了。

唐甜儿被车速带得头晕眼花，她侧过身掰着座椅，问南宫勇此时的去向。南宫勇说道："去你该去之处。"

唐甜儿被这话吓到了，她身在两兄弟的局中，如今扮演着什么角色，虽然有些明了，但是两兄弟的下一步计划，她已无从知晓。如今南宫勇要把她送到该去之处，这是什么意思？难道她的"任务"已经完成了，再也没有利用价值了吗？

苏袖却像是已经猜到了什么，她递给唐甜儿一块湿毛巾，说道："一会儿要进瘴气圈。"

唐甜儿指了指玉岭的方向，问道："我们要去上师院？庞家和左家人不是躲在里头吗？"

苏袖说道："没错，所以我们要趁此机会斩草除根。天劫已经引动，但是还没有真正开始，庞家派出的部分人已经元气大伤，但左家人毫发无伤。这时候左家人肯定会借机会潜入'水心斋'，盗走现存的几样法器。"

唐甜儿并不傻，大致明白了苏袖的意思。这时候他们前去上师院，是为了再一次利用唐甜儿引出左秋行，借机除掉左秋行。唐甜儿入了局，已然无法再轻易脱身了。这可能就是唐家人的命运，为了保护仙盘，保护"水心斋"里的法器，终究是要做出牺牲的。

这一路上，唐甜儿都十分的平静。车子开到玉岭山下的时候，唐甜儿拿湿毛巾捂住了口鼻。她看着南宫勇把车停到了山脚下，又看着苏袖往枪里装满了子弹，这才问道："需要我做些什么？"

南宫勇说："你装作有东西落在上师院，偷偷进去寻找，剩下的事都交给我们。"

唐甜儿刚要下车，又犹豫了。

苏袖安慰她，说道："你放心吧，我们会保护好你的。"

唐甜儿深吸了一口气，像是在给自己壮胆子。过了一会儿，她才说道："如果我死了，希望你们能够把我葬在爷爷的坟边上。爷爷说他坟地往北七米处是福地，你们就把我葬在那里吧。"

南宫勇听到这话，微微眯起了眼睛。

苏袖想也没想就点头道："好，我答应你。但是你也只管放心，我们会竭尽全力保护你的。"

唐甜儿义无反顾地下了车，捂着口鼻走了一段路。她边走边回头，像是在看有什么人在跟踪自己。为怕被人跟踪，她钻进了一条小路，随后绕开一路的荆棘<u>丛</u>，走进了上师院。

上师院里，法师们的尸身都已经不见了。地上的血迹还在，尸身却不见踪影。唐甜儿心想着，难道是庞家人葬下了法师们？可庞家人已经元气大伤，又哪来的精力为法师们下葬呢？莫非有别人先一步来过这里，那些人又会是谁呢？

唐甜儿大着胆子往法器室走了两步，忽然一只手猛地从她身后伸了过来，一把掐住了她的脖子。唐甜儿被紧紧掐住了脖子，无法动弹，也无法出声，只能听到耳边的说话声："唐家六代，取名唐悦，掌仙盘，平天下。"

# 第十七章　宿敌"左氏"

唐甜儿被那人狠狠掐住脖子，根本动弹不得，也不敢挣扎，生怕激怒了对方。她通过墙上的反光，想要看清此人的模样，然而墙面的反光并不清晰，唐甜儿实在看不清对方长什么样子。她从喉咙里吃力地挤出一丝声音，问道："你是谁？"

那人笑了笑，说道："你爷爷的故人。"

唐甜儿接着试探："爷爷的故人有不少，您又是哪一位呢？"

那人没有回答，而是问道："你读过你祖父的手札，应当知道古格后人被杀灭之事。你们唐家也流着古格王朝的血，你当不当灭呢？"

唐甜儿得知自己也算是古格王朝的后人，心里头不由得惊了惊。如果依照爷爷留下来的那些铁牌上所言，古格王朝的后人都要被杀灭，那么她也是难逃一死了。可曾祖父与祖父都活了下来，也算不得赶尽杀绝，难道对方是故意给王朝留了一脉，以便传承仙盘？

唐甜儿沉下心来，继续试探他："你们与古格王朝有世仇？"

对方未置可否，掐在她脖子上的手松了松。

就是这一松手，唐甜儿有了可乘之机，她迅速挣脱了面前的人，一个下蹲，让对方扑了个空。随后便拼了命地往上师院外面跑，她不敢回头，一路狂奔，生怕那人追上来。

跑了很长一段路，唐甜儿才敢停下来。她回头望了望，却发现对方并没有追上来。他究竟是什么人，为什么会对唐门的事情知道得如此清楚？她是古格王朝的后人一事，也是通过祖父的手札才有所知晓，而此人却早已清楚。就连唐家的祖训与族谱，他也知晓得一清二楚。

此人到底是什么来历？正思考间，南宫骁往唐甜儿头上扣了一个"爆栗子"。唐甜儿吓了一跳，顿时面色惨白。她扭头看清来人是南宫骁，顿时气不打一处来。

"南宫骁，你要吓死人吗？"唐甜儿指着他的鼻子骂，骂完她又忽然意识到什么，赶紧对南宫骁说道，"我们快走，刚才有个人要杀我。"

南宫骁却对这句话来了兴趣，他非但没有走，反而往上师院走了过去。

唐甜儿想要拉住他，却又怕丢了性命。就在犹豫之际，南宫勇和苏袖也跟着走了过来，唐甜儿快步走到苏袖跟前，说道："快把南宫骁拦下来。"

苏袖从她的面色里领会到了什么，她默不作声地朝上师院看了一眼，把车钥匙交给唐甜儿："快进到车里，锁上车门。"说完就和南宫勇一道追着南宫骁去了。

三人走进上师院里，并没有见到什么人。南宫勇往脸上蒙了一块帕子，把上师院里里外外都搜寻了一遍，也没有找到唐甜儿说的人。

三人重新回到车里，唐甜儿见他们安然无恙地回来了，这才松了一口气。苏袖问唐甜儿："你可曾看清刚才那人的模样了？"

唐甜儿摇了摇头："我当时实在太害怕了，没看清楚。"

南宫骁回头瞥了她一眼："榆木脑袋，啥事都做不成。"

唐甜儿一脸鄙夷："说谁呢？你被人家掐着脖子试试，看你会不会害怕。"

苏袖忍不住笑了一声。唐甜儿这才反应过来，南宫骁在江湖上混迹了这么多年，什么阵仗没见过。被人掐着脖子，南宫骁怕是眉头都不会皱一下。她咳嗽了一声，有些尴尬，低声道："我虽然没看清楚模样，但我能分辨出他的声音。这人说话声沙哑，很容易分辨。"

兄弟俩对视了一眼，不约而同吐出三个字："左秋行！"

听到"左秋行"三个字，唐甜儿差点没晕过去。活阎王左秋行，做事狠辣独断，从来不会对任何人留情面。今天自己能从他手里逃出来，那真是侥幸了。还有上一次，他也没有杀自己，她还真是福大命大了。唐甜儿长长地吐了一口气，还没来得及缓一缓心情，只见南宫兄弟和苏袖又虎视眈眈地看着自己了。

唐甜儿意识到三个人又有了计划，赶紧摆手："饶了我吧，我可不嫌自己命长。"

南宫勇若有所思地闭了闭眼。

南宫骁刚要开口，南宫勇下意识打断他："绕到南面去，找个山洞停下来。"

南宫骁带着两个女孩子在山洞里住了一夜，南宫勇却在半夜消失无踪了。唐甜儿一夜无眠，竟然没有发现南宫勇是何时离开的。山洞里有些冷，唐甜儿索性点了篝火在洞里取暖。

然而火刚升起来，她却忽然大声尖叫起来。南宫骁下意识睁开眼睛，只见唐甜儿正扯着自己的衣服大声惊叫。南宫骁伸手给了她一个耳光，虽然并不是十分用力，却把唐甜儿打哭了。

"篝火引野兽，拜托你有点常识好不好！净做些害死人的事！"南宫骁这一耳光下去，非但没有生起愧疚心，反而依旧疾言厉色。

苏袖睁开眼睛，见唐甜儿正一边捂着脸颊一边哭泣。她心知发生了什么事，赶紧拿出一块毛巾在火上熏了熏，递给唐甜儿："先热敷。"说完她迅速踩灭了篝火，又说道："野兽在夜间都跟着光源走，这样的确会引来野兽的。"

唐甜儿知道自己做事欠考虑，也不敢多说什么，拿毛巾捂着脸颊，冷得瑟瑟发抖。南宫骁见唐甜儿打哆嗦，忙脱下了外套。就在唐甜儿要感天动地地接受时，南宫骁手里的外套却落在了苏袖的肩头。

"哼！"唐甜儿翻了个白眼。

南宫骁也回敬了她一个白眼："难道你让老子赤膊不成？"

苏袖从背包里翻出一件外套，披在了唐甜儿身上。她扭头正要去找姜糖，忽然看到一只黄鼠狼蹿了进来。

唐甜儿吓得大叫一声，刚才唐甜儿第一次大叫，也是因为在洞口看到了黄鼠狼。她本以为那只黄鼠狼已经离开了，没想到居然进了洞里。这只黄鼠狼异常的肥大，一直在洞里乱窜，像是受惊了一般。它每踩过一个地方，都会留下血迹。它的脚部应该是受了伤，苏袖从包里找出一支止血的药膏和一根火腿肠，想要把黄鼠狼吸引过来，却被南宫骁按住了手。

南宫骁说道："先看看再说，别轻举妄动。"

苏袖笑道："一只受伤的黄鼠狼，还能有什么威胁不成？"

南宫骁不以为然："你不觉得它的血看起来不同寻常吗？"

苏袖仔细看了看，发现那血的颜色的确有些发暗。如果是正常流出来的血，应该是鲜红色的。

这只黄鼠狼应当是中毒了。对方故意放进来一只带着毒血的黄鼠狼，其心可诛。

苏袖拿着枪想要去洞口一探究竟，南宫骁却把人拦下了："当心对方打埋伏。"

"埋伏定是有的，既然黄鼠狼会蹿进来，对方应该知道我们就在洞里面。只是他忌惮你，只能用这下三滥的招数。我们何不将计就计。"苏袖说着再一次走到了洞口，枪口对着洞口外。

南宫骁没有迟疑，紧跟着走到了洞口。

苏袖说道："洞外五步远的地方，有止血的药材，你应当认得。"

南宫骁走了五步，弯下腰，拿打火机照了两圈，随后从地上迅速拔了几株草药，就转身回来了。

苏袖找了一块砖，在洞口借着月光捣碎了草药。她转头问唐甜儿："会包扎吗？"

唐甜儿吃惊："给一只黄鼠狼包扎？你不是说它的血有毒……"

还没说完，就被南宫骁一把捂住了嘴："蠢货！"南宫骁小声骂道。

唐甜儿满眼震惊，却不敢再发出声音来了。

苏袖走到背包前，翻出一块毛毯，揉成了一团。她朝唐甜儿招了招手，唐甜儿这才明白过来苏袖想做什么，心里却越发慌了。

那黄鼠狼身上的毒血有些特别，人一沾上就昏睡了。南宫骁只是帮着拔掉了几根腿毛，也跟着倒在了地上。守在洞外的人走进来的时候，三个人都躺在了洞口。苏袖枕在一块毛毯上，唐甜儿倒在了苏袖的腿上。南宫骁就倒在两人的边上，手里还攥着黄鼠狼的毛。

那人"啧啧"了两声，像是在感叹苏袖的美貌。他把苏袖的手搭在了南宫骁的胸口，随后十分满意地笑了笑，像是在欣赏一件杰作："俊男靓女，还挺般配的。不过都活不久了，多黏一日算一日吧。"

他自言自语完，便蹲下来，从南宫骁的衣服口袋里翻出了一把钥匙。之后又走到唐甜儿身边，在她衣服口袋里翻找了好一会儿，最终从棉服口袋里翻出了装着仙盘的匣子。他下意识想要打开匣子，但是看到匣子上的夔文，又心生畏惧，最后再次塞回了唐甜儿的衣服口袋里。

他只带走了南宫骁的钥匙。

南宫骁半眯着眼睛，目送此人离开后，才慢慢地从地上坐起来。

唐甜儿小声说道："刚才掐住我脖子的人就是他，他是谁？"

苏袖吐出三个字："左秋行。"

唐甜儿又问："他偷走钥匙想做什么？"

南宫骁没有接话，让苏袖赶紧收拾好行李箱，就带着两个女人离开了。

这会儿天还没有亮，山脚没有路灯，南宫骁只能依靠车灯一路前行。唐甜儿坐在车里，看着前面朦朦胧胧的车灯光，也不知道南宫骁准备开往哪里。

车开了没多久，就停下了。南宫骁关掉了车灯，从车上走下来，打开后车门，敲了敲座椅背。苏袖已经心领神会，唐甜儿还是迷迷糊糊。苏袖说道："我们步行一会儿，车就停在这儿吧。"

唐甜儿下了车，见依旧在山里，也没问准备去哪儿，只是摸黑跟着他们一路往前走。

夜路不好走，一路磕磕绊绊，坑坑洼洼。苏袖走惯了夜路山路，倒觉得得心应手。唐甜儿却摔了好几跤，但是南宫骁并没有心疼她，反倒皱着眉头觉得她有些累赘。他像是心急赶路，每次唐甜儿摔了，只会呵斥一句："快点起来！"

　　苏袖只得一手扶着唐甜儿，一手扶着树枝往前走。三人从南面走到了东面，这才停下来。苏袖定睛一看，原来他们居然走回到了"水心斋"门口。她忽然恍然大悟般"啊"了一声，原来"水心斋"就在玉岭。只是因为玉岭地形复杂，加上"水心斋"的门太多，她一直没有发现。她每次去"水心斋"，都会从山脚下走到一条公路，然后再从公路转到小路，过了小路是另一座山。"水心斋"究竟有多大，又到底有多少门，唐甜儿十分好奇。

　　因为"水心斋"的半间房子都是建在地底下的，所以总是黑咕隆咚的。唐甜儿挺不喜欢那黑漆漆的"水心斋"，总觉得压抑难受。她宁愿去南宫勇的小塔里，至少还亮堂些。可这次形势紧急，她无从选择。

　　南宫骁走到"水心斋"门口，只见南宫勇忽然从头顶的一株树上跳了下来。

　　"准备好了？"南宫骁问道。

　　南宫勇微微点头。

　　南宫骁咬牙切齿："但愿能来个瓮中捉鳖。"

　　南宫兄弟做梦都恨不得把左秋行手刃了，今天有这样的机会，又怎么舍得放过呢？

　　"水心斋"的门严丝合缝，没有任何被撬动的迹象。门口也没有鞋印或外人走动的痕迹。尽管如此，南宫骁还是对着"水心斋"外头仔仔细细观察了一番，这才开门进去。

当铺里头也是工工整整的模样，一如往常般漆黑。南宫骁本能地朝里面张望了一番，这才进了当铺。唐甜儿等人跟在后头，下意识站到了南宫勇旁边，寻求庇护。南宫勇淡淡地瞥了她一眼，把她往后挡了挡。为防左秋行偷袭，南宫勇拔出了枪。

然而这里安静异常，并没有左秋行的身影。

南宫骁触动了墙上的机关，墙体缓缓移动，露出了一个与"水心斋"一模一样的当铺来。两兄弟进到里面，关上了墙体。他们陆续把一面又一面的墙打开，露出一个又一个相似的"水心斋"，却始终不见左秋行。看样子，左秋行还是没有能力进到"水心斋"里来。

唐甜儿跟在后面走了几步，忽然"呀"了一声，一脸的惊恐。南宫兄弟听到唐甜儿的惊呼声，下意识拿枪对准了柜台。唐甜儿迅速躲在南宫勇身后，探头往柜台边窥了一眼，发现柜台后竟有个人影。那人影与祖父手札里描写的幻象有些相像。她看了一眼南宫勇的神情，只见他表情淡漠，一脸警惕地盯着柜台后面，时刻保持着战斗状态。他似乎根本瞧不见柜台后的人影。

唐甜儿问苏袖："你见着那人了吗？"

苏袖眼眸一亮："柜台后的人影，你见着了？"

唐甜儿点了点头。

苏袖的脸上忽然多了一份惊喜，她含笑不语，面上紧张的神色一扫而空。

南宫骁把房前屋后都搜寻了一番，确信没有外人在当铺里藏身，这才收起了枪。

苏袖对唐甜儿说道："在柜台后见到的人，你是否能够画下来？"

唐甜儿问道："你们都看不到她吗？"

苏袖摇了摇头。

很快，唐甜儿就把看到的人影画了下来。南宫骁看到画上的人影，脸上的表情变得有些复杂。他默默无声地看了南宫勇一眼，南宫勇从衣服口袋里掏出一张纸，放到了唐甜儿的画作前。

唐甜儿低头看了看，发现南宫勇拿出来的纸上也有一幅画，上面画的人影与唐甜儿所画的轮廓一模一样，那两幅画上的女子都是珠花满头、衣着古朴的宫廷仕女模样。鼻梁精致，形态丰满，不难看出在古代一定是个气质绝佳的美人。唯一不同的是，南宫勇拿出来的是一张黑白的相片。

唐甜儿指着南宫勇拿出来的画作问道："她是谁？这张相片是从哪里来的？"

南宫骁说道："你曾祖父留下的画像，被我祖父拍成了相片，一直保留到现在。"

唐甜儿仔仔细细地观察了两幅画，两幅画虽画工不同，唐甜儿的画像上，五官画得更细腻些，但画像上的女子面容几乎没有差别。因那相片老旧，是旧时的黑白照，所以除了画上的颜色不同，衣着头饰也都是一样的风格。难道说，曾祖父见到的人影，就是今日自己所见之人？

南宫兄弟与苏袖都见不到此人的幻影，难道当真只有唐家继承人才能看到她？莫非她也是唐门祖宗？

苏袖说道："我师父从前与我说过，唐家继承人可以看到远古幻象，但凡与仙盘有关联的过世者，都能在唐家继承人眼里成像。我们并不清楚她是谁，但想要解开仙盘之谜，揭开她的身份必不可少。"

唐甜儿想了想，说道："或许是古格王朝的公主。"

听到"古格王朝"这四个字，所有人都噤声了。南宫勇朝唐甜儿投去"闭嘴"的目光。唐甜儿却并没有察觉，自说自话："左秋行之前说，我身上也流着部分古格王朝的血，那么我也算得上是古格王朝的后人。如果只有唐门继承人才能够见到她，那么很有可能她也是流着古格王朝的血脉的。我记得书上说古格王朝有一位公主，她不仅能观天象，还擅长占卜。她曾预料到了王朝的覆灭，却无人肯信。这位公主很有可能就是画像上的人。"

苏袖不置可否，仔仔细细端详了两幅画像，最后她指着画像上的鼻子说道："此鼻梁很有特色，异常的挺直秀美，而纯正的古格王朝人，鼻尖微耸如鹰钩。可见画像上的人与古格人还是有明显区别的。"

唐甜儿看了看画像上的人，说道："也许她并不单单流着古格王朝的血呢。"

南宫骁说道："古格王朝没有覆灭之前，是不允许与外族通婚的。"

话音刚落，南宫勇忽然往窗外甩出了一枚飞镖，那速度之快，唐甜儿只当是一阵风掠过。

南宫骁迅速夺门而出，只见南宫勇的飞镖落在一株梧桐树上。树枝晃动不止，枯树叶落了一地，很显然是有人刚从这里离开。南宫勇腾空跳起，顺着树枝晃动的方向，一路踩着树枝追了过去。

南宫骁也跟着追上去，但是未过多时，两人却先后回来了。

苏袖问道："那人是左秋行吗？"

南宫骁摇了摇头，说道："替身罢了，已经被灭口，他身上也流着黑血。"

苏袖皱了皱眉，与唐甜儿并肩站在一起，像是刻意用身体挡在唐甜儿身边，试图保护她。苏袖沉默了一会儿，问唐甜儿："你有没有想过，你现在所知道的一切，只是别人想让你知道的而已？"

唐甜儿满脸疑惑："这句话是什么意思？"

"死的是个替身，一个替身又如何会知晓这么多连南宫家也不知道的事呢？我想，这些事是左秋行有意借替身之口说给你听的。他的目的就是为了让你知晓，才好误导你。"苏袖分析道。

唐甜儿有些难以理解："他为何要造假唐家人的身世？这和从南宫家手中得到九大神器有什么关系？"

苏袖说道："唐家人不知身世，找不到解玉人之血，仙盘难以现世。仙盘一日不现世，九大神器的秘密就难解开。南宫家族近百年来为守护神器与解开神器之谜，花费了多少心血。南宫家族一日不解神器之谜，神器长久存在于'水心斋'，就难逃各路人的追杀与滋扰。而他左秋行就此借刀杀人，摧毁南宫家族。他再联合庞家，就能轻而易举地得到'水心斋'的核心秘密与神器。毕竟江湖之中能与庞月星和左秋行较量的人少之又少，如此计划，最终的赢家一定是左秋行与庞月星。"

唐甜儿觉得苏袖的分析不无道理，如果真如苏袖揣测的那样，那么唐甜儿不如就顺着左秋行的计划演下去。她若有所思地看了一眼画像，说道："如果她不是古格王朝的公主，那又会是谁呢？"

苏袖说道："南宫骁的房间里藏着不少古籍，都是他祖父南宫无量留下来的。你可以找南宫骁查一查。此女的鼻子很有特色，从鼻子入手，或许会发现更多线索。"

唐甜儿一副生无可恋的模样："让我看书？还是杀了我吧。"

苏袖说道："唐甜儿，能不能把你读剧本、背剧本的本事拿出来？"

第二天，唐甜儿果真找到了南宫骁，想进到他房间里找书籍典故。南宫骁却不做理会，自顾自地坐在躺椅上喝茶。过了好一会儿，他问唐甜儿："南宫勇怎么没带你走？你留在这儿真是烦人。"

唐甜儿拉下脸来："凭什么说我烦人？我也是为了早点查清楚仙盘之谜，好找到开启仙盘的血引子。"

南宫骁一脸嘲讽："就凭你的智商，还能找到血引子？"

唐甜儿气得头冒青烟，她对着南宫骁的后背连施粉拳。南宫骁朝她回望了一眼："好好在里头待着，等南宫勇来接，少耍猴戏丢人现眼。"

眼见着南宫骁穿上一件皮夹克，套上皮手套，带上枪，离开"水心斋"后，唐甜儿悄悄走进了南宫骁的房间。

南宫骁的房间并不大，应该就是从前南宫无量住过的那一间。隔壁还有一间客房，如果她没猜错，应当是曾祖父与祖父当年住过的那一间。唐甜儿先在南宫骁的房间里走了一圈，他的房间里半面墙都是书籍，不过大多是关于中医药方面的书目和与历史相关的书籍，也大多是文言文。对见到古文就头疼的唐甜儿来说，压根读不懂。

她又悄悄关上门，去了隔壁的客房。因为先前苏袖打扫过，客房里倒也干干净净，只有墙角落了一层灰。那客房里除了一个衣柜、一张圆桌、一张床，倒也没有别的东西了。唐甜儿打开衣柜，发现里面有一个布包。毕竟是来历不明的东西，她不敢随便打开那布包，于是找了一根筷子，挑开一角看了一眼。

因柜子里更加黑，唐甜儿看不清楚布包里的东西，只觉得有一股奇异的香味散发出来。这布包难道就是祖父手札里提到的蓝底花布包袱？

唐甜儿正想打开来看看里面的铜玩意儿，却听身后忽然传来了说话声。

"别乱动这里的东西。"苏袖突然出现在唐甜儿身后，吓得唐甜儿一个激灵。苏袖紧接着说道："这'水心斋'，除了南宫骁房里的东西，其余都是有些年代的。你随意乱动，万一破坏了古董，南宫骁非杀了你不可。"

唐甜儿赶紧扔下了筷子，但是对于布包里的东西，还是十分好奇。她再次看了一眼那个布包，蓝底白花的样式，已经有些许褪色，明显是有些年头了。这会不会是曾祖父留下的那些东西呢？唐甜儿虽然很怕南宫骁的枪，但还是很想打开那布包看一看。

苏袖也忍不住朝那布包看了两眼，好奇心也驱使着她打开那布包。她低头看了看唐甜儿扔下的筷子，随后弯腰捡起来，慢慢伸向了布包。

"我看……还是算了吧，南宫骁可不好惹。"唐甜儿按住了她的手，有些害怕。

# 第十八章　同宗血脉

唐甜儿心想着既然这蓝底布包里装的是家传的宝物，她身为唐家人打开瞧一瞧也是无妨的，况且这些东西本来就是属于她的。于情于理，她就算打开了也不算过分。于是她戴上了口罩，洗净了双手，把那只包袱从柜子里抱了出来，准备打开看看。

苏袖说道："这些都是古时之物，最好不要轻易打开，有些东西一旦接触了空气，不知道会发生什么。等南宫骁回来，我们再打开也不迟。"

经历了一些事，唐甜儿到底要比从前稳重了些。她没敢打开那只包袱，她重新把包袱放回到了柜子里去，搬了一张椅子，坐到了房门口，等着南宫骁回来。

她左等右等，一直等到了傍晚，南宫骁才回来。

唐甜儿听到南宫骁的脚步声，睁开蒙蒙眬眬的眼睛瞧了一眼，打了个哈欠说道："南宫骁，你总算是回来了。我和苏袖有话对你说。"

南宫骁听闻苏袖有话对自己说，也不问什么事，赶紧跟着唐甜儿去了。苏袖正在打扫物品架子，见南宫骁走过来，放下手里的鸡毛掸子，对他说道："这近百年来数次天劫，你们可曾有所记载？"

南宫骁点了点头，拿来一本册子。

苏袖打开册子，仔仔细细地看完了。末了，她叹了口气，说道："果然不出我所料，数次天劫都是人为的，恐怕这世上本就没有天劫。"

唐甜儿惊呆了："我曾祖父的推断难道是真的？可他们有什么本事这么做，又为何要制造天劫？"

南宫骁的面色却是无波无澜，并没有半点的惊讶。他似乎早已经预料到天劫是人为的了。南宫骁朝苏袖竖了竖大拇指："不愧是苏袖，冰雪聪明！"

苏袖淡淡一笑："看样子，你早就知道了。"

南宫骁说道："我也是刚想到的，根据记载与调查，在这几场天劫里，死的大多数都是古格王朝的后人。男男女女、老老少少都有，已经不下百人了。我想，能够用血引子解开仙盘的人可能就是古格王朝的后人，他们赶尽杀绝，就是为了阻碍仙盘问世。先前的几场天劫里，有觊觎仙盘者在其中，也不过是为了迷惑我们罢了。"

唐甜儿不解："那为什么时间上如此凑巧，正好二十年一次？"

苏袖揣测道："因为一次就将古格王朝后人赶尽杀绝，那是不可能的。只要有人留存于世间，肯定会结婚生子。二十年一次，如此往复，总有一日是可以将他们赶尽杀绝的。"

听到苏袖的分析，南宫骁不禁点头。他对唐甜儿道："你猜猜是谁制造的天劫？"

唐甜儿想也不想就回答道："还能有谁，也只有庞家人有这个能耐。"

南宫骁忍不住笑了，笑容里带着几分鄙视。

苏袖道："我觉得不可能是庞家人，庞铁山虽说做梦都想得到仙盘，但到了庞天野这一代，毕竟幡然悔悟了，为找寻九大神器，也帮了我爷爷不少忙，更是为国家找回过不少国宝。可那段时间也曾发生过两次天劫。"

苏袖再看了一遍册子上的记载，慢慢开口道："不是庞家人，也不会是左家人。或许还有人不曾露过面，只等着九大神器集齐后，坐收渔翁之利。"

唐甜儿想了想，顺着她的话说下去："这个人虽然没有露过面，但是一定离我们很近。我发现每一次天劫，都发生在南宫家族与我们唐门相遇时。只是很奇怪，他既然怕仙盘现世，为什么不一开始就杀了我家老祖呢？"

苏袖和南宫骁都陷入了长久的沉默，这个问题他们的确没有细细思考过。既然幕后之人害怕仙盘现世，杀了唐门中人不是更加轻而易举吗？何必大费周章地来导演天劫？有一种可能，那幕后之人或许也想弄清楚仙盘的来历。只有弄清楚仙盘的来历，才能卖个好价钱。如果杀了唐家人，那么仙盘的来历恐怕永远都无从知晓了。这恐怕就是他们一面要杀灭血引子，一面又要保全唐家人的原因吧。

想到这里，南宫骁和苏袖异口同声道："不如我们自己给仙盘制造一个来历，好让他现身。"

唐甜儿顿时觉得脖子一凉，她能够保全性命至今，无非两种原因。一是那些对仙盘的觊觎者，希望通过唐甜儿得知仙盘的来历。二是有一部分人好奇仙盘现世后的奇观，那奇观只在传说中，谁也不曾见过。或许仙盘现世后真的有藏宝图，他们也想夺得藏宝图。如果唐甜儿死了，仙盘将再无机会现世了。

可如今仙盘的来历一旦公布，唐甜儿的性命就保不住了。到时候，各路神仙都会来争抢仙盘，她被枪打成筛子都不够。

唐甜儿想了想，连忙摆手道："千万不可，我可不想英年早逝。"

南宫骁冷笑："你不想英年早逝，难道那些无辜者就想吗？不找出策划天劫之人，还会有多少人遇害你想过吗？"

唐甜儿自然不希望有更多无辜的人遇害，只是她也算是受害者，被卷入其中已经十分艰难，还要为此牺牲掉性命，实在冤得很。她思来想去，最后还是悲壮地点了点头："行吧，我都听你们的。"

话音刚落，地窖里忽然走出一个人来。黑风衣，黑帽子，一步一步走得极沉。唐甜儿一看是南宫勇，害怕的情绪顿时少了几分。她总觉得一见到南宫勇，心里就莫名安心起来。虽然南宫勇寡言少语，但保护她的时候，总是踏踏实实的。

唐甜儿连忙把椅子让了出来，对南宫勇说道："我们打算……"

"我知道。"不等她说下去，南宫勇已经打断她，紧接着对南宫骁说道，"在确保她百分之百安全以前，计划不得施行。"

南宫骁不以为然："计划越详细，拖延的时间越久，到时候破绽越多。"

南宫勇告诫道："南宫家族的祖训，你别忘了。"

南宫骁说道："祖父的确说过，我们凡事要以不伤及神器主人为原则。但如今计划赶不上变化，再耗下去，只会有更多的人枉死。"

南宫勇看了唐甜儿一眼，过了好一会儿，才对唐甜儿说道："五天后我再来，也好让你有个心理准备。"

唐甜儿还没来得及说话，南宫勇已经离开了。他还真是来也匆匆，去也匆匆。唐甜儿扭头紧紧握住苏袖的手，佯装撒娇道："苏袖姐，我害怕，你可一定要保护好我啊。"

南宫骁抖了抖身子，嗫嚅了一声"恶心"。

唐甜儿一拍桌子，正要理论。苏袖拍了拍唐甜儿的手背，笑道："都是玩笑话罢了，和气生财，和气生财。"话音刚落又对南宫骁说道："既然要杜撰，那也得有些根据才行。唐甜儿祖父留下的手札上，南宫爷爷已经查到了仙盘与唐朝有关，我们也只能从这里着手了。"

南宫骁说道："女皇时代，最为特殊，出一些特殊的宝物也是十分正常的。"

苏袖心领神会地笑了笑。

过了三天，仙盘与武则天有关的消息不胫而走。眼下江湖中人都知道南宫骁与苏袖要带着唐甜儿去陕西。尽管三人藏着掖着，偷偷买了去陕西的火车票，但大家都知道他们是准备去武则天陵的。因为几天前，苏袖跑了几趟市场，把市面上有关武皇与铜器的书籍都搜罗来了。

三个人是在夜里动身的，临走前，苏袖为唐甜儿的手枪里装满了子弹，又给了唐甜儿一瓶辣椒油防身。苏袖为南宫骁准备了几套换洗的衣服，以及晕车药和蜜饯、饼干等小点心。

唐甜儿在一旁打下手，忍不住夸上两句："苏袖姐平日里看着冷冰冰的，其实心思还挺细腻。这出门的事儿交给你，几乎没我啥事儿了。"

苏袖问道："我难道比南宫勇还冷？"

唐甜儿笑道："南宫勇可不冷，他那是'冻'人心魄。"

苏袖听了忍不住笑起来，笑了两声，她赶紧停下来："小声点，要是被南宫勇听到了，可要你好看。"

苏袖这话还没说完，南宫勇就突然出现了。唐甜儿吓了一跳，说道："不知道的还以为你属猫呢，走路总是悄无声息的。"

南宫勇没有理会她，对苏袖说道："左秋行和庞月星已经驱车前往陕西了，估计是打算先你们一步到那里。"

苏袖加快了打包的速度。

南宫勇继续说道："南宫骁已经提前动身了，你们随我一道。届时我装扮成南宫骁，他先去打埋伏。"

他们几人此行并非为了逮住左秋行和庞月星而前往陕西，最终的目的是找出制造天劫之人。所以尽管左秋行也赶去了武皇陵，但只要二人不做出什么出格的事，他们也不想多生事端。可谁知三人刚下火车，左秋行就带人出现在了火车站。

左秋行扮成了货车司机，站在火车站门口招揽客人。尽管他有所装扮，但是南宫勇还是一眼就认出了他。他见到南宫勇带着苏袖和唐甜儿从火车站门口走出来，赶紧朝身边的人递了个眼神。

"货车二十一趟，不讲路程和人数。"货车司机跑到唐甜儿身边，热情地帮忙拿行李。

唐甜儿本能地后退了一步，紧紧拽住手里的行李箱。

货车司机催促道："要上车赶紧的，一会儿就要下暴雨了。"

唐甜儿回头朝南宫勇看了一眼，南宫勇走上来，对货车司机说道："先把我们送到最近的旅馆。"

货车司机赶紧打开了后备箱，想帮他们搬行李。南宫勇早就一手一只行李箱，轻轻松松地扔进了后备箱。苏袖和唐甜儿先上了车，坐在后座。南宫勇坐到了副驾驶座，一面把玩着手枪，一面靠在窗边抽烟。

货车司机偷偷瞄了两眼后座，苏袖和唐甜儿正靠在座椅上休息，似乎对司机没有丝毫的防备。

司机问南宫勇："几位是外乡来的吧？"

南宫勇没有回答，甚至连看都没有看他一眼。

司机又接着问："你们这次来陕西是探亲还是玩耍？其实我也是外乡人，只是在这里生活有些年头了。"

南宫勇依旧没有理会他。

司机大概是觉得自讨无趣，索性闭上了嘴。

车子开到最近的旅馆，南宫勇先跳下了车。司机急急忙忙去开后备箱，却被南宫勇先一步打开了。南宫勇取下行李箱，丢给司机二十块钱，带着两人进了旅馆。

唐甜儿和苏袖住一屋，南宫勇住在隔壁房间。一到旅馆，唐甜儿就觉得浑身紧张，坐立难安。她们已经到了陕西，离武则天皇陵只有二十多公里的距离。明天一早，她们就要赶去皇陵找线索，到时候幕后之人也会浮出水面，可这也意味着唐甜儿将要面对危险。

苏袖见她踱来踱去，难免心烦。她对唐甜儿说道："你先坐下来，我给你看样东西。"

唐甜儿心不在焉地坐到了苏袖身边。

苏袖从大衣口袋里摸出了一块怀表，那怀表是镶金的，里面有一对年轻男女的黑白照片，大约是二十世纪三十年代拍摄的。照片看起来有些褪色，却保存完好，没有半点破损。

唐甜儿看着照片上的人，觉得陌生，但眉眼又似乎有些熟悉，问道："他们是谁？"

"你瞧着像谁？"苏袖指着相片上的男人问道。

唐甜儿拿起怀表，仔仔细细地观察了一番照片上的人。她闭上眼睛回想了一会儿，说道："有点像我爷爷年轻的时候，和我爸也有几分相像。"

苏袖笑道："是你曾祖父。"

唐甜儿问道："我曾祖父的怀表怎么会在你这里？手札里倒是提过这块怀表的。"

苏袖说道："你再看看你的曾祖母，长得像谁？"

唐甜儿再一次拿起怀表，只见年轻时的曾祖母是个浓眉大眼的娇俏女子，嘴角两边是深深的酒窝，头上梳着两缕马尾，额头上一片细细密密的刘海儿衬得她的脸颊小巧精致。她身上穿着一件蓝底碎花的裙衫，也算是那个年代最时髦的打扮了。她仔仔细细地看了许久，又比照着自己的样貌，发现曾祖母与自己除了眼睛，几乎没有半点相似之处。

她摇了摇头，说道："我实在看不出来像谁。"

"你就没觉得她像……"苏袖有些急了，却还是欲言又止。

唐甜儿见一向稳重大方的苏袖如今变得有些反常，不由得试探道："你是想说，曾祖母像你？"可两人明明不像啊。

苏袖抬起手，拆了自己精心编好的发辫，往两侧梳了两个马尾，又往额前抓下几缕头发，问唐甜儿："你觉得像吗？"她微微一笑，嘴角浮起两个酒窝。

唐甜儿看着苏袖那深深的酒窝，不自觉地点了点头："你这样打扮，还真有些像呢。"说完，她才回过神来："什么意思，曾祖母与你有血缘关系？"

苏袖点了点头："算是吧，我听祖上说过，我的曾祖母有一个孪生妹妹，之前早早地离家，下落不明。二十年前，在我曾祖母快去世的时候，你的祖父来找过我曾祖母。他说他的母亲是我曾祖母的妹妹，因为那时候交通落后，你的曾祖母离家后就无法再回家。直到你祖父那一辈，为了找仙盘的血引子，才得以找回来。"

唐甜儿终于明白，为何祖父从前再三告诫，苏袖与唐家有渊源，如果连苏家与南宫家都无法信任，就再无可以信任的人了。这样算起来，苏袖与自己还是表姐妹呢。唐甜儿忽然觉得苏袖越发亲切了几分，她叫了一声"表姐"，问道："我们两家有这样的渊源，我倒是没有听爷爷提起过。不过我在这世上除了姑姑外居然还有亲人，实在让人欣慰。只是你为什么在这节骨眼上告诉我这件事，是有什么打算吗？"

苏袖走到房间门口站了一会儿，听外头没有动静，这才走到唐甜儿的身边，说道："刚才来陕西的路上我一直在想，能够为仙盘现世提供血引子的人会是谁。数场天劫，幕后之人要将古格王朝的后人赶尽杀绝，依照我们先前的推测，很有可能提供血引子的是古格王朝的后人。此人，或许还得是与你们唐门有些渊源的。"

唐甜儿吃惊道："你是想把你自己……"

苏袖朝她"嘘"了一声，小声道："你觉得还有更好的办法把幕后之人引出来吗？不管我是不是，我们有这层关系，我就是。"

唐甜儿看着苏袖的侧颜，她的鼻子异常的挺拔秀美，鼻尖的弧度恰到好处。她忽然想起苏袖说过，古格王朝的女人，鼻子要比一般人挺拔秀美。苏袖会不会很有可能真的流着古格王朝的血呢？但不管是不是，唐甜儿都不希望苏袖做出牺牲。她的眼眶有些红，声音哽咽道："难道就没有别的办法了吗？"

苏袖说道："应该说，没有比这更好的办法了，也没有比我更合适的人选了。除去别人，幕后之人或许可以等二十年，但是除掉我，他刻不容缓。"

唐甜儿忍不住落泪，她擦了擦眼泪，带着哭腔问道："那我需要做些什么？"

苏袖却没有丝毫的畏惧和紧张，依旧坦然自如。她递给唐甜儿一块新帕子，说道："你只要装作不知情，就是对我最大的帮助。"她说完，又靠在唐甜儿的耳边说了一番话。

为了不走漏风声，苏袖并没有把自己的计划告诉南宫勇。毕竟对于南宫骁，她已经知根知底了。但是南宫勇是否靠得住，她并不十分肯定。

第三天，三个人依照搜集的资料，找到了武则天的陵墓。武则天陵的地底三人自然是进不去的，因此他们只能在地表走动。苏袖带着唐甜儿找到了正门，唐甜儿从背包里取出一只木匣子，紧紧地抱在怀里。

苏袖手里拿着一个罗盘，在皇陵的周遭走了两圈，最后终于确定了方位。她对唐甜儿说道："就是这里了，这儿就是武皇长眠的位置。"

唐甜儿抱着匣子走到苏袖所指的位置上，她把木匣子放到了地面上，一面弯腰摩挲着夔文，一面嘴里念念有词。谁也听不清她在念叨什么，南宫勇站在唐甜儿的身后，警觉地环顾着四周。苏袖拿着罗盘，在皇陵周边踱来踱去。

"苏袖，苏袖！我见到了！"唐甜儿忽然站起来，对苏袖兴奋地说道。

苏袖走上前，问道："你见到什么了？"

唐甜儿有些激动："我原先常看到的夔文幻象与武皇的幻象重叠了，她们果然是同一人，我们或许很快就可以找到仙盘的秘密了。等找到能够提供血引子的人，仙盘就能现世了。"

苏袖朝她摇了摇头，提醒道："小心隔墙有耳，这件事你知我知，南宫勇知。你再仔细看看，如果确信仙盘是武皇之物，我们尽快顺着这条线索，找到血引子，解开仙盘之谜。"

南宫勇说道："既然我们来对了地方，唐甜儿你不如问问武皇，血引子到底在哪里？"

唐甜儿再次摩挲着木匣子上的夔文，闭起眼睛，嘴里念念叨叨了一阵。这一次，南宫勇和苏袖寸步不离地守在唐甜儿身旁，谁也没有吭声。过了很久，唐甜儿忽然扭头看向苏袖，愣怔了片刻，问道："你是谁？"她像是猛然间失忆了一般。

苏袖有些不明所以，指了指自己，说道："我？我是苏袖啊。你怎么这样问我？"

# 第十九章　幕后之人

唐甜儿说道：“我知道你是苏袖，但是我看到的幻象里，有你的影子。”

苏袖笑道：“怎么会有我的影子？你是不是看错了？”

“没有看错，我确定就是你。”唐甜儿摇了摇头，指了指苏袖的鼻子，又指了指她的眼睛，“你与那影子如出一辙，再也找不出第二个比你更像影子的人了。”

苏袖也十分惊讶，问道：“幻象里是什么场景？”

唐甜儿闭上眼睛，回忆了一番，然后说道：“武皇把仙盘送到一座阁楼上，那阁楼里有个法师，你割破手指头，血滴在仙盘上。法师做了一场法事后，天地都变了。我只看到这里，余下的就再也看不到了。”

苏袖摸了摸自己的鼻子，有些不可思议。她抬起头看了一眼天空，随后像是忽然想到了什么，赶紧从身上掏出一块怀表。她对唐甜儿说道：“这是我祖上留下来的，你仔细看看，你见到的幻象女子，会不会同她长得一样？”

唐甜儿看了一眼，说道：“仔细看，还真是更像这照片上的人呢。她是谁？”

苏袖说道："这是我曾祖母。"

唐甜儿说道："你难不成想说，你的曾祖母穿越到武皇时代了？"

苏袖拍了拍唐甜儿的额头，笑道："想什么呢？平时傻里傻气的也就算了，这都什么时候了，还开这种玩笑。我是想说，我曾祖母曾经说过，她身上流有一半古格王朝的血，所以她比旁人更精通占卜、天衍之术。你说，这幻象中割破手指为仙盘提供血引子的人，会不会是真正的古格王室中人？古格王室，曾有人利用血引子来解开狮身人之谜。古格王朝神秘莫测，或许仙盘也要借着古格王朝的后人才能现世。"

唐甜儿眼眸一亮，说道："我也想起一件事，之前我爷爷叮嘱过我，成人之后必须找到你，无论有多难，一定要把你找到。难道爷爷一早就知道你是古格王朝后人，可以解开仙盘之谜，所以才会再三叮嘱我？"

苏袖点了点头："看来你爷爷一早就知道了。"话音刚落，远处的土堆里忽然传出一点声响，窸窸窣窣的，像是谁钻进了草丛里。

唐甜儿顿时紧张起来，她用力挽住了苏袖的胳膊，朝她摇了摇头："苏袖，我不希望你有事。"

苏袖用眼神制止了唐甜儿接下来的话，她朝土堆后看了一眼，只见一个身穿黑衣的人影在蠕动。

南宫勇迅速举起了枪，对准了黑影。然而那黑影移动速度极快，才不过眨眼的工夫，就已经不见了。

唐甜儿越来越害怕，苏袖已经亮出底牌，随时都有可能被幕后之人杀害。如今土堆后的人影究竟是谁，现在又去了哪里，他们还不清楚。如果这时候他对苏袖下手，苏袖连九死一生的机会都没有。

"你先走，唐悦。"苏袖对唐甜儿小声道，"南宫骁埋伏在附近，会一路保护你离开的。南宫勇在这里，对方也讨不到好处。"

话还没说完，只见那人从土堆里飞跳而起，右脚对着南宫勇的头脸迅速踢过来。南宫勇反应速度极快，一个后仰躲了过去，顺手把唐甜儿拉到了自己身后。苏袖的反应也极快，唐甜儿刚被拉到南宫勇身后，她就拔出了枪。这时候，土堆里又闪出一个人影，苏袖迅速朝着那人影开了两枪。

随着枪声响起来，不知谁在苏袖身后开了两枪。苏袖来不及躲闪，一颗子弹擦着苏袖的肩膀飞过，落在了墙壁上，好在苏袖只是擦破了一点皮。苏袖眼见着不远处站着一个穿咖啡色皮衣的男人，正拿枪瞄准自己。此时她已经避无可避，眼下唯有比一比谁的枪更快。

苏袖朝其中一人迅速开了两枪，然而另一人也紧跟着扣下了扳机。苏袖一面躲闪，一面进攻。虽然并没有再受伤，场面却一度混乱。

南宫勇此时也正拉着唐甜儿与突袭自己的男人对抗。两人赤手空拳，尽管南宫勇并没有落下风，但他为了保护唐甜儿，还是白白挨了两拳。

苏袖已经有些抵抗无力，就在这时候，一个戴着黑口罩、黑帽子的男人从皇陵边的一个雕像后迅速跳出来，一脚踢开了离苏袖最近的人。那人应声倒地，还没来得及捡起枪，就已经被戴黑口罩的人踩住了手，与此同时，此人又顺势给了旁边那个穿咖啡色皮衣的人狠狠一脚。两人的枪都被踢到地上。苏袖眼疾手快，迅速戴上手套，捡起两把枪，把其中一把枪递给了戴黑口罩的人。

南宫勇迅速牵制住了与自己搏斗的人，一把扼住对方的脖子，直直地把人逼到了树干上。苏袖与戴黑口罩的男人各钳制住了一人，两人警觉地环顾四周，寻找埋伏者。

所幸许久都没有再出现偷袭的人，依照原计划，唐甜儿把麻绳抛给他们。三人迅速把偷袭者都捆了起来，推进了租来的货车里。

眼前的危机已经解除，戴着黑口罩、黑帽子的神秘男子便摘下了口罩，大口呼吸了几下，又连忙戴上了口罩。这男子原来竟是提前埋伏在这里的南宫骁。

唐甜儿说道："这几人长得有些相像，怎么瞧着都有点左秋行的模样？"

"相像？"苏袖冷笑了一声，一把扯下了其中两人的面皮。

只见一张与刚才完全不一样的脸出现在了面前，塌鼻梁、粗毛孔，脸上胡子拉碴，足有三四十岁，完全不像那面皮上二十几岁的模样。

苏袖又迅速扯下另一人的面皮，是个五十多岁的男人，长得一脸凶相。唐甜儿只见了一眼，就心生畏惧。苏袖还要去扯另一人，那人已经别过脸去。苏袖问："当真是左秋行？"

此人冷冷地哼了一声："明知故问。"

唐甜儿再一次仔细打量起南宫兄弟做梦都想生擒的左秋行，此人其貌不扬、身材魁梧，说话的声音洪亮有力。比起第一次见到他时，一双眼睛里多了些许不甘。左秋行看着也不像是十恶不赦之人，但是苏袖提起过，他行事手段极为狠辣。早些年为了从南宫家族手里夺走神器，害死过不少人。

南宫勇问左秋行："你们是一伙的？"

左秋行别过脸去，不肯开口说话。

南宫勇一把拽紧左秋行的下巴，指节慢慢用力，他的下巴发出轻微的"咯吱"声。左秋行的脸痛得扭曲，却还是一声不吭，紧咬牙关。南宫勇说道："你不说话没关系，我有的是办法叫你开口。不过眼下我没时间对付你，先解决他们两个再说。"说完他扭头看向另外两人。

那个五十多岁的凶悍男人狠狠瞪了南宫勇一眼："既然落到你们手里，要怎么处置，悉听尊便。"

苏袖说道："怎么处置取决于你们怎么配合，你们到底是什么人，又是谁派来的？"

那五十多岁的男人咬牙道："无可奉告！"

南宫勇说道："无妨，你们只管守口如瓶，看看你们究竟能嘴硬到几时。"

这一路上，被生擒的三个人都倔强得很，谁也没有开口说过话。南宫兄弟与苏袖也不急着审问，几人也是沉默着。车子一路往前开，驶出皇陵后，南宫勇把车开上了公路。唐甜儿坐在窗边，也不知道南宫勇准备往哪里去，这会儿也不敢随意开口，便也跟着一声不吭。

车子开了二十多分钟，南宫勇也没有停下来，汽车一直在公路上转来转去。唐甜儿总觉得南宫勇应该是不熟悉路，才这般绕来绕去的。她从背包里翻出一张地图，递给南宫勇，却被南宫勇伸手推开了。

南宫勇依旧在公路上转来转去，又过了二十多分钟，南宫勇才把车停下来。唐甜儿往车窗外看了看，说道："这是公安局。"

三人听到"公安局"三个字，顿时紧张起来。

南宫勇冷冰冰地说道："既然你们不肯开口，我就让警察帮我审问审问，来皇陵偷盗还伤人，这个要吃几年牢饭呢？你们的枪都还在身上，枪上也都有你们的指纹，你们是绝对逃不掉的。"

左秋行冷笑："少诓我，谅你也不敢进去。你们身上也有枪，你们一样逃不掉。"

苏袖笑道："我们哪来的枪？两男两女出来旅游，被你们用枪挟持，我手臂还受了伤，看警察信谁。不过，吃牢饭是小事，只怕要是深入调查下去，你们偷盗的那些国宝，可都藏不住了。"

左秋行一脸不屑："随意，反正我手上没有国宝，爱查就查个痛快。还有，我手里没枪，赤手空拳受了伤，说不定还是被他们两个打伤的。"

另外两人一听顿时慌了神："你可别空口白牙乱说，我们何时打过你？"

南宫勇与南宫骁对视了一眼，心领神会。

南宫勇说道："不必在这里狗咬狗，到了里面，再去互相推诿也不迟。"

左秋行瞪了一眼那两人："你们两个狗东西，如果没有你们两个突然冒出来搅局，我今天……"他说到一半戛然而止，下意识朝苏袖看了一眼。

苏袖说："你今天什么？今天就把我杀了？"

左秋行"呸"了一声："我杀你个屁，你死了，我……"

苏袖又看向另外两个人："你们两个杀我，可是受他指使的？"苏袖指了指左秋行。

那两人迟疑了一瞬间，相继点头。

左秋行见了顿时火冒三丈："老子可不认得你们两个，究竟是什么地方冒出来的狗东西，敢来诬陷老子！"

南宫勇说道："要吵架去里边吵，我们没时间在这里听你们三个讲废话。"他说着就一把拽起左秋行，准备把人拽下车。

左秋行一副无所畏惧的模样，配合着要下车。另外两个却在求爷爷告奶奶了，两人带着哭腔道："别别别，千万别送我们进去，我们招就是了。"

苏袖软软糯糯地说道："行啊，那就说来听听，看我们是信还是不信呢。"

"我们……我们是被人雇来跟踪你们的。那人说你们要来武则天陵，让我们一路尾随。等到了武则天陵，就把你们处理了，然后抢走仙盘。我刚才趁乱拿走了仙盘，就在我的衬衣口袋里。"那个长相年长些的男人说道。

苏袖似笑非笑地看了他一眼，南宫勇从他衬衣口袋里摸出了一只木匣子，里面的确是他们带来的"仙盘"。没想到这人手脚如此之快，在他们搏斗之时，已经偷走了唐甜儿放在地宫顶上的"仙盘"。苏袖拿起"仙盘"看了几眼，忽然往座椅上一扔，说道："这仙盘是假的，真是难为你们了，白辛苦一场。"

那个年长者的脸上并没有露出吃惊或是失望的表情，而是眼睛一眨不眨地看着苏袖，像是要把她看穿了似的，他这是气愤自己被当猴耍了。

苏袖说道："撒谎也得有点脑子，如果你们真是为仙盘而来，又怎么会一致对付我一个人呢？如果你们当真与左秋行一伙，为什么他不带枪，你们两人带着枪，却都瞄准我一人呢？"

唐甜儿顿时明白过来苏袖的话："所以说，他们是为了杀你的。"

苏袖点了点头："一开始或许不是为杀我而来，而是为了跟来武则天陵，阻止仙盘重现的。可后来听说我是古格王朝的后人，就对我起了杀心。"她用帕子裹起绑在那人身上的枪，对准了他。

此人并不害怕枪，闭了闭眼，一副不惧生死的模样。

苏袖说道："如果今天不把你们送进去，我就是死路一条。你们若真是被人雇来的，我要是放你们回去，你们自然会把今天听到的所有事都说给雇主听，到时候我还是免不了一死。"她说着看向南宫骁："送进去吧，我看他们无论如何都是不会说实话的。扣个偷盗皇陵的罪名，到时候所有的国宝都得交代出来，还得蹲牢到白发苍苍，我也能保一时安宁了。"

南宫骁与南宫勇各抓起一人，还没把人推下车，那三四十岁的男人就说道："要送就送他进去，我是受他雇用跟来的。我来时他只说打探国宝，等到手了分赃。到了这里，他才说要杀了这个女人，我被逼到这份上，也是不得不出手了。"

南宫勇不听辩驳，强行把人拽下车。那人吓得腿一软，跪在了地上，掰着车门恳求道："别别别，求你们了。我这还是第一次开张，就遇上了这种事。"

苏袖朝他们递了个眼神，示意他们把人重新带回到车里。

等人重新被推回车里后，苏袖问那男人："你说自己受他雇用，那么雇用合同又在哪里？"

"在我身上，裤子口袋里，拿一个信封装着呢。"那人急忙回答。

南宫勇迅速从他裤子口袋里扯出一个信封。苏袖打开看了看，的确是雇用合同。那雇用合同上的雇用人落款是一个极为陌生的名字，看样子是雇用人胡编的。苏袖指着那年纪大的杀手问道："你可知他的底细？为何甘愿与他签订雇用合同？"

那三四十岁的男人说道："做我们这一行的不需要知道对方的底细，只要有可靠的牵线人，就足够了。如果合同不履行，我也能找牵线人兑现。九死一生的事情，侥幸活命，能够让三代人一世无忧就知足了。如果没命，也有赔偿。"

苏袖问道："牵线人是谁？"

那人说道："不知其名，只知人人称他为'大郎先生'。"

听闻"大郎先生"三个字，左秋行微微一愣。他忍不住问道："大郎先生让你来杀苏袖？"

那人指着同行者说道："是他让我杀这女的，大郎先生只说让我跟着他来，若是得到了仙盘，就把他结果了。大郎先生得到仙盘，会给我更高的报酬。"

那五十多岁的男人不禁啐了一口，骂骂咧咧道："大郎先生这王八羔子，居然借我的手夺仙盘。"

苏袖把扔在车座椅上的"仙盘"装进木匣子里，塞回到了他的衬衣口袋，补充道："你帮他办事，他还想结果了你。所以现在你横竖都是死，我们放走你，大郎先生也不会放过你。我们把你送进去，你身上这块铜盘也够你吃牢饭了。这虽不是仙盘，却也年代久远，两百年的历史是绝对有的。"

他的脸上顿时有了一丝惶恐，嘴上却还在逞能："老子还能怕了那大郎先生不成。"

南宫骁说："那就走，把他找个路段扔下去。我要是没算错，他枪里还有一颗子弹，看他能不能躲得过大郎先生的枪。"

"你们可真狠，非得把事情做绝了。行，我和盘托出，但你们得保证给我一条生路。"他叹了口气，说道，"我叫多吉，我们家族一直在寻找仙盘的血引子，找到血引子即毁灭。今天我并非要杀这个女人，只因要毁掉血引子。仙盘现世后就如一块废铜，所以只有毁掉血引子，才能阻止仙盘现世，保全仙盘。"

"多吉？"唐甜儿眯起眼睛想了想，似乎在上师院里听过这个名字，她恍惚了一阵，忽然想起来，问道，"你是多吉法师？"

那男人说道："明知故问，你早就在上师院见过我。"

"难怪我总觉得你有些眼熟。对了，你的祖上是不是有一个叫德勒的法师？"

男人朝她冷笑："你知道的还真不少。"

当年曾祖父一直在纠结德勒法师究竟是好是歹，没想到德勒一家已经把歹事做成了家族事业。要是曾祖父知道了，怕是要被气活了。

苏袖问道："为何要毁掉血引子，阻止仙盘现世？"

"我们家族与日本人签订了百年合同，家族不灭，夺得仙盘的合同就无休止。大郎先生要的是未曾现世的仙盘，我们自然要阻止仙盘现世了。"眼前这个叫多吉的男人扭头看了苏袖一眼，"你们说过要保全我的，如今把我扔出去，两方都会追杀我。如果你们保全我，我可以用一个秘密交换。"

南宫骁把口罩往鼻梁上拉了拉，说道："我们可以暂时保全你，但是你说的秘密如果是胡诌的，或者没有什么价值，那么可能会比想象中的更惨烈。还有，二十年一次的天劫，是否是人为制造的？"

多吉听后忽然哈哈大笑起来，那笑声里透着些许绝望。他转头对南宫骁说道："既然这个秘密都已经被你们发现了，要怎么处置随你们吧。"

南宫勇说道："你也不必着急，既然天劫是人为的，人又在哪里呢？"

南宫勇与南宫骁对视了一眼，两人沉默着看向苏袖。苏袖略略迟疑了一瞬间，说道："我们可以放你走，但是得先立个合约，也算是给我的一点保障。"

# 第二十章　生死合约

名叫多吉的杀手听到"合约"两个字，忍不住笑起来。他指了指自己，说道："你要与我立合约，那可真是天大的笑话了。我可是只认钱财不认字的，你觉得这合约能有用？"

苏袖冷笑了一声，看着他，不置可否。

多吉被她的眼神看得有些发急了，他吞吞吐吐地问道："你……想做什么？"

她握起拳头转了转手腕，往他身上细细打量了一番，随后说道："不管你是不是真的不认字，都没有关系，我写下来，你按手印就行。"

多吉也很想知道，她究竟要与自己约定什么。于是他点了点头，说道："你先写下来，不过签不签还得凭我心情。"

南宫骁从身上摸出了一本空的记事本，递给苏袖。苏袖接过记事本，写了一段话，随后递给多吉："由不得你不签。既然你们家族不灭，与日本人的合同就无休止，那么不如就让你们灭族，这样也就可以少一些枉死的人。"

"你这话是什么意思？居然要让我们灭族，你这女人做起事情来可真够狠的。"多吉急得差点跳起来，他恶狠狠地盯着苏袖，"我刚才就该多打几枪，直接把你给结果了。"

苏袖把记事本往多吉脸上一甩，厉声道："那些被你险些灭族的人难道就活该要死吗？要说狠毒，谁能狠得过你们家族！你怕被灭族，你却要古格王朝的人都灭绝！"她把这一番话说出来的时候，脖子两侧的青筋突突地跳着，像是随时都要冲破皮肉一般，可见苏袖是恨极了。

多吉被苏袖突如其来的声嘶力竭弄得手足无措起来，他张了张嘴，一时间不知道该如何开口。

南宫骁拍了拍苏袖的肩膀，想要安慰她，却被苏袖一把推开。这一次，苏袖是真的气到了极点。苏袖再一次把记事本递给多吉，呵斥道："你若不签，我立刻把你扔下车，用不着我动手来灭你的族！你这把年纪，应该已经有儿孙了吧，我看多半也是与你做一样营生的。"

多吉面对生死，到底还是有些忌惮的，更何况还涉及子孙后代。他迟疑着点了点头，朝南宫勇看了一眼。

南宫勇把枪抵在了多吉的脖子上，这才替他松开了捆绑在手上的绳子。多吉接过苏袖手里的记事本，也不敢耍花样，拿起记事本看。每一个字他都仔仔细细地钻研了一番，生怕有诈。他看完记事本，问道："就这么简单？"

苏袖冷笑："你若觉得简单，麻烦早早地把名字签了，再按上手印。"

多吉摇了摇头，有些警惕地看着苏袖。在利益诱惑之下，白纸黑字根本保障不了什么，多吉不相信他们这些人会不清楚。他接过苏袖递来的笔，迟迟没有落笔，只是说道："越是简单，越是有诈。"

苏袖冷笑道："什么诈？你倒是说说看。我只是让你保证不再杀害古格王朝后人，不再追杀与仙盘相关者。要说诈，怕也是你使诈吧。你即便签下了合约，我们也不能保证你会履行。"

多吉冷声冷气地哼了一声："你们又怎么保证可以把我保护起来，不被日本人发现呢？"

南宫勇的枪往他的脖子上紧了紧，说道："藏在'水心斋'里，可安全？"

多吉吃惊地张了张嘴，半天回不过神来。他瞪大眼睛看着南宫勇，有些难以置信。人人都寻而不得的"水心斋"，他当真就这么轻而易举地能够进去了？

南宫勇问道："你觉得怎么样？"

多吉二话不说，就签下了合约。

左秋行和那位被大郎先生雇用的年轻男人听到"水心斋"，眼里也顿时泛起了一丝光亮。那年轻男人忌惮南宫勇，不敢开口，只是静静地坐着。左秋行却说道："我这里有一条线索，换取一次进'水心斋'的机会如何？"

南宫兄弟与苏袖相视一笑，却是无言。

"先把你的线索说来听听，我们好确定值钱与否。"唐甜儿忍不住开口道。

左秋行朝唐甜儿瞪了一眼，说道："你以为我脑子长坑，这么容易忽悠。小丫头，你比起他们果然嫩了点。"

南宫骁忍不住笑了笑，不过他戴着口罩，谁也没有瞧出来。

唐甜儿问道："那么你想怎样？难不成先带你进'水心斋'？"

南宫兄弟有些厌弃地摇了摇头，南宫骁摩挲着手套，没有说话。南宫勇也没有开口，他觉得让唐甜儿与左秋行做交易未尝不可，他们越是态度不明朗，左秋行只会越着急。让一个初出茅庐的小丫头来与他交涉，还是个呆头呆脑的呆头鹅，精明如左秋行，恐怕是会崩溃的。

左秋行朝多吉那边努了努嘴，说道："我们也可以像他一样，先把合约立下来，如果我说的线索没有价值，你们就中途把我放了，我保证再也不碰'水心斋'的人。但是如果我说的线索有价值，那么你们带我进一次'水心斋'，往后我们就各凭本事了。"

"你这如意算盘打得未免也太响了。"南宫骁忍不住笑着拍了拍左秋行的脸。

左秋行说道："如意算盘响不响，也要听我说出来才知道。"

依旧是长久的沉默，谁也没有说话。他们似乎是在等着唐甜儿开口，又似乎是在等着左秋行妥协，可左秋行又怎么会轻易妥协呢？

苏袖见唐甜儿被左秋行掉了以后不敢再说话，而左秋行没有要松口的意思，于是在记事本上写了两行字，递给他："签下你的大名，按上手印，然后把线索说出来。"

左秋行看了看苏袖在记事本上所写的内容，发现与自己刚才所说的并无出入，便让南宫勇替自己松绑，签下了名字，按下了手印。左秋行按下手印后，深吸了一口气，说道："我听说仙盘上的诅咒会在唐悦这一代终结，仙盘下的神迹也会重现。所以旁人无论做什么，仙盘重现都是无法阻挡的。"

苏袖说道："这件事，我们都知晓，又算得了什么值钱的线索？"

左秋行忍不住笑了笑，说道："正所谓当局者迷。"

几人有些不明所以，南宫勇似乎是想到了什么，正待开口，左秋行又说道："就她唐悦这样的榆木脑袋，想要打开仙盘，没有人相助又怎么可能呢？所以很明显，能够帮她开启仙盘的人，在你们这些人之中。你们有幸遇到一起，难道不是冥冥之中的安排？"

唐甜儿道："你的意思是，他们不仅可以保护我，助我解开仙盘之谜，而且血引子也是他们几人之一？"

左秋行说道："很有可能，你的祖辈们身边只出现过南宫无量和张本见，他们都不曾帮助你的祖辈们打开仙盘。因为仙盘是要到你这一代才会现世，所以血引子很有可能就在他们几人之中。"

苏袖若有所思地坐在那里，慢慢摸着记事本上的图案。她原本只是想要演一场戏，把想要杀灭古格族人的凶手引出来，没想到自己当真就成了让仙盘现世的血引子。她的心情顿时变得复杂起来，是高兴还是彷徨，或是庆幸，她自己也说不上来。

唐甜儿朝苏袖看了一眼，此刻她的心情也是十分复杂。她想了想，问左秋行："我只听说仙盘现世需要血引子，可是究竟要用什么部位的血才有用呢？"如果只是割破手指，滴上几滴，那苏袖倒也不会有什么危险的。

左秋行摇头道："我也不清楚，但是既然想要让仙盘现世，那么肯定会付出些代价的。"

唐甜儿的心里一直在打鼓，苏袖却是一脸坦然道："只要能保天下太平，牺牲一人又怎样呢？"边说边把记事本和笔收了起来。

左秋行冷笑了一声："你实在是太天真了，仙盘现世后究竟会变成什么样子，大家也不过是道听途说，谁也不清楚。你又如何保证仙盘现世，一定会天下太平呢？你可别忘了，仙盘现世后，还有个藏宝图的传说……"

听到这话，众人都不由得心底一寒。看样子，左秋行已经有新的打算了。南宫骁把头看向窗外，沉默不语。南宫勇继续开车，也是一言不发。唐甜儿却是别过脸去，偷偷抹了几滴眼泪。管它什么藏宝图，她只求大家平安无事就好。

车子开了几十个小时，中途众人除了下车吃饭上厕所，几乎没有停过。南宫勇把车开进山里后停了下来。他在半途的时候，早已经把那年轻男人扔下了车，因此如今跟着他们下车的只有左秋行和多吉。两人的眼睛上都被蒙上了一块黑布，下车之后，才被南宫骁扯下来。

南宫勇早已不见踪影，南宫骁也不知何时换上了南宫勇的衣服。唐甜儿在车里曾惊叹过两人换装的速度，快得简直像是同一人在完成。

大家都下车后，唐甜儿看到山林里的"水心斋"，不自觉地一愣。她朝苏袖看了一眼，苏袖一声不吭，朝她摇了摇头。唐甜儿记得"水心斋"有不少"赝品"，墙里墙外，隔着无数个"水心斋"。看样子这里就是"赝品水心斋"之一了。她不动声色地跟在了苏袖后面。南宫骁推搡着把两个被捆绑住的人带进了"水心斋"。

多吉见到黑漆漆的"水心斋"，脸上不由得浮起一丝笑意。果然就是这里了，"水心斋"的黑，是所有来过当铺的人都无法抹去的记忆。起先他还以为南宫骁会骗他，没想到这里当真就是那传言中黑黢黢的"水心斋"。南宫骁点起了一盏灯，虽然灯光昏暗，但至少可以看清里面的摆设。

南宫骁看了看手表，说道："我给你们半个小时，任凭参观，不得动手。动手即砍，不懂就问。至于答不答，全凭我心情。"

说这话的工夫，苏袖已经替两人松绑了。苏袖与南宫骁手里各握着一把枪，分别跟在两人后面。在此期间，大家都像是十分默契一般，谁也没有声音。屋子里安静得可怕，唐甜儿觉得自己走路的声音都显得十分突兀，于是便站在了原地，一动也不敢动。

左秋行走到柜台后，问南宫骁："归置的九大神器在哪里？如今得到几件了？"

"注意措辞，我们只是替主人代为保管罢了。目前有五件，用红木匣子装的都是。"南宫骁言简意赅。

左秋行点了点头，又问："能否让我开开眼界？哪怕只是看个轮廓也行。"

南宫骁眯起眼睛看了他一眼，眼神里充满了拒绝和冷傲。

左秋行笑了笑，说道："不愿意就算了，见到了也暂时搬不走，况且这些东西也未必能够轻易现世。"

唐甜儿忍不住插嘴道："即便以后各凭本事了，你也未必搬得走。"

左秋行懒得与唐甜儿分辩，他走马观花般地把当铺看了两圈后，就走到了窗边。他往窗外看了几眼，想要辨识面前的是什么山，但因为只有连绵起伏的山丘和树木，完全看不到任何标志性的建筑，他根本辨识不出来。尽管无法辨识，他还是努力记下了大致的景象。

多吉到底不敢太过明目张胆，毕竟他还要寻求南宫骁的保护，只是站在原地朝四处张望。这里的宝物他虽然感兴趣，也垂涎已久，但因为已经与苏袖签了合约，到底不敢再动歪心思。他知道南宫骁的本事，或者说南宫家族的本事。他们有能力保护这么多国宝，自然也有能力保护自己。他早已经厌倦了和日本人的合作，一直想找机会金盆洗手，如今就是最好的机会。

南宫骁看了一眼手表，对左秋行说道："时间到了。"

左秋行也不纠缠，点点头，很识趣地由苏袖蒙上了双眼。南宫骁再次把他的手反绑起来，由苏袖送上了车。苏袖开着车，带左秋行离开了。

唐甜儿有些担忧地跟了出去，却听苏袖对自己说道："放心吧，左秋行只是与南宫家有宿仇，与我无关。他虽手段狠辣，但还不至于滥杀无辜。"

听到这话，唐甜儿才放心地点了点头，毕竟左秋行已经开始觊觎仙盘现世后的藏宝图了，不至于在这时候杀害苏袖。

等两人离开后，唐甜儿再次回到屋里。只见南宫骁坐在椅子上，手里拿着一把十分小的匕首以及一根针、一瓶消毒药水坐在那里。多吉则坐在他的身边，两只手搭在膝盖上，有些紧张。他问南宫骁："这样做当真可以确保万无一失？"

"是否万无一失，在于你的本事。我能帮的，就是帮你改头换面，至于其他的事，全靠你自己。"南宫骁边说边给器皿消毒。

唐甜儿实在不敢看他在别人脸上动刀子，赶紧转过身去。

南宫骁忍不住笑了一声，那笑声很明显是带有嘲讽意味的。他对唐甜儿说道："我会行易容术，却不会整容术，看你那胆小怕事的样子。易容术和整容术，可不是一回事。"

唐甜儿有些尴尬，转过身来看了一眼，发现南宫骁正在多吉的脸上涂抹泥灰。他一面涂抹，一面用小匕首在泥灰上勾勒形状。她不好意思地笑了一声，问道："需要帮忙吗？"

"把你的嘴闭上，就是最好的帮忙。"南宫骁看都没有看她一眼。

唐甜儿发现自讨无趣，便朝他的后背做了个鬼脸，坐在一边不再开口。

差不多坐了半小时的工夫，南宫骁就站起来了。他从多吉的脸上撕下来一张面皮，又把面皮放在清水里晃荡了一会儿。那张面皮从原本的瓦青色，渐渐变成了肉色，是与多吉的面色一模一样的肉色。那张面皮薄得像绢纱一样，拿在手里看起来有些瘆人。

南宫骁替多吉贴上面皮，多吉顿时就变成了另外一个人。那张面皮贴在多吉脸上，没有任何的违和感。

然而当唐甜儿看到贴上面皮的多吉，却忍不住指着他说道："这不是……"话说到一半，又怕不妥，生生止住了口。

"没错，就是左秋行。"南宫骁似笑非笑道。

多吉听到这话，赶紧拿起南宫骁放在桌上的镜子看了一眼。发现自己果然被易容成了左秋行，顿时吃惊得说不出话来了。过了好一会儿，他才说道："你这是什么意思？你们这是准备耍我？"

南宫骁说道："左秋行神出鬼没，你扮成他的样子，最安全。只要你少在外面晃荡，谁也发现不了你。"

"怕是另有目的吧。"多吉急得跳脚。

南宫骁说道："我只能帮你到这里了，之后就看你自己的造化了。如果你为人低调，三年五年肯定是躲得过的。"

多吉问道："那接下来呢？三五年之后呢？万一左秋行死了呢？那我不是得躲一辈子了。"

南宫骁笑道："还需要三五年吗？你没有听左秋行说过，仙盘即将现世，到时候神器在日本人眼里就是废铜烂铁，日本人与你的合约也就结束了。在你们的合约里，可没有藏宝图这一项。到时候日本人就算惦记藏宝图，也只能自己想办法。"

多吉这才恍然大悟，他朝南宫骁点了点头，站起身，让南宫骁替自己把黑布绑在眼睛上。南宫骁说道："不必了，你自己走出去吧。这里地处偏僻，你就算走出去了，也未必找得回来。"

南宫骁就这样轻而易举地放他离开，多吉还有些不可置信，他愣神了几秒钟，这才走出去。

眼见着多吉离开，唐甜儿赶紧关起了大门。她朝四下里看了看，说道："要做出两间一模一样的当铺，还是挺花心思的。"

南宫骁说道："不是两间，是九间。"

唐甜儿吃惊道："什么？有九间！"

南宫骁点了点头，说道："我祖父原本的打算是，等九大神器归位后，各居一间。"

唐甜儿想着，做当铺生意还真是利润丰厚，财力雄厚啊。这一建就建了九家当铺，其中八家还是不对外营业，无利可图的。她给自己倒了一杯水喝，又问南宫骁："你为什么把他易容成左秋行？"

南宫骁一副懒得搭理她的样子："我喜欢把人家易容成谁，全都看我的心情。"

"我觉得没那么简单，"唐甜儿笑道，"要不让我来猜猜看原因？"

"你是想让左秋行杀了他。"唐甜儿自信满满。

南宫骁没有抬眼皮子，只管给工具清洗消毒。

"我说错了？"唐甜儿想了想，又说，"你是怕他与左秋行同流合污，所以才……"

不等她说完，南宫骁就说道："左秋行向来独来独往，连庞月星要与他合作，都要看他三分脸色，我还能忌惮多吉不成。"

唐甜儿十分尴尬地笑了笑，说道："那是为什么？我实在猜不出来了。"

"因为他知道左秋行与日本人有往来，所以他不敢轻易接近左秋行，更不敢与左秋行合作。"一个清清亮亮的女声从门口响起来，是苏袖毫发无伤地回来了。

唐甜儿急忙站起来，上下打量了苏袖一番，问道："怎么样苏袖，你没有吃亏吧？"

苏袖笑道："他手都被捆绑住了，我哪里会吃亏。"

唐甜儿又问："你才刚从外面回来，怎么知道我在说什么事？"

苏袖笑道："南宫骁想要做什么事，我还能猜不到吗？"

南宫骁笑了笑，他在苏袖面前的笑容永远是暖暖的。他半开玩笑道："这算不算是所谓的心有灵犀呢？"

苏袖的脸不自觉地红了起来，她朝唐甜儿看了一眼，说道："别忘了我最擅长的是什么。南宫先生的读心术，还是从我祖师爷那里学来的。"这句话其实是说给南宫骁听的。

南宫骁竟被苏袖说得有些不好意思，他刚才那一番话倒像是冒犯了苏袖似的。他干咳了两声，打消尴尬。他从桌上拿出一本书递给苏袖，并对苏袖说道："我前段时间在这本书上看到过一种开启古董的方法，叫歃血启玉之法，或许对开启仙盘有所帮助。"

苏袖接过南宫骁递来的书，发现他在这本书里做了许多批注。一些重要的地方都拿红笔标了出来。没想到常年习武的南宫骁，居然也有如此细致的一面。她忍不住笑了一声，朝南宫骁看了一眼。

南宫骁被看得莫名其妙，问道："你笑什么？"

苏袖说道："还真是瞧不出来啊，常年逃课的南宫骁，居然也有认真做笔记的时候。"

南宫骁笑了笑："我逃课只是因为书本上的知识听着没意思罢了。"

唐甜儿泼了一盆冷水："不爱学习就是不爱学习，还要给自己逃课找理由。"

南宫骁白了唐甜儿一眼，懒得解释。

苏袖说道："这本书先容我拿去好好看看，等我有了想法再告诉你。"说完她觉得有些累，就打算先回房间去休息了。

唐甜儿一声不吭，也要跟着苏袖离开，却听南宫骁说道："我觉得你太聒噪了，整天就像只苍蝇似的嗡嗡嗡，弄得大家都没法好好休息。一会儿我让南宫勇来接你，你跟着南宫勇，我耳根也能清净些。"

# 第二十一章　滴血解谜

　　唐甜儿知道南宫骁这是想制造二人世界，把她这个大号的电灯泡撵出去。她自然也不想跟着南宫骁，他一身本事不假，但在苏袖面前总是一副热情过头的样子，在自己面前又是一副居高临下的样子。她实在是看不惯。还不如南宫勇，对谁都是冷冷淡淡的。

　　傍晚，南宫勇接走了唐甜儿。孤男寡女同在一个地方，南宫骁为避嫌，进到房间后，就没有再出来过。他赶走唐甜儿，只是为了让苏袖好好休息罢了。

　　南宫勇重新把唐甜儿带回到了小塔里，小塔已经被修复。唐甜儿发现，小塔不仅已经被修复，塔楼里还添了一张沙发椅，顿时觉得这里有了几分温馨感。唐甜儿在沙发椅上坐下来，说道："南宫骁变着法子想要与苏袖独处，苏袖却对他没有半分意思。我祝他永远追不到苏袖。"

　　南宫勇没有接她的话，对于这种事情，他似乎毫不关心。

　　唐甜儿好奇地问："你们两兄弟，是不是感情不和啊？怎么不一起住在'水心斋'里？"

　　南宫勇说道："如果南宫骁不让我把你从'水心斋'里带出来，一旦有人猜测到苏袖是血引子，你和苏袖都难保。以苏袖的身手，尚且可以自保，加上南宫骁在，不至于被人有可乘之机。可如果你在'水心斋'，苏袖还得保护你，只会让她陷入更大的危险。"末了，他又加了一句："这是南宫骁最不想看到的局面。"

说了半天，还是没有正面回答她的问题，唐甜儿又自讨了个无趣。

苏袖发现南宫骁给的书里虽然提到了歃血启玉之法，但似乎与开启仙盘的方法并不一样。启玉之法只是针对普通的宝玉，启玉也只是为了使玉富有主人的灵性，更为通透而已。它对于血量与滴血的位置，都没有特定的要求，只讲究天时地利人和即可。然而仙盘上都是夔文，如果滴错了位置，或是没有掌握好血量，或许会触动夔文上的神兽，引发更大的劫难。

苏袖不敢依照歃血启玉的方法轻易尝试，更何况仙盘的来历还不清楚，究竟她自己是否是那血引子也不确定，即便是想要尝试也无从下手。不过这本书也给了苏袖一点启发，但凡想要开启古物，天时是最为重要的。

至于这个天时，苏袖想，对于她来说想要推算应当是不难的。苏袖忽然有了一个大胆的想法，她照着装仙盘的木匣子上的夔文，在纸上抄写了一段。随后她用小刀割开了手指，血珠子很快从手指上滴下来，落到了她抄写的夔文上。

南宫骁恰好从门口经过，见到苏袖割破了手指，赶紧跑进来。就在这时候，苏袖的手指上，已经有三四滴血渗进了纸张里。不等南宫骁开口，那纸张已经慢慢地卷曲起来。过了没多久，上面的夔文连成了一片，变成了一个奇怪的形状。而苏袖的血正好被凝在那形状的左上方。

两人看到那奇怪的形状，一时间竟觉得有些眼熟。南宫骁拿起卷曲的纸张看了看，说道："怎么觉得像是动物？"

苏袖说道："我的血滴下去就变成了这样子，你觉得是凑巧还是……"

南宫骁照着木匣子上的夔文在纸上重新画了一遍，一开始苏袖还有些不明白他准备做什么。然而等苏袖反应过来，南宫骁已经割开了自己的手指。

苏袖急忙阻止他："南宫骁，不可以，万一你的血与夔文犯冲……"

南宫骁不以为意地笑了笑，还是把血滴在了上面，却并没出现什么特别的反应。苏袖最害怕的是旁人的血一旦与夔文犯冲，会发生可怕的事。然而幸好风平浪静，苏袖终于松了一口气。

可就在南宫骁也即将松一口气的时候，被南宫骁滴过血的那张纸忽然蜷缩起来，像是被谁慢慢揉捏成了一团，最后又化成了灰烬。南宫骁和苏袖彼此对视了一眼，脸上露出惊讶之色。

苏袖说道："能否让南宫勇来试一试？"

过了半个小时，南宫勇就带着唐甜儿回到了"水心斋"。南宫骁二话不说，就把南宫勇拉进了苏袖的房间，唐甜儿好奇地跟在后面。南宫骁把苏袖和自己滴过血的纸团拿给南宫勇看，说道："我与苏袖把装仙盘的匣子上面的夔文誊写了下来，又分别滴上了自己的手指血，没想到就发生了这样的事情。"

南宫勇说道："我听师父说过，夔文遇血，会发生无数种可能，这和授血者的八字也有关联。"

苏袖说道："我也想到了这种可能，所以急着把你叫过来试一试。"

南宫勇说道："我与南宫骁的出生时日虽然一样，但是出生的具体时分不同，八字也不是完全相同的。"

苏袖道："所以更要试一试，夔文遇血后的变化究竟与什么相关。"

南宫勇二话不说，抽出一张纸，把夔文抄写下来，随后干脆利落地割破了手指，把血滴在了夔文上。眨眼的工夫，这纸张发生了与南宫骁的纸张一样的变化。唯一不同的是，南宫勇与南宫骁的两个纸团烧出的灰烬形状有所区别。

苏袖看了一眼两团灰烬的形状，发现拼在一起竟然与她的那个纸团有些雷同。

唐甜儿吃惊地看着这一切，走到桌子边上看了看，说道："难道你们三人都有关联？"

他们三个人心里也有一丝相同的猜测，南宫兄弟是孪生兄弟，自然有关联，可他们与苏袖之间难道也有着某种渊源吗？苏袖与唐甜儿又是表亲，难道是仙盘把他们四个人指引到了一起？苏袖问南宫骁："南宫先生在世时，可曾对你们说起过身世？"

南宫兄弟面面相觑，相继摇了摇头。随后南宫勇像是想到了什么，说道："我的师父临终前对我说了四个字——凤毛麟角，他称那是爷爷的嘱托。"

说到"凤毛麟角"这四个字，南宫骁似乎也想到了什么。他闭起眼睛思索了一阵子，说道："我记得我的收养者临走前也对我说过，我是那凤毛麟角。只是我没有刻意把这句话放在心里。"

"凤毛麟角——"苏袖似乎也想到了什么，但因为记忆模糊，并不记得在哪里听到过这四个字了。

苏袖拿起自己的纸团，将纸张转了几圈，随后又端详起南宫兄弟的那两个纸团，她依照纸团的形状在纸上画了下来。唐甜儿凑过来看了一眼，说道："我看着有点像漫画里的麒麟兽。"

南宫骁赞同地点了点头。

南宫勇说道："凤毛麟角，所谓的'麟角'大概就是这个意思。"

苏袖又端详起自己的纸团，却怎么看也不像是凤凰。她朝唐甜儿看了一眼，问道："你能瞧出些什么来？"

唐甜儿歪着头看了一阵子，说道："也像是麒麟兽。"

南宫骁拿起木匣子，又照着上面的夔文画了一份。画完后，他把整幅夔文递给了唐甜儿，说道："你试试。"

苏袖忙阻止道："不行，谁也无法预见唐悦见血会发生什么事，一旦引起夔文反噬，就来不及了。"

南宫骁说道："歃血启玉之法中有提到过，歃血者只要在非天时地利人和的条件下，不动古物的心髓，就不会被反噬。而仙盘是心髓，她只要不动仙盘，应当不至于会出事。"他说着不等唐甜儿退缩，已经迅速在唐甜儿的手指上划开了一道口子。

唐甜儿痛得嗷嗷叫，南宫骁却呵斥道："别乱动，小心血滴错了地方，要了我们大家的命。"唐甜儿听了，到底不敢再乱动，任由南宫骁把自己的血滴到了纸上。

当所有人都以为会出现变化的时候，那纸张却丝毫不动，就连唐甜儿滴下去的血也是浮在纸张表面，并没有渗透到纸张里去。南宫骁忍不住说道："唐甜儿，你是不是高血脂啊？"

"呸呸呸，你才高血脂，我修身养性，节衣缩食！我要是高血脂，你全家都高血脂！"

南宫勇朝唐甜儿瞥了一眼，唐甜儿只觉得背后一阵发寒。她笑了笑："没说你，我开玩笑的。"

话音刚落，被唐甜儿滴过血的纸张忽然往半空中腾飞起来，那纸张不知被谁折成了类似纸鹤的形状，尾部拖着一条长长的尾巴，像是一只大鹏鸟。唐甜儿问："这是谁折的？"

三个人面面相觑。

唐甜儿背后又起了一丝寒意："当真不是你们折的？"

苏袖还没来得及开口，那只类似大鹏鸟的折纸掉在了唐甜儿的肩头。唐甜儿拿起来看了看，说道："这会不会是凤凰？"

苏袖接过来看了一眼，说道："确实像凤凰。"她嘴里嘀咕着："凤毛麟角，究竟是什么意思呢？难道说，我们四个就是所谓的人和？血引子不是一个人，而是三个人。"

如果真是这样，剩下的天时就不难推算了，地利更容易，仙盘重现，必须在玉岭之巅。只要用星盘找到最为合适的方位，就可以了。苏袖不禁松了一口气，重重的谜团似乎就要被解开了。这一年多来，大家过得惊心动魄，时不时面临九死一生的危局，到如今总算是要柳暗花明了。

胜利仿佛就在眼前，却又似乎还有很长一段路要走。苏袖找了一只盒子，把四个人的"成果"都收在了里面。她又把盒子交给了南宫骁，叮嘱他保管好。苏袖在一张纸上记下了四个人的生辰八字，又用罗盘计算出了吉位，她又在另一张纸上推算吉时。可是原本苏袖觉得最容易推算的天时，竟成了难题。

他们四个人的生辰八字，单独推算，的确有无数个吉时，可是一旦要同时满足四个人的八字，却没有一天是吉利的。苏袖隐隐有一种不好的预感，仙盘现世之日，他们四人之中，恐怕有一人会生变故。

唐甜儿看不懂这些，站在一边，一面吃着口香糖，一面给大家削水果，并没有发现眼前这三个人都是眉头紧锁。

苏袖再次推算了一遍天时，发现结果依然与先前相同，吉时只能同时满足任意三个人，总有一人会被排除在外。苏袖心里发虚，她下意识朝唐甜儿看了一眼，问题似乎出在了她的身上。

唐甜儿见苏袖看自己，问道："看我干什么？我是打扰到你们了吗？"

苏袖摇了摇头，扭头问南宫骁："我记得唐甜儿爷爷的手札里，提到过一本《唐史》，就是唐甜儿的曾祖父留下的遗物。这本书现在在哪里？"

南宫骁道："那本书我也不曾见过，从我接手'水心斋'开始，就没有见过这本书。"

唐甜儿道："关于这本《唐史》，我好像听我姑姑提起过。只是具体在什么地方，我也不清楚。"

苏袖问道："你姑姑有说到什么信息吗？"

唐甜儿努力回想了一会儿，摇了摇头。她虽然知道唐家是仙盘的掌管者，却并不感兴趣。所以先前有关于仙盘的点点滴滴，唐甜儿都不曾关心过。如今被苏袖问起，唐甜儿心里蓦然生起一丝羞愧。她努力回想着姑姑和爷爷说过的每一句话，希望能够为苏袖提供一星半点的信息。思来想去，她忽然想到了一件事。

"啊，我记得我出道之前，姑姑交给我一盒簪子，说是祖传之物。

本来是奶奶给她的嫁妆，可惜她没有用上。"唐甜儿拍了拍脑袋，忽然想起来。

苏袖问道："簪子在哪儿？快拿给我看看。"

唐甜儿说道："就在我的行李箱里，不过行李箱在南宫勇的住处。"唐甜儿说完，正准备找南宫勇，却发现他早已经不见了。这南宫勇的速度，实在是比闪电还快。

差不多一个小时的工夫，南宫勇提着唐甜儿的行李箱回来了。三个人站在行李箱前，等着唐甜儿打开行李箱。然而唐甜儿却是一脸的不好意思，犹豫了好半天也没有打开行李箱。

南宫骁有些不耐烦地道："你到底开不开，难不成是在耍我们玩呢。"

唐甜儿朝苏袖看了一眼，像是在求助。苏袖先是怔了怔，随后忽然明白过来，她对南宫兄弟说道："你们先出去，我一会儿再喊你们进来。"

南宫兄弟似乎很听苏袖的话，二话不说就出去了。

唐甜儿关上了房门，说道："两个大男人站在这里多尴尬啊，我这里面有好些见不得男人的东西呢。"她一面说一面把贴身衣物都翻了出来。

苏袖忍不住笑着说："你把自己拾掇得干干净净的，这行李箱可真是够乱的。"

"行李箱是给自己看的，脸是给人家看的。"唐甜儿把所有的东西都从行李箱里翻了出来，却没有见到装簪子的盒子。她又手忙脚乱地把地上的东西翻了一遍，却还是没有找到那盒子。

苏袖问道："东西不见了？"

唐甜儿摇了摇头，说道："应该不会弄丢的，让我好好想一想，到底在哪里。"她闭起眼睛回想了一阵子，又敲了敲脑袋，这才道："我想起来了，在我前男友那里。我走得急，没把簪子拿出来。"

苏袖问道："你前男友现在在哪里？"

唐甜儿说道："如果没有通告，他应该在住处。住处离这里并不远，两小时车程就到了，只是我不想见到他。"

苏袖似笑非笑道："这件事不难，我们有的是差遣的人。"

唐甜儿心领神会地笑了笑，把写下的地址交给了苏袖。

原本计划来去四小时的车程，南宫勇提前了一半时间就完成了。两小时后见到南宫勇抱着一只用红丝绵包裹的盒子进来的时候，唐甜儿都惊呆了。她吃惊地问："去北面的路，没有高速公路吧，你一路飙车去的？"

南宫勇从来惜字如金，只说了一句"差不多吧"，就把东西交给了唐甜儿。唐甜儿赶紧打开盒子，发现里面的簪子都在，一支也没有少。盒子里的簪子是一整套的，是用珍贵的白玉打磨而成。簪子分为七支，主簪是七尾凤的形状，六支副簪是六种鲜花的图案，除了做工精致，也没有什么特别的。

只是那七尾凤凰引起了苏袖的注意，凤生九尾，在古代都象征皇后。贵妃品级是八尾凤，有地位或贡献的公主是七尾凤。唐甜儿手里的这支七尾凤簪子如果是祖传的，那么原主人应当是一位公主。在唐朝有品级的公主不少，但是担得起七尾凤的公主，只有个位数。

苏袖在心里细数了几位唐朝公主，一一被她排除了。最后只剩下"太平公主"与"文成公主"两位。而原先南宫无量推测，唐家留下的那些香炉、汤婆子之类的铜古董，应当是在贞观年间的。那么就连太平公主也被排除了。

南宫骁似乎察觉到了苏袖已经有所发现，赶紧把唐甜儿画的幻象拿了出来。

苏袖把七支簪子放在了幻象上，竟发现那簪子像是为她量身定做的一般，哪怕仅仅是一幅画，簪子在她头上都没有半点的违和感。

唐甜儿不可思议地张了张嘴："当真是她的簪子？"

苏袖说道："不出意外，这套簪子的主人就是她了。"

唐甜儿对着画左右端详了一番，发现这套簪子落在她的头上，的确像是整个人活了一样。如果说簪子的主人不是她，还会是谁呢？

苏袖拿起其中一支簪子，仔仔细细看了一回，发现簪子尾部有一行文字，不是中文也不是夔文。苏袖把簪子递给了南宫骁，南宫骁一眼就看出了上面是藏文。苏袖问："上面的意思能够看懂吗？"

南宫骁道："来来回回就那几个字，藏文译音甲木萨。"

唐甜儿问："什么意思？"

南宫骁摊了摊手。

苏袖问道："当铺里有电脑吗？"

南宫骁说道："没有电脑，不过附近有网吧。"

苏袖点了点头，对南宫骁说道："你把这几个字写下来，去网吧查一查。"

南宫骁写下了"甲木萨"三个藏文字，却交给了南宫勇。南宫勇二话不说，转身就离开了。

唐甜儿这头也没有闲着，她与苏袖把所有的家传之物都拿出来，里里外外检查了一遍。发现那些器皿外面是夔文，里面刻有藏文。苏袖把暖手炉的盖子翻开，发现盖子的底下也有一串藏文。她把盖子递给南宫骁，问道："这几个字，能解吗？"

南宫骁说道："依旧是甲木萨。"

"难道我们的方向错了？画里的人不是唐朝皇亲，是西域来的贵客。"苏袖拿起一块帕子，蒙在了画像上。画像中的女子只露出了上半截脸，但是苏袖怎么看都没有看出她有半分异域风情来。

唐甜儿说道："会不会是西域王族的宗室女和唐朝皇室的后代？"

苏袖说道："应该不会，古格王朝人的鼻子特色能够代代遗传，同样的，西域人脸上的特点，也会有所遗传，但是她怎么看都像是汉人。"

甲木萨究竟是人名还是物名，又或者是什么启示？唐甜儿只觉得谜团越来越难解了，可似乎捅破了这一层窗户纸，又很快就要豁然开朗了。

# 第二十二章　陷入危机

南宫勇出门去找网吧找了近一夜都没有回来，南宫骁先后出去寻找了两次，都不见南宫勇的踪影。尽管南宫勇向来来无影去无踪，但只要南宫骁有需要的时候，都会第一时间出现。如今南宫勇却像是凭空消失了。

南宫骁从未担忧过南宫勇的安危，这一次却到了食不知味的地步。南宫勇已经离开快 20 个小时了，苏袖和唐甜儿守在"水心斋"里，也没见他回来过。南宫骁索性驱车去了外市，把能找的地方都找了一遍，始终不见南宫勇。

不过南宫骁得回了一个重要线索，在南宫勇去网吧的时候，城里大部分的网吧都突然断网，无从营业。断网的时间或长或短，只有两家网吧因提供的网络商不同，没有断网。南宫勇很有可能去过那两家网吧，南宫骁查到线索后，就驱车去了那两家网吧。然而第一家网吧的老板声称没有见过南宫勇，第二家网吧的老板说见过一个穿着类似衣服、手戴黑手套的男人。但是他进门没多久，就匆匆忙忙离开了，像是见到什么人从网吧门口经过，追着那人去了。

南宫骁唯一的线索到了这里也断了，他要求看监控，老板一口拒绝了。南宫骁厉声问道："我再问你一次，到底让不让看监控？"

老板为难道："不是我不让你看监控，实在是看不了，我这里的监控是摆设。我是怕有毛头小子偷钱，装了个假监控。不过，我门口的监控是真的。"

"那赶紧把昨天的影像调出来。"南宫骁交给老板一沓子钱，对他说道，"先关上门，暂停营业，我包下三小时。"

老板说道："白天本来就没什么人，我给你算便宜点。"老板到底还是有些忌惮南宫骁的，从那一沓子钱里面抽出了三张十块的。

南宫骁一声不吭，拿过老板手里的鼠标调取了从昨天下午开始的监控。他把监控速度拉到了三倍速，发现南宫勇在傍晚进过网吧，之后过了大约十分钟就匆匆忙忙离开了。于是，南宫骁把这十分钟里的监控视频放慢了速度。有一个穿着深蓝色风衣、戴鸭舌帽的男人从监控下经过，之后在网线端口前停了下来，再之后他应当是发现了南宫勇，还没来得及做什么，就快速跑离了监控范围。

南宫勇去追的应该就是这个人。但因为他戴着鸭舌帽，南宫骁看不清楚对方的脸，按照身形来判断，像是"左秋行"。看样子自己好心替他改头换面，他依旧贼心不改。南宫骁收起桌上的钱，飞快地离开了。

回到"水心斋"后，南宫骁还没来得及把自己看到的事情告诉苏袖，就见苏袖递来了一封信。南宫骁顾不上问是谁的来信，就打开看了。看完信，他有些不可思议地看着苏袖："信是谁送到这里的？"

苏袖说道："有个生面孔插在门上的，唐甜儿出去的时候，那人已经走远了。看衣着，应该是邮差。"

南宫骁说道："除了邮差，还有没有见到什么人出现在附近？"

苏袖摇了摇头。这时候，唐甜儿从房间里走出来，插上了门闩，对南宫骁说道："那邮差送信的时候，我看到有个人在远处躲着，像是左秋行。"

南宫骁问："是哪一个左秋行？"

"这世上还能有几个左秋行？"唐甜儿有些不明所以，她朝南宫骁看了一眼，忽然想起来，多吉被他扮成了左秋行的模样。她一拍脑门，说道："我说呢，难怪他与左秋行的身形不太像呢，是多吉就对了。"

南宫骁若有所思地点了点头："如果信是多吉送的就对了，我还以为南宫勇着他的道了。看样子，南宫勇现在应当很安全。"

唐甜儿道："可是南宫勇不至于平白无故地消失了，一封信你就能断定南宫勇安全了？"

苏袖拿起信再看了一遍，信上的内容很明确。有人为了阻止他们解开最后的谜团，居然把全城的网络都中断了。然后借故拖延时间，解决掉他们四人中的一人。至于这个断网的人是谁，多吉似乎不便提醒。多吉昨日想要替他们恢复网络，却发现被人追踪了，所以只能迅速逃走。在逃走途中，得到南宫勇的救助，只是南宫勇意外受伤了。

"是啊，你如何能够断定南宫勇安全呢？"苏袖也是百思不得其解，多吉的话究竟是真是假，谁知道呢？

南宫骁说道："如果他想杀南宫勇，没必要再写信来，一不做二不休多容易。"

一句话惊醒了苏袖和唐甜儿，唐甜儿担惊受怕了一天一夜，现在确认南宫勇大概率是安全的，总算松了一口气。苏袖问道："那我们接下来该怎么做？"

南宫骁说道："什么也不做，在这里守着。"

唐甜儿问："守谁？"

苏袖笑道："守该守之人。我们的一举一动被人掌握了，那么这人早晚得出现。我们现在除了添一把火，什么也不用做。"

唐甜儿还是没有明白两个人的意图，不过这对她来说不重要。她只要跟着大部队的脚步走，守好大后方，不添乱就万事大吉了。唐甜儿想了想，问道："那么，我需要做些什么吗？"

南宫骁与苏袖异口同声："做饭！"

唐甜儿佩服他们的默契，同时也不可置信地指了指自己："你们确定要我做饭？"

南宫骁问道："不然呢？"

"你们要有心理准备啊。"唐甜儿说着就去做饭了。

虽然南宫骁说让大家在"水心斋"里守着，但也不是什么也不做，好歹要做出点动静来，让人家知道他们的下一步计划。所以苏袖把关于唐史方面的书又都搬了出来，准备查一查甲木萨的身份。

南宫骁也找来了几本关于异族方面的书籍，虽然大多数都是与异族古物相关的书，但或许也能查到点线索。

于是，两人废寝忘食地看起了书，而唐甜儿则充当烧饭丫头，在电磁炉边转来转去，半天才能憋出一个菜。唐甜儿做完三个菜，早已经从摩登女郎变成了粗糙村妇的模样，乱糟糟的头发，妆也花了。不过两个人只顾着看书，谁也没有注意到唐甜儿的样子。

唐甜儿把菜放到边上，问苏袖："你们有没有查到什么线索？"

苏袖摇了摇头："什么也查不到。"她又问南宫骁："会不会是你翻译错了？"

南宫骁说道："你要是问我英文是不是翻译错了，我倒还敢承认。这藏文，那可是刻在我骨子里的。"

唐甜儿正在给两人递筷子，听说南宫骁把藏文刻在了骨子里，不禁"咻"了一声。南宫骁朝她翻了个白眼："爱信不信。"

苏袖也有些不大相信，说道："我记得收养你的人家不是藏民，你怎么会精通藏文的？"

南宫骁说道："我的养父母曾经带我去藏区生活过几年。"

苏袖心不在焉地点了点头，收拾了桌上的书，正准备坐下来吃饭，忽然回过味儿来。她又问南宫骁："你的藏语，是谁教的？"

南宫骁说道："有个放牧的爷爷，叫拉扎，听说读写都是他手把手教我的。我不爱学习，那时候是他逼着追着我学的。"

苏袖从他的话里觉出些信息来，她若有所思地看着南宫骁，似乎在打量他。过了好半天，她才问南宫骁："拉扎爷爷有没有送过你东西？"

南宫骁想了想，说道："有一块哈达，是我临走前，他绣上我的藏文名字送给我的。"他疑惑苏袖为什么对这件事会有如此兴趣，他也觉出了一丝蹊跷来，但一时间又说不清道不明，到底哪里蹊跷。于是他赶紧回到房里去，找出了那块哈达。

哈达上面的藏文，的确是用丝线绣上去的，绣工拙劣，却看得出很用心。苏袖指着那藏文问道："这几个字怎么读？"

"悉勃野达瓦。"

"拉扎爷爷的全名呢？"

南宫骁说道："悉勃野拉扎。"

苏袖怔怔地摩挲着手里的哈达，嘴里重复着"悉勃野"三个字。南宫骁问："有什么不对劲吗？"

苏袖说道："说不上来哪里不对劲，只是我记得悉勃野是古时的藏族姓氏。拉扎爷爷给你取名悉勃野达瓦，又是与他一样的姓氏，会不会有什么深层次的含义呢？"

原本南宫骁倒也没有往这方面想过，毕竟拉扎与自己相处了几年，他给自己起名冠姓，自然是用自己的姓氏的。如今被苏袖一提醒，南宫骁也有所疑心，自己难道与拉扎之间有着什么血缘之亲？如果自己真的与拉扎是血亲，那么他的血令夔文有所反应的事就可以说得通了。同样的，南宫勇与他是孪生兄弟，自然也能够令夔文有所反应。再进一步分析，仙盘可能与藏人有关。

苏袖与唐甜儿本就有着一重血缘，如此推断，自己与南宫勇也同她们俩有着一重血缘。南宫骁想到这里，忽然觉得看唐甜儿稍微顺眼了一些。他拿起哈达，暗自琢磨着"悉勃野"这三个字，究竟是姓氏，还是一种象征呢？

这该死的幕后搅局者，居然切断了全城的网络。原本就要揭开的谜团，竟然在这时候被死死地蒙上了。南宫骁想了想，说道："今天夜里，我准备出城一趟。"

苏袖说道："南宫勇还没有回来，你这时候出去，实在是不安全。眼下沉住气才是最要紧的。计划还没开始，你就准备自乱阵脚了？"

南宫骁说道："我半夜出城，天亮回来，耽误不了计划。"

苏袖知道南宫骁一旦认定一件事的时候，谁也改变不了。但是眼下各方势力对仙盘虎视眈眈，大动作已经迫在眉睫。南宫骁一旦离开，

"水心斋"难保不会生出变故来。所以南宫骁一离开，苏袖就把所有的文物藏进了地窖里，在地窖外下了两把大锁。

唐甜儿把所有的窗户都锁上了，又关掉了两盏灯。苏袖对唐甜儿说道："我推算出来的时间，就在一周后，不过所谓的吉时，是要以牺牲一人为条件的。我选定了一天，等南宫兄弟查清甲木萨与悉勃野的含义后，我们就动手。"

唐甜儿觉出了苏袖话里的悲壮，她伸出手，对苏袖说道："我能看一看你的吉时推算吗？"

苏袖有些迟疑。

唐甜儿不依不饶："让我看看，这天衍法究竟是怎么推算的。"

苏袖干咳了一声，笑道："交给你，也看不懂啊。"

唐甜儿说道："我看不懂，你给我解释就行了。"她又把手往苏袖面前凑了凑。

苏袖有些无奈，只得把自己推算吉时的本子拿出来。唐甜儿迅速从苏袖手里拿过本子，翻开来仔仔细细地琢磨了一番。苏袖想着唐甜儿应当看不懂这些，起先也没有太过在意。谁知唐甜儿看完后，忽然"哎哟"了一声。她难以置信地看着苏袖："你疯了！苏袖，你这是准备牺牲自己吗？"

"我们四个人里总有一个人是要牺牲的，权衡利弊，我牺牲的损失最小。"苏袖说得云淡风轻。

唐甜儿说道："我们四个人，谁付出生命都是遗憾，没有谁牺牲是损失小的，为什么非要让仙盘现世呢？"

苏袖说道："仙盘不现世，是无休止的抢夺与纠缠。仙盘现世，

248

万千神迹出现，仙盘再也没有了价值，才能劝退一批心怀叵测之人。仙盘的秘密解开，或许连带着其余几样法器的秘密也能被解开。所以，虽说众生平等，但我的牺牲能够换取不少人的安宁，也是值得的。"

唐甜儿的眼里闪烁着泪光，她忍不住抱了抱苏袖，哽咽道："真讨厌，什么仙盘法器，就是讨人嫌的东西。万一仙盘重现后是藏宝图，那就更不得安宁了。"

话音刚落，窗外忽然劈下一道闪电。唐甜儿下意识捂紧了耳朵，却没有等到惊雷。苏袖觉得有些奇怪，不是雷雨天气，平白无故会出现闪电，难不成是人为的？苏袖起身走到窗边望了望，发现一辆车停在了门口。

苏袖迅速拔出腰间的枪，对准了车门。

车上走下来的人竟然是南宫勇，苏袖怕是有人扮成了南宫勇的模样，赶紧朝唐甜儿打了个手势。唐甜儿心知苏袖这是准备让自己藏起来，唐甜儿不想连累苏袖，听话地躲进了房间里。

苏袖眼见着那酷似南宫勇的人往门口走来，便飞快地扣住了扳机。那人离门口越来越近，随后大门外的密码锁被打开，他推门而入。苏袖在他推门的那一刻，放下了手里的枪。能够打开密码锁的人，除了他们四个，再无其他人。

南宫勇走进门，环顾了一圈，发现南宫骁不在场，又见苏袖手里拿着枪，说道："如我所料，南宫骁果然沉不住气。"

苏袖松了口气，对南宫勇说道："多吉在信上说你受伤了，你还好吧？"

"小事情。"南宫勇轻描淡写地回答了一句，又朝苏袖身后看了看，没有见到唐甜儿。

苏袖说道："我们又有了新的线索。全城断网，南宫骁跑去城外网吧了。"苏袖说着把哈达递给了南宫勇，指着上面的"悉勃野"三个字。

南宫勇尽管从小与南宫骁分开，分别被寄养在了两户人家中，但是对于对方的一切，兄弟俩都是清楚的。关于拉扎，南宫勇也曾疑心过或许与他们有关联，但自打南宫骁离开藏区后，拉扎与南宫骁就此断了联系，南宫勇也因此打消了疑虑。他看着哈达上的字，说道："我原先调查过，拉扎的祖上数代，都是军人。至于近四代，除了拉扎参军，其余都成了商人。"

苏袖有些不大理解南宫勇的意思，问道："拉扎有问题吗？"

"拉扎没有问题，但是他祖上的身份很特殊。"南宫勇说着把一张纸交给苏袖。

苏袖翻开纸张看了一眼，迅速合上了。她朝窗外看了一眼，问："全城网络被破坏，你又受了伤，是怎么查到的？"

南宫勇道："一点小伤算不了什么，我连夜赶出城去查到的。"

唐甜儿从房间里跑出来，问道："查到了吗？快让我看看。"

苏袖却把纸一折放进了口袋里。她对唐甜儿说道："先去做饭，等南宫骁回来了再说也不迟。"

唐甜儿心里虽然好奇，但这时候也不敢多问。苏袖有自己的打算，她一个"草包"，除了跟随苏袖的步伐，什么也做不了。于是，她听话地去煮了三碗面。三个人刚准备坐下来吃，南宫勇忽然拿起筷子向窗外射了出去。

那筷子是擦着唐甜儿的面庞，穿破窗户玻璃，直直射出去的。唐甜儿吓得面色惨白，自己刚才要是乱动，恐怕早已一命呜呼了。她拍了拍胸口，扭头看向窗外，发现南宫勇的筷子正好插在了一个人的大腿上。

那人痛得在原地跳脚，看长度，筷子应该插得不深，最多到了皮肉，但也够他受的了。南宫勇朝窗口瞥了一眼，自顾自地吃着面。唐甜儿凑到他面前问："他是谁？"

南宫勇没有作答，他吃完面，朝苏袖敲了两下桌子，就回到南宫骁的房间里去了。

唐甜儿一边吃面，一边问苏袖："这是什么意思？"

苏袖笑道："外面的人看的是哑剧，这些天我们到底在做什么，对方并不是十分清楚，只知道见招拆招。如今南宫勇，不对，是他们以为的南宫骁给了我一张纸，对他们来说，这肯定是十分重要的线索。"

唐甜儿总算明白过来，她点了点头，说道："哦，你们是打算来个瓮中捉鳖。"

苏袖说道："鳖不一定能够捉到，但是捉几个虾米，也算是扫除些障碍了。"

唐甜儿问："那么接下来有什么需要我做的？总不会继续做饭吧？"

苏袖指了指房间，又指了指自己的口袋："接下来，你不用做饭了。"

唐甜儿被弄得一头雾水，见苏袖打着哈欠回自己房间去了，赶紧跟上去问："那我做什么？别跟我打哑谜啊。"

苏袖回头对唐甜儿说道："我困死了，让我先睡会儿。"

唐甜儿还没来得及说什么，南宫勇忽然从南宫骁的房间里走出来，一把拽过唐甜儿的手臂，拉着她推门出去了。唐甜儿挣开南宫勇的手臂："你要带我去哪儿？苏袖一个人在……"

不等她说完，南宫勇就抢先道："去采买，顺便兜风。"

"兜风？"唐甜儿越来越蒙了，在这节骨眼上兜风，留下苏袖一个人，南宫勇是疯了吗？不过唐甜儿也不便多问，只能乖乖地跟着南宫勇上了车。

车子离开没多久，苏袖就往外面倒了一盆水。她理了理头发，刚准备进门，一个染着黄头发、身材矮小的青年男人就从草丛里跑了出来，一把反箍住了苏袖的脖子。苏袖被箍得动弹不得，喉咙里发不出半点声音。她镇定地抬起眼皮子，偷偷看了一眼身后的人。看此人的五官，不像是中国人。

那人用力把苏袖拽进了"水心斋"，箍在苏袖脖子上的手始终没有松开过。他像是在拖一件货物一样，把苏袖拖到了"水心斋"的柜台后面。高大的柜台挡住了两个人的身形，那人从背后抽出一条绳子，把苏袖的手反绑了起来。

苏袖依旧保持镇定，一双眼睛死死地盯着他，用英文问了一句："Who are you?"

对方迟疑了一瞬，没有回答。

苏袖见他的反应，大致对他的身份已经有了几分判断。她不再言语，任由他对自己捆绑、搜身。直到眼见着此人从苏袖身上搜出来一张叠好的纸，苏袖才有了一丝慌乱。她对他呵斥道："还给我！"

"一张纸价值一千万，你让我还给你？"有人踢门走了进来，一边走一边对苏袖笑嘻嘻地说道。

苏袖朝进门的人看了一眼，发现居然是庞月星。她瞥了庞月星一眼，说道："真是到哪儿都少不了你。"

庞月星笑了笑，在苏袖身边坐下来。他伸手勾了勾苏袖的下巴，眯起眼睛笑道："没有我，你不得牺牲了？我的人说你是古格王朝的后人，我听到这消息，放下正事立刻赶来了。"他露出一副怜香惜玉的表情。

苏袖看到那表情，只觉得恶心。她朝庞月星瞪了一眼，一声不吭。

庞月星拿起手下刚从苏袖身上搜出来的纸张看了一眼，原本似笑非笑的脸上顿时添了一丝诧异。他不可置信地朝苏袖看了一眼，问道："这件事是真是假？"

苏袖冷笑道："我怎么知道真假？我们还没来得及验证，你这个不速之客就来了。"

庞月星的脸上有些尴尬，他把那张纸翻来覆去看了几遍，像是想要从字里行间辨别出真假来。过了好一会儿，庞月星才把那张纸还给苏袖。苏袖有些难以置信地看着庞月星，眼前的人把这么重要的东西还给自己，又有什么盘算？

# 第二十三章　临阵脱逃

庞月星朝自己的手下招了招手，很快那手下就替苏袖松绑了。苏袖下意识拔出腰上的手枪，刚要对准庞月星，就被庞月星反手夺下了。庞月星飞快地取出了枪里的子弹，像是获得了战利品一样得意，他朝苏袖挥了挥枪，笑道："你这身手，还得多练练才行。"

苏袖瞥了他一眼，目光中满是厌恶。

"别这样看我，我可没有对你们做过什么。我是好是歹，都是外头的传闻而已。"庞月星把空枪递给苏袖，又递给她一把匕首，说道，"你如果要杀我，先想清楚再说。"

苏袖一把夺过匕首，冷冷问道："你这是什么意思？"

庞月星说道："你这么聪明，难道听不懂？我要杀你，轻而易举，为什么要拖到现在？南宫骁也未必是我的对手，我难道还会怕你不成？"

苏袖已然听出了庞月星的言外之意，她有些难以置信。庞月星与他们是多年的死对头，为了九大神器，他四处派人监视南宫骁，破坏他们的行程与计划。如今庞月星却声称自己对他们没有威胁，这样的话又要让苏袖如何相信呢？可苏袖仔细想想，庞月星似乎的确没有真正伤害过他们。外界传闻庞月星为了神器不择手段，可那也只是传闻罢了。庞月星究竟做过什么伤天害理之事，他们并没有亲眼所见，也没有任何的证据。

他们对庞月星的成见，除了外界的传言，更多的是源自于庞铁山与唐家的宿仇。

苏袖一声不吭，看着手里的匕首，像是在迟疑。过了好一会儿，苏袖才问："你要我怎么信你？"

庞月星一副无所谓的样子："爱信则信，不信也罢。我也是要活命的，没必要上赶着向你们证明。"说着他站起来，指了指苏袖手里的那张纸，说道："既然天时地利人和都齐了，你们抓紧时间。"他说完就头也不回地离开了。

苏袖看着庞月星的背影，只觉得不可思议。庞月星盯着神器多年，明面上又是为日本人办事的。日本人对于仙盘即将现世一事，已经十分忌惮，这段时间想尽办法要破坏仙盘的现世。按说在这个节骨眼上，他即便是自己人，也不应该暴露了身份才是，为什么偏偏在这时候向苏袖表明立场呢？

苏袖刚想到这里，南宫骁就推门进来了。南宫骁朝四下里看了看，见苏袖的脚边有一根麻绳，居然并不觉得奇怪。他走到苏袖身边坐下来，倒了一杯水，呼哧呼哧吹了几下，两口就喝完了。

南宫骁又吃了两块糕点，才不疾不徐地说道："他来过了？"

苏袖问："你是说庞月星？"

南宫骁笑道："不是他还能有谁？我可是恭候他多时了。"

苏袖不以为然地笑了笑："你虽说恭候多时，可也没出现啊。倒是人走了，你才出现。"

南宫骁脱下手套，又倒了一杯水喝了两口。他拿过苏袖手里的那张纸，说道："我和庞月星是死对头，不管他是敌是友，我俩见面都分外眼红。我躲着，他才不至于剑拔弩张。"南宫骁看了一眼纸上的内容，又笑道："南宫勇办事还真是牢靠，全城网络瘫痪，他居然有本事在这么短的时间内查到真相。"

苏袖叹了口气，说道："兜兜转转地查了一年多，现在总算真相大白了。没想到仙盘是从文成公主手里传承下来的，古格王朝则是为了保护仙盘而灭亡。我作为古格后人，虽侥幸活了下来，但一想到有这么多族人因为仙盘流血牺牲，我心里总是痛恨那些觊觎者的。"

南宫骁说道："我刚知晓自己和南宫勇是吐蕃同宗后人的时候，也和你有一样的想法。对方为了阻止仙盘现世，世世代代驱逐杀灭我族人，我也痛恨他们。可痛恨无用，既然对方害怕仙盘现世，失去了原有的价值，那么我们就应该让对方怕什么来什么。"

苏袖点了点头，若有所思。她掐了掐食指尖，眼底滑过一丝决然。她闭起眼睛默念着什么，南宫骁知道苏袖这是在窥天象，赶紧屏住了呼吸，生怕打扰到她。过了许久，苏袖才对南宫骁说道："就按照原先推算的时间，一周后，让仙盘现世。"

南宫骁深吸了一口气，略有迟疑，问苏袖："到时候，谁会牺牲？"

苏袖笑道："这不重要，重要的是不会再有更多无辜的人被杀害了。"

南宫骁已经从苏袖的话里听出了弦外之音，谁会牺牲，已经很明确了。他低头摩挲着手里的黑手套，慢悠悠地点了点头。

一周后，苏袖带着星盘，唐甜儿带上仙盘，南宫兄弟作为护花使者，四个人登上了玉岭之巅。他们登顶的时候是在后半夜，凌晨四五点钟的光景。唐甜儿的祖父曾在手札上记载过，仙盘现世，必须在太阳初升之时。所以苏袖把吉时选在了这一刻。四个人刚抵达山顶的时候，太阳还没有升起。山顶没有路灯，却是光亮无比。因为玉岭为雪山，山顶的雪常年不化，雪山之巅的积雪厚达一尺，白茫茫的雪反射着月光，自然是无比敞亮的。

唐甜儿带来的几只手电筒完全没有了用武之地，她关掉了手电筒，看着眼前白皑皑的雪景，连声惊叹。

南宫勇提醒道："你最好安静一点，别把不该来的人都引过来，况且这里还有野兽。"

唐甜儿拍了拍自己的嘴唇，赶紧闭上了嘴。

南宫骁从树上掰下了一截树枝，递给苏袖。苏袖一只手拿着树枝，在雪地里探路，另一只手握着星盘，找寻着最佳的地点。

这一路上都是渺无人烟的，苍茫的雪地里只有他们四人的脚印，就连一些飞禽走兽的脚印也不曾见到。看样子，庞月星现在果然没有什么敌意，四个人都松了一口气。南宫勇也捡起了一根树枝给唐甜儿当拐杖，唐甜儿接过树枝，心里美滋滋的。

南宫骁看到唐甜儿那傻里傻气的模样，鄙夷地摇了摇头。

苏袖领着三人走了一段路，忽然停下来。她皱起眉头四下张望了一番，最后把目光落到了南宫骁脸上。南宫骁迎着苏袖的目光，一脸坦荡。苏袖对南宫骁说道："这张纸上的经纬，好像不是我测算的经纬。"她说着仔细看了看上面的字迹，发现那经纬度的数字，的确不是自己的字迹，虽然被模仿得极其相似，但是对于自己的笔迹，苏袖还是能够辨认出来的。

南宫骁摸了摸鼻子，没有说话。唐甜儿说道："前些日子我见你摆阵测算的，还能有错？"

苏袖说道："我测算的经纬被人做了手脚，位置虽有些出入，但是大差不差。"

南宫骁说道："既然位置大差不差，那就按纸上的来。"

苏袖意味深长地瞥了南宫骁一眼，她收起了星盘，说道："大致的经纬我是记得的，哪怕大差不差，也有半公里之差。我们先到图纸上的所在位置，再往北面走半公里，也就差不多了。"

听到这话，南宫骁的脸色顿时变了。他跟在苏袖身后，走得有些慢，完全不像是平日里那个身手敏捷的南宫骁。就连南宫勇也觉得有些奇怪，南宫骁的一举一动，实在是十分反常。南宫勇下意识按住腰间的枪，眼睛死死地盯着南宫骁。他走在南宫骁身后，南宫骁却并没有察觉到南宫勇的举动。正是如此，南宫勇越发对南宫骁有所防备了。南宫骁向来敏感，他只需通过细小的声音辨识，就能知晓对方的一举一动，哪怕敌人在背后，他也能清清楚楚辨识出对方这一刻在做什么，以及具体的方位。可如今南宫勇摸枪的动作，南宫骁居然完全没有察觉到。

南宫勇把唐甜儿拉到了自己身后，对唐甜儿说道："你走路总是不长眼睛，最好跟在后面。"

唐甜儿说道："谁走路不长眼了？我只是不习惯走夜路而已。"

南宫勇没有理会唐甜儿，走到了南宫骁身边。南宫骁见南宫勇同自己距离过近，眉头不禁皱了皱。他瞥了瞥南宫勇，说道："我知道你心里在想什么。"

"想什么？"南宫勇为防止眼前的南宫骁套自己的话，故意多问了一句。

南宫骁笑了笑，没有说话，而是寸步不离地跟着苏袖。

苏袖凭印象走到了原先定下的地点，此时第一缕阳光刚刚从云层里显露出来，晨光熹微，苏袖忍不住伸了个懒腰，心里的阴霾也随之散去了。

南宫骁却是皱了皱眉头，问苏袖："你确定是这里？"

苏袖看了看周遭，说道："大致的经纬度，我还是能够确定的。"她说完朝唐甜儿看了一眼。

唐甜儿心领神会，赶紧放下背包，从包里捧出了装着仙盘的匣子。南宫勇走到唐甜儿身边，眼神时不时地瞥向南宫骁。此时的南宫骁显得有些不安，有一下没一下地摩挲着戴在手上的黑手套，食指与拇指来回摩挲着。

唐甜儿头一回打开仙盘，恐怕也是这辈子最后一次，她自然要格外小心。南宫勇和苏袖站在唐甜儿两侧，十分警觉地看着周遭。南宫骁站在苏袖身旁，定定地看着唐甜儿打开红木匣子。

红木匣子一打开，一片金光闪闪的金箔片照得唐甜儿整张脸都泛起了金色，此刻的她就像是一尊镀了金身的菩萨。苏袖觉得唐甜儿此刻的模样，竟然与画像上的文成公主有八九分相似。她朝唐甜儿看了一眼，又看向南宫骁，说道："按照我事先说的阵法，你们先站好。"

唐甜儿没有急于捧出包裹着金箔的仙盘，而是站在那里等着三个人依照苏袖安排的阵法站好。南宫勇站到了唐甜儿的左后方，苏袖站到了唐甜儿的正前方，南宫骁却是一动不动地站在原地。

苏袖扯了扯南宫骁的衣袖，南宫骁依旧无动于衷。

南宫勇忽然拔出枪，对准南宫骁的脑袋，问道："你究竟是谁？"

南宫骁说道："我是谁不重要，重要的是今天不是吉时。"

此话一出，苏袖和唐甜儿都满腹狐疑地望向他。南宫勇的面上则是一脸的戒备，他一言不发，只是一动不动地拿枪指着南宫骁。

南宫骁看着南宫勇，忽然"咯咯"地笑了起来。南宫勇眯了眯眼睛，问道："你笑什么？"

"我笑你连自己的亲兄弟都不认得，这一路上都没有察觉，亏得你与南宫骁还是孪生兄弟。"南宫骁说着话，蓦地转过身，反手拽住了南宫勇的手，把他手里的枪对准了南宫勇的额头。

南宫勇下意识松开了扣住扳机的手指，不可置信地看着南宫骁。

唐甜儿尖叫了一声，苏袖赶紧捂住唐甜儿的嘴，问南宫骁："你究竟是谁？"

"南宫骁"说道："你们认为是谁，我便是谁。南宫骁现在很安全，毫发无损。"他说完把枪还给了南宫勇，头也不回地离开了。

留下的三人面面相觑，实在是不解。眼前的冒牌南宫骁跟着他们上了一趟山顶，究竟是为了什么？仙盘原封不动地摆在那里，他们三个人也没有损伤。这个人跟来似乎讨不到任何好处，这么做又有什么意义呢？而且他又如何知道南宫骁还有个孪生弟弟呢？这个秘密恐怕只有他们几人知晓了。

南宫勇对苏袖说道："你们先下山，我跟上去看看。"

唐甜儿说道："他料定了你会跟踪，肯定打下了埋伏。"

南宫勇不以为然道："要打埋伏，早该打了，多此一举。"说完他就跟上去了。虽然对方料定了他会跟踪，但是即便是龙潭虎穴，他也要跟去，毕竟南宫骁如今下落未明，他又怎能坐视不理呢？

南宫勇跟上眼前的"南宫骁"，两人你追我赶，僵持了足足半个多小时，直到下了山，"南宫骁"才停下来。

"你有时间跟着我，倒不如护送她们回'水心斋'，仙盘还在唐甜儿那个傻帽儿手里呢。"眼前的南宫骁说道。

南宫勇皱了皱眉头，不禁道："你果然是南宫骁。"

南宫骁笑了笑："不是我，又会是谁呢？"

南宫勇问道："为什么要这么做？我们等这一天等了多少年，你却临阵脱逃。"

南宫骁说道："你就当我是个懦夫吧，今天无论如何都不可以。"

"给我个理由。"南宫勇说道。

南宫骁朝四下里看了看，见苏袖和唐甜儿正从山上走下来，忙朝南宫勇摆了摆手，说道："改日再解释。"说着他就纵身一跃，跳上了最近的一株树，踩着树干一路往北，跑路了。

苏袖已然察觉到了南宫骁在附近，但因为唐甜儿在身边，她不便追，只能记下了南宫骁逃离的方向。

南宫骁足足失踪了两天，才回到"水心斋"里。这两天里，苏袖四处打听南宫骁的下落，却是一点眉目都没有。南宫勇也在查探南宫骁的下落，但似乎显得并不积极。苏袖心里虽纳闷，但也无心多问。直到南宫骁回来那天，苏袖发现南宫勇一脸平静，并没有因为兄弟归来而有所惊喜，她才对南宫骁的失踪彻底感到疑心。

苏袖阴阳怪气地问道："南宫勇的小塔住得可舒坦？"

南宫骁愣了愣，问南宫勇："你出卖我？"

南宫勇耸了耸肩，一脸无辜。

南宫骁说道："你这个闷葫芦，应当做不出这种事来。"

苏袖清秀的脸上满是气愤，她白了南宫骁两眼，没有说话，只是搬了张椅子在南宫骁身边坐下来。虽然没有开口，那眼神却已是威势逼人，看得南宫骁一阵心虚。南宫骁朝苏袖看了看，说道："你问我答，别屈打成招就行。"

"没什么可问的，你那点小九九，我已经猜到了。"苏袖说完，头也不回地回到房间里去了。

唐甜儿依旧一头雾水，她碰了碰南宫勇的胳膊。南宫勇朝她摇了摇头，弄得唐甜儿越发迷糊。

南宫骁站在柜台边愣了一会儿，刚要走去苏袖的房间，却遭了南宫勇迎头一拳。南宫骁始料未及，被这一拳头打出了鼻血。他抹了抹流到唇上的鼻血，并没有反击。南宫勇说道："为了一己之私，你要害死所有人吗？"

南宫骁说道："难道让我眼睁睁地看着她死吗？我很快将要找到天衍大师，让他算出最佳的吉时，保全我们四个人不好吗？"

南宫勇不置可否，他丢给南宫骁一张地图。

南宫骁捡起地图看了看，这是一张通往护盘山的地图。南宫骁忍不住笑了一声，去护盘山，他怕是闭着眼睛都能到达了，还需要地图吗？南宫骁不解，问南宫勇："这是什么意思？"

"天衍大师最近在护盘山修行，不过你这时候去护盘山，怕是给了外界可乘之机。到时候等你回来，这里是什么状况，谁也不清楚。"南宫勇说着又给了他另一张地图，是天衍大师的住所所在地。

南宫骁顿时觉得手里的地图沉甸甸的，仿佛有千斤重。的确，诚如南宫勇所言，如果他这时候去护盘山找到天衍大师，再求得天衍大师窥探天机，为四个人选出真正的吉时，然后返回玉岭，一来一回最快也要八九天，这八九天里，难保不会出什么变故。南宫勇短时间假扮自己，或许还能不露破绽，但是八九天的时间太久，终究是会被有心之人察觉的。

到时候有人发觉南宫勇的存在，或许狗急跳墙也说不定。

南宫骁迟疑了一阵子，最终把手里的地图撕成了碎片。

# 第二十四章　神迹重现

南宫勇捡起地上的碎片，一点一点依照原来的样子拼贴好。他一面拼地图，一面对南宫骁说道："你为了保全苏袖，放弃当日仙盘现世的机会。两天后也是吉时，只是牺牲者换成了我，你是否愿意利用此次机会？"

"除了我自己，谁也不能少，可惜我的八字没有牺牲的机会。"南宫骁义正辞严道。

南宫勇走到南宫骁跟前，问道："有一个方法，可以保全我们所有人，你是否愿意去做？不过，这个方法需要你去求一个你不愿意求的人。"

南宫骁看着南宫勇的眼睛，像是要从他深邃的眸光里抓取些什么。他看了好一会儿，才慢慢点头。只要能保全苏袖与南宫勇，让他去求人，他自然二话不说。至于唐甜儿，虽然呆头呆脑了些，但也不是那么让人讨厌，他自然也希望能够保全她。

既然南宫骁打定了主意，准备拉下脸来去为三个人求得一个万全的法子，他自然是要抓紧时间的。这次出行的目的，他并没有告诉苏袖，可以说是悄无声息地离开的。南宫骁走的时候，天才刚放亮。他并没有开车，而是穿过地窖，从山的另一头离开的。

南宫勇早已经为他准备好了一辆车，停在山的另一头。南宫骁出了地窖后，乔装成了黑车司机，开上车就往市区去了。南宫骁是在早上八点多到的市区，他下车买了早点，又回到车里，坐在驾驶室里，一面吃早餐，一面等着想等的人出现。

南宫骁停车的位置是在一家古玩店门口，这时候古玩店还没有开门，门口坐着一排卖菜的大叔大妈，正在吆喝着卖自家种的菜。南宫骁盯着古玩店的窗户看了一会儿，见里面人影幢幢，显然已经有人进店了。

南宫骁戴上了一顶鸭舌帽，几大口吃完了手里的早餐，又喝了几口豆浆，才从车里走下来。他在门口的摊贩前转悠了一阵，低头看了看手表，九点十分了。他在心里默数着"一、二、三"，很快，古玩店的大门从里面被打开了。

来开门的是个青年男人，剑眉星目，模样有几分帅气，却还是不及南宫兄弟丰神俊朗。不过眼下的南宫骁把自己装扮成了普通的打工仔，无论模样和风度都是普通到淹没在人群里的样子。

随着古玩店的大门被打开，南宫骁走了进去，来开门的人见到普普通通的南宫骁，不禁说道："我这里卖的都是古董。"

南宫骁说道："我知道，欣赏一下总可以吧？"

"欣赏可以，请勿动手。"

南宫骁点了点头，走马观花似的在柜台前转了两圈。店主看出了南宫骁有些心不在焉，只怕醉翁之意不在酒。他走到南宫骁跟前，旁敲侧击道："看也看完了，有想买的吗？"

南宫骁笑了笑，问道："能否先把门关上？"

店主问道："有东西要出手？我这里不收的，你得去找当铺。"

南宫骁小声道："先看看再说也不迟。"

店主对这个其貌不扬的人来了兴趣，应该说是因为他其貌不扬，反而对他口中的东西来了兴趣。店主依言关上了店门，再次走到南宫骁面前的时候，南宫骁从衣服口袋里摸出了一只红色的锦盒。那锦盒沉甸甸的，拿在手里很有分量。起先店主只当里面装的不过是金块罢了，也没在意，但是当南宫骁打开锦盒的时候，店主顿时傻眼了。

南宫骁问道："收不收？你们不收，我可就去下家了。"

"你先开个价。"

南宫骁说道："宝贝岂能用价格来衡量？南宫先生生前戴的玉扳指，也不是谁都出得起价的。"

店主冷笑了一声："南宫先生的玉扳指固然值钱，却也只有道上的人追捧，外头又有几个人知道这是南宫先生的遗物呢？你把它拿到外面去，谁也不会认账。你若不信，南宫骁，你去试试便知道了。"

南宫骁勾了勾唇角，既然对方已经摊牌，他自然也不卖关子了。他找了把椅子坐下来，对店主说道："我知道，可这玉扳指也只有你庞月星会买。"

庞月星觉得好笑，这玉扳指他爷爷在世时就看上了。这玉扳指是唐朝皇室出来的，又是十分上乘的玉。价值虽比不得九大神器，却也是价值不菲。庞家明面上要与日本人合作，但为了保全自己，自然也是要找点好东西搪塞搪塞的。南宫骁认定自己会买下玉扳指，倒也所料不虚，只是庞月星担心他所出的"价格"自己无从承受。

"先说说你的条件。"庞月星说道。

南宫骁走到庞月星耳边，低了低头，庞月星下意识后退了一步，有些警觉。南宫骁"嚇"地笑了一声，说道："我如果要暗算你，还需要等到现在？"

这句话听着十分耳熟，庞月星似乎对苏袖说过类似的话。南宫骁说出这番话，相当于是同自己和解了。庞月星缓缓点了点头，把耳朵往南宫骁跟前凑了凑。

南宫骁贴着庞月星的耳朵说了一番话，留下玉扳指就离开了。

庞月星难以置信地拿起玉扳指看了看，发现这枚玉扳指的的确确是唐代之物。不过这究竟是不是南宫无量的遗物，还未可知。庞月星选择暂且相信南宫骁，他跟到了门口，为怕南宫骁遭日本人的暗算，最终还是没有踏出店门。

南宫骁回"水心斋"的时候，为苏袖带回了一块跳舞毯，原本是想向苏袖赔礼道歉，哄一哄苏袖开心的。可没想到，苏袖见到跳舞毯，气不打一处来。苏袖指责道："你这时候还有心思玩，仙盘现世的时间拖得越久，我们越发不安全。你硬要保全我，最后的结果便是所有人都难逃一死。南宫骁，不要再为了一己之私，做出这么幼稚的事情来了。"

唐甜儿听到苏袖责备南宫骁，忍不住偷笑。平时南宫骁看不惯自己，总说自己是傻帽儿，如今被苏袖指责幼稚，他那灰头土脸的样子真是令唐甜儿解气。唐甜儿忍不住笑了一声，朝他做了个"鄙夷"的手势。

南宫骁懒得与唐甜儿计较，他对苏袖说道："上一次，是我欠考虑了。再过三天，也是吉时，我们可以再去一次。"

苏袖本就生气，听到这话，心里越发愤懑了。她指着唐甜儿，对南宫骁说道："南宫骁，我不能牺牲，唐甜儿就可以牺牲了，是吗？"

南宫骁不便当着唐甜儿的面，把自己与南宫勇的计划和盘托出。他朝唐甜儿看了一眼，又把新买的跳舞毯送到苏袖手里。苏袖是何等机敏的人，通过南宫骁的一举一动，已经猜了个大概。她接过跳舞毯，又递给了唐甜儿，对唐甜儿道："送给你了。"

南宫骁说道："既然你处置了我送的东西，就算是消气了。"

苏袖瞥了瞥南宫骁，算是默认了。

唐甜儿捧着跳舞毯，接也不是，放也不是。直到南宫骁走后，唐甜儿才犹豫着打开了跳舞毯。她对苏袖道："这可是最新款的 X1，限时限量发售的，南宫骁还挺有心。其实你也不必生他的气，他那天临阵退缩，还不是为了保全你。如果换成他自己，他哪里还会逃。"

苏袖说道："可三天后的吉时，是要把你放弃的。"

唐甜儿平时胆小怕事，呆头呆脑的，但是在关键时刻，一点也不含糊。她朝苏袖笑了笑，一副大义凛然的样子道："我不怕，既然我姓唐，早晚都会有这么一天的。"说完她却靠在苏袖肩头，呜呜地哭了起来。她不敢哭得太大声，怕南宫兄弟笑话她是胆小鬼。

苏袖轻轻拍着唐甜儿的肩膀，想说些安慰的话，可话到了嘴边她又咽了回去。她自己被迫成为逃亡者，此时无论说什么安慰的话，都成了讽刺。苏袖想了一会儿，对唐甜儿说道："如果不出我所料，到时恐怕会发生意外。"

唐甜儿一脸疑惑地看着苏袖，刚要开口，苏袖朝她做了个噤声的动作。

这三天对所有人来说都是煎熬，尤其对唐甜儿而言，仿佛是在等待最后的审判，等待的日子漫长而又让人害怕。对于南宫兄弟和苏袖而言，仿佛是别离前的感伤，虽然南宫骁已经与庞月星有所交易，但是最终仙盘现世之时，庞月星究竟是否会变卦，或者中途会不会生出别的变故，谁也不清楚。

几人睁眼熬到了第三天黎明，再一次跟着苏袖登上了玉岭山顶。玉岭之巅的雪还没有融化，但雪地里有深深浅浅的脚印，步行轨迹杂乱无章。南宫骁弯腰看了一眼地上的脚印，发现那脚印有些特别。大脚趾与第二趾之间的间隙十分宽大，不像是人类所有，倒像是猴子的脚。他拿出望远镜，顺着脚印的方向张望了一番，并没有看到动物。南宫骁又俯下身子，把耳朵贴到了雪地上。远处有隐隐约约的脚步声，深一下，浅一下，渐行渐远。

苏袖问道："出什么事了？"

南宫骁摇了摇头："没事，或许只是野兽，暂且听不到人类的脚步声。"

苏袖松了口气，说道："但愿庞月星没有耍我们。"

这一次的地点较之先前又往北挪了一公里，所以几人到达目的地的时候，鞋袜都已经湿透了。苏袖与唐甜儿在原地换上了新鞋袜，南宫骁和南宫勇倒也无所谓，只是在一边拧了拧袜子。

因为天气实在太冷，苏袖让南宫兄弟在树下找出一块地，铲掉了部分雪，在地上生了一把火，唐甜儿架着两条胳膊在边上烤火。南宫兄弟警觉地观察着四周，周围一如先前那次一样，安静得有些诡异，就连刚才那深一下浅一下的脚步声，也已经听不到了。

苏袖在心里默念了几句，用星盘确定了方位后，让唐甜儿卸下了背包。

唐甜儿再次捧出了红木匣子里的仙盘，这一次，金箔片包裹的仙盘透出了异常绚烂的光芒，就连那金灿灿的金箔光芒也被完全掩盖了。那光芒本是七种颜色，因为在金箔片的包裹下，七色光芒杂糅到了一起，像是一团巨大的彩色光晕，斑驳的亮光落在雪地里，渐渐映射出一个巨大的字来。

南宫勇看着雪地里的字，那个字巨大无比，大约有两人宽、三人高，瘦瘦长长的字体。站在地上，谁也没能看清整个字的样子。南宫骁纵身一跃，跳上了一株大槐树，树枝上的积雪落了一地，始终没能掩盖住字体发出的光亮。

站在树上，南宫骁才勉强看清了整个字。这是一个巨大的夔文，字体的光亮中心，还有两个手掌大小的小字。南宫骁又从树上跳下来，对着中心的小字端详了许久。由于那字体的光亮过于刺眼，南宫骁费力看清了中间的小字。

唐甜儿问道："是什么字，看清楚了吗？"

南宫骁刚要开口，只见那几个发光的夔文忽然扭转起来。南宫骁侧头朝唐甜儿看了看，发现唐甜儿此刻竟然在转动包裹金箔片的仙盘。南宫骁忍不住往她头上轻轻敲了一下："傻帽儿，你在干什么？"

唐甜儿说道："我在金箔片上见过几个相同的字，现在却找不到了。"

"傻帽儿，这几个字是甲木萨，就是文成公主的藏名。"南宫骁说着又低头去看地上的字，却发现地上早已经映射出一幅巨大的人物画像。那幅画像上的人衣袂飘飘，气质卓绝。那气质比起皇族女子可能更胜一筹。这画像上的女子有两片巨大的金色翅膀，那翅膀一张一合，像是随时都会腾飞而起一般。

唐甜儿演过仙侠片，当时戏中的女主角演的凤凰，就是这番打扮。唐甜儿想到了"凤毛麟角"这四个字，难道眼前的仙子就是那凤凰？

就在这时候，仙子的幻象突然不见了。光晕渐渐变得模糊，随后又慢慢清晰起来。又有一名女子的幻象出现在了面前。这幻象是何等熟悉，不需要仔细分辨，南宫骁就已经看出是文成公主。眼前的"文成公主"与唐甜儿画中的文成公主虽然衣着装扮不同，但是面容完全一模一样。因为是光晕组成的人像，看起来越发立体一些，人像的模样也更为逼真。

众人屏住呼吸，且等着奇迹发生，可就在大家都以为下一刻会有更大的惊喜时，那金箔忽然破了一角。苏袖见到那金箔破了一角，顿时惊慌失措。她下意识摘下围巾，紧紧包裹住了唐甜儿手里的仙盘。

"为什么庞月星还没有来？"苏袖问南宫骁。

南宫骁本以为庞月星一定会守时守信，依照约定的时间到来。可仙盘即将现世，他们却连庞月星的人影都没有见到。南宫骁气得往槐树上打了一拳，一只猴子忽然从树上跳了下来，刚好落在南宫勇的头顶。南宫勇伸手一把拽掉了头顶的猴子。那猴子又迅速跳上了树，蹦蹦跳跳地离开了。

苏袖满脸愧疚，握了握唐甜儿的手。唐甜儿却是笑了笑，说道："不怕，我已经准备好了。"苏袖缓缓点了点头，交给南宫勇一把匕首。

南宫勇接过匕首，有些迟疑地看了唐甜儿一眼。唐甜儿始终是一副坦然的神情。她对南宫勇说道："开始吧。"南宫勇闭了闭眼睛，随后拔掉了匕首套，正准备往手指上割，却听到不远处传来了脚步声。他动了两下耳骨，仔细辨别声音，发现那脚步声正在接近。南宫骁也已经听到脚步声，他下意识站到了仙盘边上，把苏袖和唐甜儿挡在了身后。

那脚步声离他们越来越近，没多久，白雪中呈现出一个人影，紧接着是人影的主人。南宫勇的枪对准了他，随时准备按下扳机。

"南宫骁，没想到你当真有个兄弟。"来人对南宫勇说道。

南宫骁开口道："庞月星，这与你无关，既然你我做交易，就只要管好买卖就成。"

庞月星笑了笑，发现自己认错了人。他扭头对南宫骁说道："你要的人我带来了。"

南宫骁的脸上终于露出了一丝松懈，他对庞月星说道："人在哪里，赶紧带出来，吉时很快就要过去了。"

庞月星拍了两下手，只见一辆车迅速冲上了山顶。车里下来两个人，其中一人是被搀扶着胳膊走过来的。那人老态龙钟，面上略显疲态，在雪地里每走一步都十分吃力。

庞月星说道："他便是于淳的关门弟子，于伯厚。"话音刚落，一只猴子从树上跳了下来，那猴子对着于伯厚叽叽喳喳地叫唤了一番。

于伯厚看着猴子说道："没想到是给南宫骁做事，对不住了，小家伙。"于伯厚的身后顶着一把枪，于淳一派世世代代与南宫家为敌，但他即便是发现自己要为南宫骁做事，碍于枪在身后，到底也不敢轻举妄动。他有些怨怼地朝庞月星瞥了一眼："亏得我这么信任你，你居然出卖我。"

庞月星笑道："我要是说实话，他们早就没命上山了，你我也都难逃一死。"

于伯厚说道："如今我也是难逃一死。"

庞月星笑了笑："那要看南宫骁了，我只管做买卖，你们的事我没兴趣过问。"

南宫骁想了想，忽然朝于伯厚行了个古时礼节。他对于伯厚说道："无论往日于淳一派与南宫一族有何恩怨，我们今日一笔勾销，于伯厚先生要是愿意帮我们，往后我们一定竭尽全力完成于老的一个心愿。"

"我不愁吃喝，能有什么心愿。"于伯厚哈哈大笑。

南宫骁说道："心愿总是有的，就看于老愿不愿意相告了。"

于伯厚愣了愣，心里盘算了一番，随后点头应下了。

# 第二十五章　新的开始


南宫勇见二人已经谈拢，率先站到了自己的点位上，割开了食指。他很快把匕首抛给了南宫骁，南宫骁也迅速站到了自己的点位上。

唐甜儿见苏袖也已经站定，赶紧从金箔片里捧出了仙盘。仙盘从金箔片里出来的一刹那，落在地上的文成公主像瞬间就杂糅成了一团光晕，那光晕越来越小，却越来越亮，差不多几十秒的工夫，就缩小成了一枚鸡蛋大小的强光。那强光从唐甜儿脸上一闪而过，很快就像是被仙盘吸引了一般，顷刻间钻入了仙盘内。

唐甜儿"啊"了一声，仙盘顿时变得烫手起来，她险些松开了手。

苏袖接过南宫骁抛来的匕首，也迅速割开了手指。三人把血滴在了仙盘上，然而仙盘始终只是原来的模样，中间那一团被吸收走的光晕也毫无变化。唐甜儿从苏袖手里接过匕首，正准备割破手指，南宫骁忽然道："等一等！"他说完看向了于伯厚。

于伯厚缓缓点了点头，用众人都听不懂的语言对猴子说了一番话。那猴子叫唤了几声，随后跳到了唐甜儿跟前。唐甜儿有些害怕这小东西，下意识后退了一步。南宫骁对唐甜儿说道："割破手指，把血滴在猴子的手指上。"

唐甜儿张了张嘴，感到疑惑。

南宫骁呵斥道："快一点，别犯傻！"

唐甜儿懵懵懂懂地"哦"了一声，割破了手指，随后抓起猴子的右前肢，把血滴在了猴子的食指上。

于伯厚对猴子说了几句，猴子便走上前，把唐甜儿的血滴在了仙盘上。就在众人还来不及反应之时，仙盘发出一声巨响，那声音响彻玉岭，众人几乎能够感受到轻微的地动山摇。

仙盘里的强光点随着巨响消失不见了，仙盘表面出现了四五道裂痕。就在唐甜儿心疼仙盘破裂之际，站在她身边的猴子却突然倒在了地上，鼻孔和嘴角都淌出了鲜血，死状惨烈。唐甜儿吓得尖叫起来，指着地上的猴子说："怎么……怎么回事？"

苏袖提醒道："别管这么多，办正事要紧。"她说完抬起头，望着北斗七星，嘴里念了一句"斗转星移"。话音刚落，那北斗七星顿时忽明忽暗起来。暗时，空中似乎有影影绰绰的人影出现，那一大群人影，衣袂飘飘，依照人影的衣着来看，像是从远古时代而来。有两个带着武器的仙人从天边飞下来，落在了玉岭的最高处。那两位仙人像是一路从天上搏斗而来的，两人拼死搏斗，似乎非要拼个你死我活才罢休。四人看着他们搏斗了一阵，忽然有星星点点的青铜碎片从天边落下来，那些碎片落在了两位仙人的身上。其中一位仙人停下了搏斗，另一位仙人见到青铜碎片，也跟着停了下来。他从地上捡起一枚碎片看了看，顿时脸色一沉，对着天际大吼了一声。那一声吼，地动山摇。

天边有一位长着金色翅膀的仙子见到两人停下了搏斗，会心一笑。那仙子就是刚才幻象里的那一位。

捡起碎铜片的仙人忽然指着天，大声咒骂了一番。他口中的语言，众人都听不懂。随着他的咒骂声结束，一块青铜盘直冲云霄，落到了仙子的手中，与此同时，那长着金色翅膀的仙子忽然从云端直直地坠落下来，她拼命想要丢掉手里的铜盘，却怎么也甩不掉。仙子从云端落进了雪山底下的万丈深渊里，很快，一场大雪就将她完全覆盖了。

忽然，北斗七星又变得明亮起来。

明亮的北斗七星映出了许多人影，人影又幻化成了千军万马，军马在沙漠中拼搏厮杀，一时间人声鼎沸。然而这样的幻象，似乎只有他们四人能够见到，于伯厚和庞月星站在那里，始终无动于衷。

忽然，一颗巨大的陨石从天而降，原本在沙漠之中拼死搏杀的军马因为一颗巨大的陨石降落，纷纷四散逃窜。陨石落地的那一刻，两只大鹏鸟忽然出现，直直地刺破云霄，俯冲向领头的将军。将军从马背上跌落，被其中一只大鹏鸟叼起，直直地甩到了另一只大鹏鸟的背上。将军紧紧地拽住了大鹏鸟背上的羽毛才勉强保持平衡，就在他正准备借机会跳落的时候，身下的大鹏鸟身上骤然间泛起了金光，翅膀每扇动一下，光晕就像是波澜一样延绵数十米。将军吃惊地看着这一切，浑然没有发现自己已经身在半空之中，身下的大鹏鸟正渐渐离自己而去。那两只大鹏鸟在空中盘旋了一阵后，落到地上，变成了两只黑鹰。

将军在半空中生出了翅膀，地上四处逃窜的将士们见到此等景象，一个个都停在原地，呆住了。就连将军也不可置信，看着从自己身上生出的翅膀，一时间慌了神。他低头看向地面，发现自己离地面已经越来越远。他手里的兵器也渐渐悬浮到了空中，原本将要落地的陨石也忽然转变方向，飞回到了半空中，与那兵器慢慢融合到了一起。一时间，铜器与陨石的火光相交融，那光亮刺破了半边天。兵器缓缓地熔解开来，有滚烫的铜水从半空中滴落，一滴一滴落在地上，落在无数将士的身上。滚烫的铜水滴落到皮肤上，顿时起了一层焦臭味。那些将士的身上渗出了腥臭的血水，血水流淌了一地，无数人的血水混到了一起，交汇成了一个个夔文。

那些夔文像是乱舞的群魔，不断地在地上变换着位置。而那滴落的铜水，也正一点一点慢慢地向中心流淌过来，最后汇成了一个规整的圆形铜盘。

原本乱舞的夔文，忽然像是接到命令一般，齐刷刷地飞向铜盘。血色的夔文陆续嵌入铜盘之中，像是用极其精密的仪器雕刻上去的一般，哪怕是现代的工艺，恐怕也无法做到如此精致。

唐甜儿下意识想要伸手去捡地上的铜盘，然而当她伸手的那一刻，一匹骏马从远处飞驰而来，骏马上坐着一个意气风发的少年。少年骑着骏马，穿过密密麻麻的尸体，来到那铜盘跟前。他对着天边的将军大吼了一声："赤汉将军，一路走好。"

天边的将军说道："谢谢主人，若非有你的血做引子，我怕是这辈子都无法再回到天上了。"此时那将军早已经越来越模糊，最后化为了一只麒麟兽。千番历劫，他从凤凰被降为了麒麟，却也终于重回仙位了。

骑马的少年拔出腰间的长剑，伸手挑起了地上的铜盘。他对着铜盘吹了两口气，顿时那铜盘泛起了一丝光亮，光亮之中的夔文越发显眼了。

南宫骁仔细地看着那夔文，果然与仙盘上的夔文和符号一模一样。

原来这就是仙盘的由来。

那少年捡起铜盘后，身后又追来四五个身穿铠甲、骑着骏马的少年郎。那些少年郎驱马到他跟前停下来，有一个扎马尾的少年说道："看来须眉道士说的是真的，用三千个骁勇男子的血，可以激活青铜的灵性。牺牲了将军和他的青铜盾牌，却得到了稀世珍宝，恭喜大王。"

少年的表情冷若冰霜，看着手里的稀世珍宝，并没有过多的惊喜。他看着随行的人，说道："得到稀世珍宝是一回事，能够救得赤汉将军才是最要紧的。赤汉将军被敌军追杀了大半生，若非吐蕃没有比他更骁勇的将士，我也不会让他频繁出征。须眉道士说我的指尖血可以化解他那青铜盾牌的煞气，解救将军，我才姑且一试。"他把仙盘塞进了铠甲内层，对跟来的几个少年说道："把这些人就地埋了吧。"

跟随者们纷纷反对："首领，这些都是一心追杀将军的敌人，应该让他们曝尸荒野才解气，埋葬他们，未免太便宜他们了。"

被称为首领的少年说道："将军羽化而登仙，他们也已经因此受到了天罚。死者为大，都埋了吧。"首领看着眼前的尸横遍野，不禁叹了口气，说道："赤汉将军回归天庭，仙盘再度现世，这是天下喜事。往后若有人觊觎仙盘，其族人世世代代将不得善终。"

随从们跟着附和了两遍，少年打断了众人的附和，对他们说道："如今部落存亡最要紧，别在这里浪费时间。你们赶紧跟随我护送仙盘去大唐，求娶大唐公主。"

话音刚落，为首的少年策马而去，随从们紧追着往东边去了。

苏袖飞快地放下背包，取出事先准备好的相机，对着远处按下了快门。随着快门被按下，原本明亮的天空顷刻间暗了下来。一时间，喧闹的景象静止了，随之而来的是诡异的安静。

刚才景象里那个意气风发的少年郎，应当就是松赞干布。松赞干布带着仙盘作为聘礼，前往大唐迎娶了文成公主。然而这份聘礼承载着太多的鲜血。唐甜儿捡起地上的仙盘，心有余悸。她朝苏袖看了一眼，心中没有底气，问道："古格王朝的人，会是这些将士的后人吗？又或者是自那之后，觊觎仙盘的人吗？"

苏袖摇了摇头，一时间答不上来。但是按照发源地来看，古格王朝和吐蕃的地理位置相差不大，很有可能古格王朝的建立者就是这些逝去将士的后人。也许古格王朝的族人也曾觊觎过仙盘，所以才会不得善终。如此推断，天劫虽是人为，说到底还是天意驱使的人为。松赞干布下的诅咒，或许世世代代都灵验。仙盘现世，天下太平，或许说的就是这一世对诅咒的终结。仙盘三度现世后，那仙子的后人无需再经历追杀与逃亡，而古格王朝的后人也无需再经历天劫。

苏袖回到"水心斋"之后，心中久久无法平静。原来仙盘是伴随着千军万马的血问世的。如今仙盘再次现世，也需要他们四人的血才能开启封印。苏袖与南宫兄弟等人，正是那些将士的后代，而唐甜儿却是那仙子也就是赤汉将军在人间历劫留下的后代，她并非文成公主的后代。这也是他们从唐舜留下来的《唐史》中发现的。唐甜儿的祖先，是赤汉将军的后代，因为文成公主与松赞干布的垂怜，被收养在了身边。文成公主赐给了这个小小的孤儿一个汉族姓氏——唐，这个小婴孩便是唐甜儿家族的先祖。文成公主去世后，仙盘物归原主。

被追捧了千年的仙盘，并没有什么特殊的价值。仙盘成于古时，后人背负着古时的诅咒，而这诅咒最终也将为族中后人所终结，化解这无穷无尽的冤冤相报。

千百年来，有多少人为了得到仙盘滥杀无辜。如今仙盘被毁，终于可以断绝那些人的念想了。苏袖见到四人整整齐齐地站在这里，不由得松了一口气。尤其是唐甜儿，苏袖最为担心的是这一次仙盘现世，会与唐甜儿永别。好在唐甜儿毫发未损，她忍不住拉住唐甜儿的手，说道："之前你说过打算开家经济人公司，等公司办起来时，记得通知我，我给你送花篮。"

唐甜儿点了点头，笑道："要不你跟我合作吧，你长得这么漂亮，我给你找些资源，你一定比我还红。"

苏袖笑道："我对当明星不感兴趣，再说了，我还有更重要的事要办，九大神器还没有找齐，我和南宫家怎能抛开正事不管呢？"

唐甜儿想了想，问道："我要是公司倒闭了，能来投奔你们吗？到时候我跟着你们一起去找神器，多个人多个帮手。"

南宫兄弟忍不住笑了一声，南宫勇看着唐甜儿，没有说话。南宫骁却嘲讽道："就凭你，还多个人多个帮手呢，不给我们添乱就谢天谢地了。"

唐甜儿听了气不打一处来，她朝南宫骁翻了个白眼，懒得理会他。她问苏袖："对了，今天那只猴子是怎么回事儿？是猴子替我挡了一劫？"

苏袖说道："南宫骁拿南宫老先生的遗物与庞月星作为交换，要求庞月星带于伯厚上山，操控一只与你生辰八字一模一样的猴子来代你受劫。"

"猴子的生辰八字，于伯厚也能清楚？"唐甜儿有些惊讶。

苏袖说道:"于伯厚精通兽语,而且喜欢豢养猴子,所以对于猴子的生辰八字他十分清楚,也极容易操控自己豢养的猴子。"

唐甜儿原以为南宫骁只会瞧不起自己,处处与自己作对。她的生死于南宫骁而言,根本不值一提。没想到南宫骁为了保全她,居然送出了南宫无量的遗物。唐甜儿朝他点了点头,语气柔和了些道:"南宫骁,谢谢你。"

南宫骁不咸不淡道:"用不着谢我,要谢就谢南宫勇。如果不是他劝服我,我自然不会舍得拿爷爷的遗物去交换的。"

唐甜儿看向南宫勇,南宫勇却是一脸的平静。似乎南宫骁说的是旁人,而不是他。唐甜儿还是朝他笑了笑,道了声谢。南宫勇只是微微点头,并没有回应。

第二天,唐甜儿带着满是裂纹的仙盘离开了。仙盘现世的消息也被庞月星传遍了整个圈子,再也没人惦记一块破碎的仙盘。但是大家都对仙盘现世之时发生的事产生了兴趣。唐甜儿刚离开"水心斋",就被左秋行掳走了。

左秋行带着唐甜儿上了一辆面包车,唐甜儿被反绑上了双手,坐在副驾驶室里。车里只有左秋行和她两个人,左秋行驾驶着面包车,时不时地朝唐甜儿看看,生怕她生出什么花招来。

唐甜儿对左秋行说道:"仙盘已经没有价值,你不必如此大费周章。你想要仙盘,我送给你就是了。"

左秋行笑了笑,说道:"仙盘没了价值,我岂会不知。但是仙盘背后的幻象,还是价值连城的。九大神器的背后藏着秘密,才使得神器价值连城。现在仙盘被毁,但是背后的秘密现世,这个秘密也足够换一座城了。"

唐甜儿似笑非笑道："你确信？"

左秋行说道："仙盘的幻象应当是唐时的藏宝图，这还不够换一座城吗？"

唐甜儿说道："如果我告诉你，没有所谓的藏宝图，只是一场天劫，你信吗？"

左秋行不以为然，他把一张素描纸送到唐甜儿手中，又扔给她一支笔。唐甜儿愣了愣，左秋行说道："把仙盘再现的地图画出来，我要真的图纸，如果我发现图纸有假，十天后这里就是你的坟场。"

跟随南宫兄弟和苏袖一年多，唐甜儿的心思也变得缜密起来。她想了想，拿起笔在纸上认认真真地画起了地图。她一面画，一面说道："这幅地图我先画三分之二，余下的三分之一，我们做个交易怎么样？"

左秋行哈哈大笑起来，他指着自己，问唐甜儿："同我做交易？你简直痴人说梦，现在你是被我绑架了，有什么资格同我谈条件？"

唐甜儿不徐不疾，对左秋行道："地图在我脑子里，你杀了我，可就什么都得不到了。我要求的不多，只要其中的五分之一，我的经济人公司还差那么一点启动资金。"

左秋行在心里盘算了一番，随后点了点头，算是应下了。唐甜儿却把那张纸一分为二，写下了一张欠条，递给左秋行。左秋行看了一眼那张欠条，不禁瞥了瞥唐甜儿。他对唐甜儿说道："珠宝还没挖到，就先给我打下欠条了。你这行事做派，还真是不上道。"

"我不是道上混的，要上道干吗？这欠条你签了也不怕，反正我写明前提了，在我所画的地图指引下找到藏宝地，才兑现。"唐甜儿一副

"我为你着想，为你好"的表情。

左秋行二话不说，签下了欠条。唐甜儿在纸上画完了整幅地图，交到左秋行手里。左秋行看了一眼地图，又瞅一眼唐甜儿，随后冷冷地说道："下车！"

唐甜儿一声不吭地下了车，她下车后，发现自己进了一片田庄。田庄的不远处有一座空置的水泥房，四面都是墙，没有窗户，只有一扇门。唐甜儿看到这偌大的田庄里，只有一间空置的水泥房，不禁有些发慌。难不成左秋行是想在这里把她关上十天？荒郊野外，唐甜儿一想到自己要在这里度过十天，腿一下子软了。

左秋行似笑非笑道："只要你不耍花招，至多也就十天。放心，这十天里，饿不着你，也冻不着你。"唐甜儿在心里默念着"坚持住，坚持住"，但还是忍不住害怕。她拖着沉重的步子，跟着左秋行进了水泥房。左秋行替唐甜儿松绑，扔给她两袋干面包、两瓶水，锁上门就离开了。

唐甜儿打量着四周，这水泥房里除了一张竹榻、一只马桶、一张桌子之外就什么都没有了。唐甜儿从出生起还没有住过如此寒酸的地方，她一脸嫌弃地看着这里的一切。这时候，行李箱里的 BP 机响了两声，唐甜儿从箱子里翻出 BP 机，查看了上面的信息，嘴里忍不住骂了一句："南宫家的两兄弟真冷血。"

左秋行得到地图后，马不停蹄地驱车去了庞月星的古玩店。这会儿庞月星刚派人把于伯厚送回老家，左秋行后脚就到了。庞月星有些警觉左秋行的到来，脸上挂笑，却笑得有些勉强。左秋行对庞月星说道："问你借三五人，跟我走一趟。"

庞月星问道："去哪里？出什么事了？"

左秋行小声说道："仙盘被毁，我却新得了另一样好东西。到时候东西出来了，我们也能跟日本人交差了。"他说着把一张图纸送到庞月星手里。

庞月星打开图纸看了看，脸上顿时浮起一丝疑惑。他张了张嘴想说什么，却是欲言又止。他朝左秋行点了点头："自己选人带走吧。"

左秋行问道："你不跟着去吗？"

庞月星说道："有两个大户这两天预约了上门看货，我暂时走不出去。"

左秋行收起地图，说道："也成，我先带人去探探路，等确定了具体方位，再回头来接你也不迟。"他说着就挑选了几个手脚麻利的人带走了。

等左秋行离开后，庞月星站在门口望着那辆远去的面包车，长长地叹了一口气。唐甜儿地图上的地点离这里并不远，差不多两个小时的车程就到了。然而左秋行下车以后，发现这里只是一片废弃的化工厂，并没有地图中所谓的竹林。左秋行以为自己走错了地方，又往前面开了一段路，发现越往前走，越荒芜。别说是竹林了，就连一株矮树都见不到。他不得不折回到原先的地方，把车停在了一座废弃的化工厂楼下。

跟随左秋行一道而来的四人并不清楚来这里的目的，只知道左秋行是庞月星的表哥，既然他们是庞月星雇用的，收人钱财，自然也得为左秋行办事。左秋行下车后打开了后备箱，丢给四人各一把铁锹。

左秋行对几人说道："一会儿我在地上做上标记，你们依照我的标记往下挖一米深，再把车里的炸药埋进去。"几人不明就里地接过铁锹，等左秋行画下记号后，就分别在记号上开始挖土。左秋行把这片废弃的化工厂分成了八份，每人挖一份，并埋下炸药包。如果地底下埋着珠宝箱，炸药炸裂一米深的地方，周围应当会有细密的裂纹，因为地底被挖开，埋入箱子之后，地下的支撑力不够，一旦被外力所撬动，底下就会有细小的塌陷。根据这个方法，左秋行想要找到藏宝地点并不难。

差不多四个小时的工夫，四个人挖完了八个方位，在八个方位分别埋上了火药。随着一声令下，众人齐齐点火，火药炸开了八个坑位。爆炸声伴随着土裂声，泥土向四面八方飞溅开来，溅得左秋行一脸的土，甚是狼狈。

等炸药的热气退尽后，左秋行命跟来的几个人都站在一旁，自己走到了其中一个坑位去查看情况，发现里面的土果真有细细密密的裂纹。左秋行"嘿"了一声，赶紧朝其中一人摆了摆手："快把车开回去，把你们老板接过来。"

那人听后赶紧上了车，剩下的几个人依旧站在那里，等候左秋行的指示。左秋行走到三人跟前，递给三人各一粒药丸。三个人跟了庞月星很久，自然知道这药丸是干什么的。他们乖乖地吞下了药丸，不到三分钟都一动不动，像人偶一样了。

左秋行等不及庞月星，拿起一把铁锹，先挖开了其中一个坑。那坑原先被挖了一米多，又炸裂了一部分土，坑洞大约有一米半的样子。左秋行盘算着再往下挖上一米，就能看到宝藏了。他飞快地挖着土，希望能赶在太阳落山之前找出宝藏的所在地。

被派去接庞月星的人足足去了五个小时都不见回来，左秋行差不多已经挖到第三个坑洞，前两个都没有见到装有宝藏的箱子。这第三个坑洞被挖了十几分钟，他就看到一截砖红色显露出来，那一截砖红色有些被氧化，从表面看起来应当是一块上好的木头。左秋行加快了速度，又往下挖了两铲子，果然发现这是只年代久远的木箱子。他赶紧又挖了三铲子下去，这木箱的整个面貌都显露在了面前。

左秋行感叹了声"老天爷"，小心翼翼地拿出了那只木箱子。那只木箱子没有想象中的大，大约三十厘米的长度，男人手掌的宽度，三寸高的样子。左秋行知道，这只宝箱不过是盖在最表面、最不值钱的那一只。下面的箱子才是重头戏。可他顾不得继续挖，迫不及待地打开了宝箱。那宝箱没有上锁，他轻轻一掰就打开了。箱子里面有三只玉镯子，一些玛瑙珊瑚之类的珠串，还有一只怀表。

盛唐时期的珠宝，怎么会有怀表？左秋行有些疑惑，他拿起怀表看了一眼，发现那怀表正在滴滴答答地走着，看起来虽然有些旧，但年代并不久远。他忽然想到了什么，迅速丢下了怀表，像是躲瘟疫一样后退了几步。可他已经来不及躲避了，那怀表滴滴答答走了半圈，箱子底部忽然发出一声巨响，左秋行被炸得整个人飞到了半空中，又直直地落下来。左秋行落地的时候，早已一命呜呼了。

庞月星站在远处，淡淡地看着这一切。左秋行罪恶滔天，唯有这样的结局，才是对那些逝去的人最好的交代。庞月星叹了口气，亲自走上前去为左秋行收尸。然而当他走到左秋行的尸体旁边时，却愣住了，左秋行常年戴在手上的戒指居然不见了！庞月星在附近找了两圈，并没有找到戒指。他若有所思地看了一眼地上的"左秋行"，表情有些复杂。

唐甜儿原以为自己会在那破水泥屋里待上近十天，没想到第四天下午，南宫兄弟就撞破大门，把她救了出来。唐甜儿被南宫兄弟救出来的时候，早已经饿得两眼昏花。这两天左秋行估计忙着寻宝，并没有时间关注她，就连一日三餐，都没有为她送过来。唐甜儿狼吞虎咽地吃下了两个肉包子，又喝了半瓶水，这才稍稍觉得好受些。

南宫骁冷嘲热讽道："没想到堂堂大明星也有如此狼狈的时候。"

唐甜儿听到这话，顿时气不打一处来："那还不是拜你们所赐，要不是为了帮你们对付左秋行，我也不至于这么狼狈。这时候我早该去城里筹备经济人公司了，哪儿会在这儿挨饿受冻。"

南宫骁说道："没有左秋行，也会有别人惦记你的藏宝图。如今我们解决左秋行，那是在帮你。"

唐甜儿唉声叹气道："这样的日子我真是受够了，究竟何时才是个头啊！"

南宫勇说道："很快就要结束了，只要你愿意。"

唐甜儿觉出了一丝弦外音，她追问道："什么意思？你们又有什么计划了？"

南宫兄弟没有作答，带着唐甜儿上了车。唐甜儿进到车里，发现苏袖也在，苏袖看到唐甜儿，不禁松了口气。她递给唐甜儿一块蛋糕，说道："再吃点东西，可别饿出低血糖了。"

唐甜儿早已顾不得减肥，又狼吞虎咽地吃下了一块蛋糕，直到她吃完蛋糕，才发现三个人正在看着自己。唐甜儿有些不好意思地抹了抹嘴角，说道："你们干吗都看着我？"

苏袖半开玩笑道："没什么，只是想多看几眼这么漂亮的你。"

唐甜儿起先以为只是离别时的伤感，然后细细品味这话，她觉得有些奇怪。她问苏袖："你这话是什么意思？"

苏袖反问道："开家经济人公司，当真是你的梦想？"

唐甜儿笑道："算不得梦想吧，只是经济人公司来钱快，糊口之余还能赚些闲钱去潇洒。"她好像看到苏袖松了一口气。

南宫勇问道："如果让你以一个全新的面貌和身份去娱乐圈打拼，你愿意吗？"

唐甜儿正在喝水，听到这话，险些呛到了。她咳嗽了两声，拍拍胸口问道："什么意思？能不能一次性把话说清楚？"

苏袖说道："左秋行没有死，被炸死的是多吉。庞月星虽然与我们做交易，说服于伯厚为你找了猴子替身。但他也因此被于淳后人所厌弃，所以也算是我们欠他一个人情。尽管我们放出风去，'左秋行'找到藏宝点后被炸死，不会再有人敢惦记藏宝图了，但是左秋行还在世，你往后走到哪儿都不安全。因此，我们商量着为你改头换面，这样你才能有个安身立命之地。"

唐甜儿摸了摸自己那张最为熟悉的脸，这一切仿佛是在做梦。她说不上对自己的美貌有多满意，可这张脸怎么说也是爹娘给的啊，怎能轻易就改变了呢？然而苏袖和南宫兄弟的担心又不无道理，人人都以为仙盘现世的幻象是盛唐的藏宝图，左秋行一定还是不死心。他们三人会功夫，保护自己不成问题。可她唐甜儿除了演戏，啥本事也没有，想要保护自己，除了改头换面，演好新身份，恐怕没有更好的办法了。

她再次摸了摸自己的脸，低着头犹豫再三。苏袖等人并不开口，这时候谁也舍不得劝，更觉得任何劝说都是残忍的。等了好一会儿，唐甜儿点了点头，有些艰难地开口道："你们记得给我乔装得比现在漂亮才是。"

南宫骁说道："你现在也不漂亮啊。"

唐甜儿先是瞪了他一眼，随后对南宫骁说道："我漂不漂亮无所谓，你别按你的长相标准给我易容就行，否则我怕走不出去。"

南宫骁朝南宫勇看了一眼，南宫勇摊了摊手，表示无所谓。

唐甜儿看到这个动作，心领神会，她对南宫勇说道："你比他长得好看些，他心肠坏！相由心生！"

南宫骁没有因为唐甜儿的损话而"报复"唐甜儿，他依照唐甜儿的要求，为她易容。看到镜子里的自己，唐甜儿发现比起原先的自己似乎更有韵味一些，脸型没有太大的差异，只是看起来更机灵了些。

更机灵些，唐甜儿忽然意识到，南宫骁是觉得她以前太蠢了吗？她没有道谢，再次朝他翻了个白眼，带上行李箱准备同苏袖道别。

苏袖告诫唐甜儿："等经济人公司开起来以后，好好经营，尽量少在荧幕上露面。"

唐甜儿点了点头，伸手与苏袖抱了抱。

她把仙盘留给了南宫兄弟，临走前，她有些不舍地看了众人一眼，这一次是真的要离别了。

唐家六代，取名唐悦，掌仙盘，平天下。原来所谓的平天下，就是要让她在改头换面后好好生活。如今仙盘已碎，唐甜儿也已经"重新做人"，那些对仙盘垂涎已久的人也该放下执念了。

唐甜儿坐在南宫勇的车里，望着周遭的车水马龙，心想着自己原来还是有些价值的。

南宫勇把唐甜儿送到了县城，目送唐甜儿回到了县城的住所，就离开了。唐甜儿站在窗口望着南宫勇越开越远的车，心中五味杂陈。

唐甜儿的故事已经结束，可南宫兄弟与苏袖的故事还没有落幕。从今往后，若是不出意外，唐甜儿可以安然地度过余生，而他们恐怕还要经历各种艰难险阻。唐甜儿帮不了他们，只能默默祝福他们可以一生平安。

（全书完）